338

Les

Zouaves pontificaux

(N° 88)

OUVRAGES DU MÊME AUTEUR

MAISON ALFRED MAME ET FILS

Explorateurs et Terres lointaines. In-4º, 1ʳᵉ série.
De la montagne au désert. In-4º, 3ᵉ série.
En captivité chez les pirates tonkinois. Grand in-8º, 2ᵉ série.
La Vagabonde. Grand in-8º carré, 1ʳᵉ série.
Dans la brousse.
La Tour des Andes. In-8, 3ᵉ série.
Récits exotiques. In-8º, 3ᵉ série.
Récits d'un explorateur. In-8º, 3ᵉ série.
Les Naufragés du Campana. In-12, 6ᵉ série.
L'Idée de maître Hermanus. Petit in-8º, 2ᵉ série.

LIBRAIRIE HACHETTE ET Cⁱᵉ

A travers la Tripolitaine. 1901, in-12.
La Tripolitaine d'hier et d'aujourd'hui. 1912, in-12.

La garde du drapeau des zouaves pontificaux.
(Tableau de Lionel Royer.)

H.-M. DE MATHUISIEULX

Les Zouaves pontificaux

TOURS

MAISON ALFRED MAME ET FILS

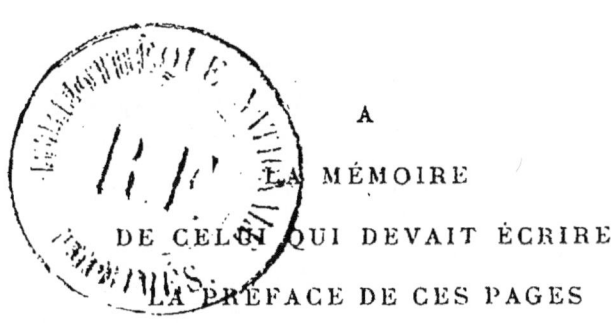

A

LA MÉMOIRE

DE CELUI QUI DEVAIT ÉCRIRE

LA PRÉFACE DE CES PAGES

AU GÉNÉRAL DE CHARETTE

CE LIVRE EST DÉDIÉ

LES

ZOUAVES PONTIFICAUX

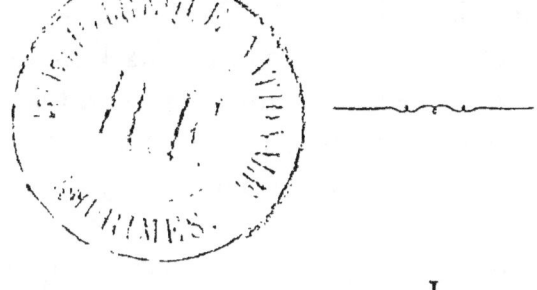

I

LA CROISADE

Le mouvement libéral de 1848, qui ébranla toute l'Europe, eut en Italie un caractère double : il réveilla chez les patriotes l'idéal de l'indépendance et de l'unité nationale ; il aviva chez les sectaires l'audace de leur haine contre le catholicisme et le Souverain Pontife. Les deux courants se confondirent parfois ; ce fut le cas de Garibaldi, dont l'ardeur fut embrasée autant par la pensée d'une Italie libre et unie que par son aversion violente du prêtre. Mais ils restèrent généralement distincts : Mazzini employa tout son fiel contre le Pape, sans désirer l'unité complète du royaume d'Italie, lui qui rêvait d'une simple confédération centrale de la péninsule, « en dehors de la maison de Savoie, dont il n'attendait rien de bon » ; Cavour, au contraire, s'acharna à fonder la nation italienne dans son intégrité, sans cesser de rester soumis à sa religion, lui qui chercha à édifier ses compatriotes par une mort chrétienne.

Les révolutionnaires de Mazzini et de Garibaldi s'attaquèrent immédiatement à l'Église. Pie IX dut s'enfuir à Gaëte, tandis que les deux rivaux fondaient l'éphémère *République romaine ;* mais les canons du général Oudinot ramenèrent le Pape au Vatican, et, depuis, une garnison française veillait aux portes de la capitale catholique, lorsque survint la guerre franco-autrichienne de 1859. Cette guerre débarrassa définitivement le nord de la péninsule du joug des *Tedeschi.*

Avec le traité de Villafranca, le premier but des patriotes était atteint. Mais si aucune nation étrangère à l'Italie n'occupait plus les États de la péninsule, il restait à grouper et à fondre ces États en un seul, sous la dynastie la plus forte, la maison de Savoie. Après l'annexion de la Lombardie et de Venise au royaume de Piémont, l'acquiescement tacite de Napoléon III permit d'abord à Victor-Emmanuel d'investir les États de Toscane, de Modène et de Parme, dont les souverains durent s'enfuir devant les baïonnettes trop nombreuses des Piémontais. Pendant ce temps, Garibaldi fomentait en Sicile une sédition qui devait bientôt faire tomber aussi la couronne des Bourbons de Naples.

Restait le trône de saint Pierre. Les plus exaltés parlaient bien de le renverser, mais Victor-Emmanuel ne pouvait l'oser : son puissant allié, l'empereur des Français, ballotté entre les conservateurs de son pays qui le sommaient de défendre le Souverain Pontife et les révolutionnaires italiens qui lui lançaient les bombes Orsini, louvoyait d'un parti à l'autre. Il finit par interdire de toucher à Rome, mais en laissant carte blanche pour la moitié septentrionale du domaine de l'Église. Sous l'impulsion d'émissaires officiels et de nombreux affiliés, il y avait eu à Pérouse, à Bologne, à Spolète, des émeutes anticléricales. La cour de Turin affirma aussitôt sa thèse : elle devait annexer ces peuples, qui, disait-elle, manifestaient la volonté de se ranger sous sa bannière.

Tout autre était la conviction de Pie IX : dépositaire d'un patrimoine dix fois séculaire, qui avait été constitué pour assurer l'indépendance du Saint-Siège, il considérait comme un sacrilège tout empiètement sur son pouvoir temporel. Il résuma ses droits par ces mots célèbres : *Non devo, non posso, non voglio.*

Jusque-là, le domaine pontifical n'avait pas subi d'atteinte dans le tracé de ses frontières.

Pie IX, dès le commencement de l'année 1860, lança d'énergiques protestations contre les prétentions du Piémont, qui convoitait d'un seul coup les Romagnes, les Marches et l'Ombrie. Puis, voyant les troupes de Victor-Emmanuel se masser sur ses frontières et s'apprêter à les franchir, il comprit que la France fermait les yeux, et il se prépara à soutenir la lutte tout seul. L'âme de cette résistance fut Mérode ; La Moricière en fut le bras.

Mgr de Mérode, camérier de Sa Sainteté, ancien officier belge resté ardent sous le camail, avait remplacé le pacifique cardinal Antonelli dans la direction

politique. Partisan fougueux de la lutte à outrance,
il s'efforça aussitôt de créer une armée et de lui trouver un chef. Il jeta son dévolu sur le général français
de La Moricière pour commander les troupes qu'il
allait réunir.

Christophe-Léon Juchault de La Moricière, sorti
de l'École polytechnique, avait fait sa première
campagne, comme lieutenant du génie, à la prise
d'Alger. Les terribles journées de Constantine, la
défaite d'Abd-el-Kader, Isly, Mascara, Oran, étaient
les résultats de sa valeur et de sa vaillance. Comme
ministre de la Guerre, sous la deuxième République,
il s'était déclaré déjà défenseur de la cause pontificale. Le 2 décembre 1851, pendant la nuit, les agents
du coup d'État avaient envahi sa maison, l'avaient jeté
dans une voiture cellulaire et enfermé à Mazas. Il fut
ensuite exilé en Belgique. Plus tard, le gouvernement
impérial essaya de gagner cet adversaire et fit miroi-
ter à ses yeux le bâton de maréchal. La Moricière
refusa; mais, pour accourir au chevet de son fils
mourant, il demanda l'autorisation de rentrer sur le
territoire français. Elle ne lui fut accordée que sous
des conditions inacceptables pour sa conscience.
Quand enfin l'amnistie lui ouvrit les portes de son
pays, son enfant était mort.

Il vivait retiré dans son château de Prouzel, en
Picardie, lorsque, le 3 mars 1860, Mgr de Mérode alla
lui offrir le commandement de l'armée pontificale.
Le général aurait pu objecter que la tâche était
ingrate et compromettait sa vieille popularité; mais
il fut, au contraire, séduit par la grandeur du sacrifice. Son acceptation fut immédiate et sans condition.

Le général de La Moricière. D'après Benjamin Roubaud.

Il écrivit rapidement ces quelques mots au général Bedeau : « Je n'ai vraiment espoir qu'en Dieu, car la force d'un homme ne peut suffire à l'œuvre que je vais entreprendre. L'audace, j'espère, ne manquera pas au besoin ; mais j'attends la récompense là-haut bien plus qu'ici-bas. » Après de brefs adieux à sa famille, il mit son sabre d'Afrique dans son léger bagage et partit sans livrer son secret. C'était une précaution nécessaire, parce que la moindre indiscrétion pouvait amener des difficultés de la part de l'empereur. La Moricière, pour mieux dépister le gouvernement, passa par la Belgique et gagna l'Italie par Cologne, Vienne, Trieste et Ancône.

Le 19 mars, à Bruxelles, un modeste moine, qui fut plus tard évêque de Malines, le Père Deschamps, rentrait au couvent vers 8 heures du soir, quand on lui remit un billet sans signature, portant seulement ces mots : « Venez tout de suite, rue Terre-Neuve, n° 105. » Le religieux hésita d'abord à se rendre à l'invitation : l'heure était avancée, et le quartier éloigné. Mais il finit par s'y décider. Arrivé à la maison indiquée, il trouva, au pied de l'escalier, quelqu'un qui lui dit :

« Montez, on vous attend. »

Et le voilà face à face avec le général de La Moricière, qui tenait une carte d'Italie :

« Voilà, lui dit celui-ci, trois mortelles heures que je vous attends. Je pars demain pour Rome. Si je n'ai à combattre que la révolution, je suis certain d'y réussir. Si le gouvernement d'Italie s'en mêle, je serai battu, sans doute ; mais j'aurai fait rougir l'Europe. »

Quelques jours après, le comité d'enrôlement était constitué pour la Belgique.

Débarqué à Ancône le 27 mars, sept jours après son départ de Picardie, le général employa presque autant de temps au trajet entre ce port et Rome, cinq grandes journées : c'est qu'il n'y avait pas de chemins de fer pour franchir les Marches et l'Ombrie, et que les diligences devaient traverser les chaos des monts Apennins dans leur plus grande épaisseur. La chaîne de montagnes qui constitue l'épine dorsale de l'Italie se presse trop à l'étroit dans la péninsule. Sur chaque versant, les vallées sont courtes, partant nombreuses. Mais il en résulte un aspect des plus pittoresques ; sur la zone supérieure, les assises des roches, tourmentées jusqu'à se redresser verticalement comme des murailles, éclatent au soleil sous les formes les plus variées ; dans la zone inférieure, les collines et les petites plaines verdoient au fond de cirques grandioses. Souvent les hauteurs sont couronnées de bourgades. C'est une série de décors beaux ou jolis, que le voyageur voit se dérouler devant lui.

Alors les communications étaient libres par le Piémont et la Toscane. A Paris, on prenait place dans la diligence du *vetturino*, qui s'engageait, moyennant mille francs, à fournir le repas du soir et le gîte à chaque voyageur. Le trajet durait un mois et ne paraissait pas long, tant les journées étaient remplies de rencontres diverses, tant les soirées étaient gaies autour du feu de l'auberge. Dans l'Ombrie, on croisait des carrioles bondées, où se pressaient des femmes et des jeunes filles vêtues de couleurs vives et

de corsets de velours, coiffées de fichus de soie. Sous
la conduite de leur *condottiere*, tout ce monde chan-
tait à tue-tête, lançant aux étrangers l'éclair de leurs
yeux curieux. Puis ces véhicules disparaissaient au
fond d'un amphithéâtre, parmi les cultures et sous les
montagnes qui bleutaient le fond des paysages. Quelquefois la diligence roulait assez tard dans la nuit
pour atteindre l'*osteria* de l'étape. A travers les vitres
bruyantes de la guimbarde, on discernait le postillon,
sautillant sur sa monture, drapé dans sa cape en lam-
beaux, que la lanterne inondait de rayons jaunâtres.
Enfin apparaissait la lampe fumeuse du relai, qui
dorait faiblement les vieux murs de l'abri nocturne.

Le futur commandant en chef des troupes pontificales arriva à Rome, le 1er avril, par la porte du
Peuple, probablement dans la soirée, car il ne reçut
audience du Saint-Père que le lendemain matin.

Les papes avaient longtemps habité le Quirinal ;
mais, au retour de Gaëte, Pie IX s'était installé au
Vatican. On sait que ce palais immense est construit
à côté de l'église Saint-Pierre, dans le Borgho, sur
la rive droite du Tibre, alors que Rome s'étale sur la
rive gauche. La Moricière s'y rendit par le pont Saint-
Ange, si curieux avec ses statues des Apôtres sur les
parapets. Après avoir traversé la place Saint-Pierre,
admirablement arrondie par ses colonnades immenses,
il gravit l'interminable escalier qui monte tout droit
à la résidence pontificale.

Pie IX l'accueillit avec ce sourire de bonté qui a
frappé tant de visiteurs du monde entier. Le général
s'étant jeté à ses genoux, selon l'étiquette, le Pape le
releva et lui tendit les bras.

2

« Merci, mon cher fils, lui dit-il, de nous apporter votre vaillante épée. »

Et le vieux guerrier, tout ému, put à peine balbutier :

« Oh ! Saint-Père, à vous tout entier. »

Sans perdre de temps, Mgr de Mérode emmena le nouvel arrivé dans son cabinet, lui remit le brevet de commandement et commença avec lui le travail d'organisation. Les chefs de corps et de service furent convoqués pour reconnaître leur commandant.

Nommé pro-ministre des Armes, Mgr de Mérode avait encore une tâche à remplir, celle de fournir des hommes au général de La Moricière. C'est alors qu'il entreprit l'organisation d'une véritable croisade. Il appela, en Belgique, en Hollande, en Suisse, en Autriche, en Italie, en France, par l'intermédiaire des évêques, les catholiques libres de tout service et capables de porter les armes. Les Belges accoururent les premiers, parce que les premiers ils connurent l'appel de Mérode.

Ces Belges appartenaient généralement aux collèges religieux. Par contre, les Hollandais et les Irlandais provenaient de la classe pauvre. En Autriche, ce furent des militaires qui s'enrôlèrent, avec l'assentiment de leur empereur. L'Italie fournit les fidèles des petits souverains détrônés par Victor-Emmanuel. Quant à la France, elle donna des hommes de tous les rangs, de tous les âges, mais surtout ceux qui devaient devenir les officiers.

Les innombrables lettres écrites par les volontaires à leurs parents témoignent de la communauté de leurs sentiments, qui se résumaient ainsi : Rome est à

l'Église catholique universelle et non aux Italiens ;
elle est faite des dons du monde entier ; elle est la
patrie commune de tous les sujets spirituels du Pape ;
mettre la main sur les États du Souverain Pontife est
le plus odieux des crimes ; défendre Pie IX contre ses
ennemis est un devoir sacré pour le chrétien, qui doit
tout abandonner et accourir autour du trône de saint
Pierre.

A propos de ces volontaires, nous devons protester
contre ceux qui les ont qualifiés de « mercenaires ».
Mercenaires, des châtelains qui recevaient à Rome
quelques sous tous les cinq jours, et dont un bon
nombre apportaient des milliers de francs au denier
de saint Pierre? Mercenaires, ces paysans qui faisaient
le sacrifice de leur vie, sans espoir du moindre honneur à en tirer? Des artisans, très pauvres et sachant
à quelles privations ils allaient se vouer, quittèrent
leurs mansardes ou leurs chaumières ; il en vint par
bandes du fond de la Hollande. Quelques-uns de ces
humbles poussèrent l'abnégation jusqu'au sublime.
Citons au hasard ces deux jeunes gens de Brignon,
Henri Pascal et Casimir Rouvière : ils appartenaient à
de pauvres familles, et, au moment de satisfaire à la
loi du recrutement, ils sacrifièrent le peu d'argent
qu'ils avaient à se racheter, de manière à être libres
de s'enrôler à Rome.

La gare de la Ville éternelle n'était qu'un modeste
bâtiment flanqué de perpétuels échafaudages. Les
arrivants y étaient assaillis par les cochers, les guides,
qui se disputaient leurs bagages et leur personne. La
place des Termini, qu'on traversait pour descendre
en ville, n'était qu'une esplanade déserte sans nivel-

lement ni bordure. En cette année 1860, les Français, pour attendre leur incorporation, se logeaient généralement à l'hôtel *Minerva*, près de l'église du même nom. En s'y rendant, ils recevaient une première impression assez défavorable ; ils trouvaient que Rome n'était qu'une ville de province, mal alignée, baroque, insuffisamment nettoyée. Leurs opinions changeront lorsqu'ils connaîtront toutes les richesses de la Ville éternelle, lorsqu'ils ressentiront le charme qui se dégage de cette cité unique, qu'on apprécie davantage à mesure qu'on en découvre les beautés, qu'on finit par aimer jusqu'au point d'en conserver une inaltérable nostalgie après l'avoir quittée.

Le ciel y est généralement radieux, l'air tiède. Les rues, volontairement étroites pour mieux garder l'ombre, sont bordées de palais dont le luxe se replie à l'intérieur, sur des cours monumentales. Plusieurs de ces palais ont des parcs aux arbres immenses, aux ombrages délicieux. Les places, spacieuses et ornées de superbes fontaines, ont chacune leur originalité. Les églises y abondent, flanquées de marches que les *ciociari* couvrent de leurs haillons aux couleurs vives. La population est grave et belle. A l'époque dont nous parlons, l'affreuse jaquette masculine y était plutôt rare ; on ne voyait que des uniformes, des soutanes, des capes de montagnards, des costumes féminins, à souhait pour les peintres.

Le premier collaborateur que La Moricière appela à ses côtés fut Georges de Pimodan de La Vallée de Rarécourt. Le marquis de Pimodan, fidèle à ses convictions légitimistes, n'avait pas voulu se mettre au service de Louis-Philippe, ni de Napoléon. De vieille race militaire, il avait fait comme d'autres grands seigneurs français, il avait guerroyé pour la catholique maison d'Autriche. Son intrépidité était notoire dans l'armée autrichienne, où il était parvenu au grade de colonel. Un jour, à la fin d'une bataille contre les Hongrois, les soldats de François-Joseph avaient hissé le drapeau parlementaire, afin de faire cesser le carnage. Mais la fumée, très épaisse, empêchait les Hongrois de distinguer le signal, et la mitraille continuait de décimer les Autrichiens. Charger quelqu'un d'aller annoncer l'armistice à l'ennemi, c'était l'envoyer à la mort. Un homme le fit volontairement. Pimodan s'élança sous la mitraille et, après une course folle, parvint aux artilleurs hongrois. Il revint couvert de sang, mais le feu avait cessé. Un cri de joie l'accueillit parmi ses compagnons, qui ne comptaient plus le revoir.

Ce gentilhomme, grand, mince, incarnant la distinction des plus vieilles races, très expérimenté dans les choses de la guerre, avait remis sa démission à l'empereur d'Autriche dès la déclaration de guerre avec la France, sa patrie. A Rome, il fut d'emblée nommé chef d'état-major de La Moricière.

Un autre Français arriva dans des conditions identiques. Il était au service du duc de Modène et portait l'uniforme autrichien ; pour la même raison que Pimodan, il avait remis son épée à son duc, et il accourait au pied du Vatican. Il s'appelait le baron de Charette.

Avec Charette, nous entrons de plain-pied dans l'histoire spéciale des zouaves pontificaux ; il en fut le premier volontaire, le premier chef, la plus grande

figure ; il fut l'âme du célèbre régiment. Sa biographie
et les annales des zouaves ne font qu'un. Celui qui
écrira sa vie écrira celle de ses soldats, qu'il commanda partout, qu'il mena à tous les assauts, qu'il
électrisa toujours de sa bravoure et de son ardeur.
Nous le retrouverons partout dans ce récit.

A partir du mois de mai, les volontaires affluaient
de tous les pays : 5000 Autrichiens, 3000 Suisses,
800 Irlandais. De France arrivèrent : le commandant
de Lorgeril, MM. de Chevigné, de Bourbon-Chalus, de
Chevreuse, de Bange, de Guiche, de Fouguerais, le
séminariste Guérin, de Montravel, de Saint-Sernin,
de Ligne, de Saintenac et Alain de Charette, frère
d'Athanase.

Maintenant la croisade était groupée autour de
Pie IX. On allait aussitôt l'organiser. Mais Rome avait
subitement changé d'aspect.

Ce n'était plus la Rome volontairement immobile,
amoureuse de son pontife, sceptique sur les prétendus
abus dénoncés par la presse étrangère, « attendant
avec une patience remarquable ce qu'à Turin on appelait son affranchissement, » comme dit M. de La Gorce
(Histoire du second Empire). Un souffle d'anxiété agi-
tait la Ville sainte. La politique, dont on ne s'était
guère occupé auparavant, assombrissait les relations
ordinaires de la vie ; on n'était même plus gai dans
les fêtes, on les réduisait par crainte qu'elles ne ser-
vissent à des manifestations. Les cafés s'emplissaient
d'une foule turbulente, des groupes se formaient au
Corso. Les adversaires tentaient des protestations ;
quand les gendarmes pontificaux en étaient réduits à
sévir, le télégraphe portait le lendemain à l'Europe la

nouvelle de leurs prétendus assassinats. Les affiliés du
gouvernement piémontais s'enhardissant de plus en
plus, le général de Goyon était obligé de faire sortir
souvent deux ou trois compagnies françaises de
leurs casernes. Alors, en un clin d'œil, les rues se
vidaient; mais on sentait partout qu'un fossé s'était à
jamais creusé entre le monde catholique et le royaume
de Piémont, qui venait de prendre le nom significatif
de royaume d'Italie.

II

LA VEILLÉE DES ARMES

L'armée pontificale, avant l'arrivée de La Moricière, comprenait à peine sept à huit mille hommes. Les chefs étaient médiocres, l'équipement mauvais, les uniformes en piètre état ; quelques chevaux seulement pour la cavalerie. Le peu de matériel de guerre que cette armée possédait appartenait à d'anciens modèles. Les établissements militaires n'existaient que de nom. Pour en citer un exemple, le général trouva au magasin d'artillerie, pour tout personnel, un carrossier et des peintres qui y avaient installé leurs ateliers. Non seulement les officiers ne remplissaient pas leur rôle, mais les administrateurs n'administraient rien, et les fournisseurs étaient suspects. C'était, en somme, une armée de police, qui n'avait jamais pensé qu'elle aurait un jour à se battre.

Dès les premiers moments, les ordres du général rencontrèrent une résistance sourde. Ce fut en subissant beaucoup de froissements personnels que La Moricière parvint à plier ses subordonnés indigènes à la discipline et au travail. Il avait trouvé environ quinze cents hommes inscrits sur les registres : deux régi-

ments d'infanterie, deux régiments étrangers, deux
bataillons de chasseurs, deux bataillons sédentaires,
un régiment de dragons, un régiment d'artillerie, la
gendarmerie, trente-six hommes pour le génie; le
reste comprenait les état-majors, le conseil de santé,
les prévôts militaires, le corps des cadets, les discipli-
naires, les invalides. Le nouveau chef réorganisa les
troupes.

Mais il s'en fallait de beaucoup que tout l'effectif fût
mobilisable. On verra qu'au moment de e mettre en
route, il n'y aura que 8000 baïonnettes, 1000 chevaux
et 30 canons.

Ces troupes furent réparties en quatre brigades : le
général suisse Schmid commandait la première; le
général de Pimodan, la seconde; le général de Courten, la troisième; le général Cropt, la quatrième. C'est
à la brigade Pimodan qu'appartenait le demi-bataillon
de Franco-Belges qui fut le noyau des zouaves pontificaux.

Pour ne négliger aucune ressource, on avait organisé, en outre, un corps d'auxiliaires dans plusieurs
provinces, environ quinze cents volontaires; mais
l'invasion subite de l'armée piémontaise ne permettra
pas de tirer parti de ces forces supplémentaires.

Le général de La Moricière se décupla pour insuffler
la vie à cette armée improvisée.

Mgr de Mérode disait :

« Rien n'échappe à sa pénétration d'esprit. C'est
aujourd'hui le plus habile minotier et boulanger
d'Italie. »

En effet, La Moricière lui avait adressé le rapport
d'une étude sur la mouture du grain, le blutage de la

farine et la cuisson du pain, dans l'intérêt de la santé des troupes. Le prélat aimait à le conduire lui-même dans les établissements dont il lui remettait le service. Il le mena à la poudrière, où cent vingt femmes confectionnaient des cartouches.

« C'est une singulière occupation pour un prêtre, faisait remarquer Mérode au général ; mais nous sommes revenus au temps des croisades, où les légats d'Urbain II et d'Innocent III, revêtus d'une cuirasse, prêchaient la guerre sainte en faisant porter devant eux, au plus fort de la mêlée, la lance et la croix du Sauveur. »

Le général se multipliait aux quatre coins des États pontificaux. Douze jours après son arrivée, il montait à Pérouse pour passer l'inspection des détachements du Nord.

Avec Athanase de Charette, six Français et quatre Belges étaient arrivés à Rome, le 18 mai 1860. Au bureau de recrutement, on les incorpora dans un corps en projet, qu'on désigna sous le nom de tirailleurs franco-belges. Quatre autres jeunes gens, qu'on avait enrôlés déjà dans un régiment étranger, voulurent se joindre à leurs compatriotes. On dirigea les quinze volontaires sur la caserne Ravenna, près de Sainte-Marie-Majeure, et on les revêtit d'un uniforme qui rappelait celui de nos chasseurs à pied : tunique courte et pantalon large, épaulettes de laine verte, guêtres blanches, shako à plumet retombant, mais tout cela mal fait et de méchant aspect. On les arma de la carabine Minié, et on leur donna pour capitaine celui d'entre eux qu'on avait d'abord inscrit comme bersaglier, Charette. Cette première phalange sera surnommée par les camarades futurs : « les Vieux Antiques. » C'est le noyau de ce qu'on appellera, l'année suivante, les zouaves pontificaux. En attendant, on les baptisa du nom de *Franco-Belges*.

Le 1er juin, le nombre des tirailleurs s'élevait à soixante-dix. Il allait rapidement augmenter en quelques jours. La Moricière désirait avoir d'avance sous la main un chef assez expérimenté pour commander les futures compagnies à effectifs normaux. Il choisit le comte de Becdelièvre.

Louis-Aimé de Becdelièvre sortait de Saint-Cyr lorsque éclata à Rome la révolution de 1848. Il fit partie du corps expéditionnaire français qui reprit la ville à Garibaldi. Capitaine en Crimée, il y avait été décoré de la Légion d'honneur pour sa vaillante conduite. Il démissionna au retour. Libre de toute obligation vis-à-vis de son pays, il accourait aujourd'hui au service de Pie IX. Quelques jours après, un décret le nommait chef de bataillon et lui donnait le commandement des tirailleurs.

La Moricière lui remit ce brevet le 1er juin, à midi, en lui enjoignant de se rendre immédiatement à la Cimara, où il trouverait ses soixante-dix premiers hommes. Becdelièvre, n'ayant pas encore d'uniforme, demanda au général de remettre au lendemain la prise de possession de son commandement.

« Allez, lui répondit le grand chef, et que dans deux heures tous ces jeunes indisciplinés soient dans votre main, ou je ne reconnais pas un ancien capitaine de chasseurs à pied. »

Six jours après, un décret du général en chef créait une deuxième compagnie et organisait le demi-bataillon sur le pied des troupes françaises, aux points de vue militaire et administratif. Le 18 juin, une section hors rang était formée, avec un capitaine faisant fonction de major, un lieutenant trésorier et un lieutenant d'habillement. On établit une sonnerie de clairons, et on en chargea un gentilhomme breton, Hippolyte de Montcuit, qui se fit clairon lui-même. Un dépôt spécial de recrutement était fondé pour examiner les futurs volontaires. Le commandant des tirailleurs devait y renvoyer tous ceux qui se présenteraient à lui. Dès que les deux compagnies existantes auraient atteint l'effectif de cent hommes chacune, il devait demander l'autorisation de former une troisième compagnie, et ainsi de suite de la même manière.

La dépêche qui organisait le recrutement était suivie de ce post-scriptum :

« Tenez-vous prêt à partir ; vous recevrez l'ordre de marche incessamment. »

Il est dangereux de se mettre en campagne sans un certain entraînement à la marche ; une promenade militaire fut ordonnée pour le jour même. Au retour, les tirailleurs rencontrèrent Pie IX, dans son carrosse, escorté des gardes-nobles à cheval. Le Pape sortait du couvent de Sainte-Agnès-hors-les-Murs ; il adressa de paternelles exhortations et distribua une médaille à chaque homme ; au commandant il adressa de chaleureuses félicitations pour les résultats obtenus.

« On concevra facilement, dit Becdelièvre, l'ardeur

militaire dont nous étions animés, la gaieté toute française qui régnait parmi nous. »

Le lendemain, lés tirailleurs quittaient Rome.

Le Tibre, dans la partie médiale de sa vallée, reçoit, sur sa rive gauche, un affluent, la Néra, qui descend à angle droit des plus hautes cimes de l'Apennin sur l'artère maîtresse, en passant à Terni et à Narni. A son tour, la Néra reçoit, sur sa rive gauche, un sous-affluent qui coule dans une direction parallèle au Tibre, mais en sens contraire, le Velino. La vallée du Velino ou de Rieti, ainsi que les versants occidentaux de la Sabine, sont des terres fertiles, boisées, très accidentées, sillonnées de pentes abruptes et de sentiers presque impraticables, avec des bourgades sur les hauteurs inaccessibles. En juin 1860, il n'y avait pas la moindre garnison dans cette pittoresque contrée. La Moricière décida d'y envoyer aussitôt des troupes pour reconnaître les routes de la Commarca et de la province de Rieti, en même temps que les officiers relèveraient les nombreuses erreurs topographiques de vieilles cartes d'état-major. Ce soin incomba aux tirailleurs pontificaux. Le général laissait toute latitude au commandant pour ses itinéraires.

La première compagnie était commandée par le capitaine de Charette ; la deuxième, par le capitaine Guelton. Le commandant de Becdelièvre employa quatre journées à conduire son demi-bataillon de Rome à Rieti. La première de ces journées, dans la Commarca, fut très fatigante : le temps était orageux, la chaleur accablante. Les hommes, dont le sac contenait trois jours de vivres et soixante cartouches, avaient de la peine à respirer. Ils montrèrent néanmoins une gaieté toute française, plaisantant sur leur sac, qu'ils nommaient *azor*. Ils chantaient en grimpant les sentiers rocheux. L'un d'eux s'extasiait sur les finesses de la langue française et faisait remarquer que l'expression « avoir le sac » est bien différente de « porter le sac ».

La première grand'halte eut lieu dans une petite vallée qui eût paru charmante à un meilleur moment, dit Becdelièvre. Elle dura une demi-heure, et la marche reprit, fort pénible. Personne ne se plaignit ; les plus éprouvés eux-mêmes refusèrent de monter sur les chars. A 3 heures, on arriva à Castelchiodato ; on avait franchi dix-neuf kilomètres depuis Rome.

Castelchiodato est un village perché au sommet d'une haute colline. Les habitants n'avaient pas été prévenus du passage de la troupe, puisque La Moricière laissait Becdelièvre libre du choix de son itinéraire. Les Castelcludiens, peu habitués à voir des soldats, prirent les tirailleurs pour des garibaldiens, des *garibandits*, comme ils disaient. Ils s'enfuirent. L'archiprêtre courut à Palombara annoncer que Garibaldi s'emparait de leur village. Le *podestà* (maire) resta sur les lieux, mais ce fut pour refuser de recevoir les prétendus révolutionnaires. Il fallait cependant un abri à ces jeunes gens, épuisés par une première et trop longue étape. Le commandant dut employer la force pour faire ouvrir les portes des maisons disponibles. Le reste de sa petite troupe établit son camp près du village, et bientôt on vit la fumée des cuisines de campagne s'élever entre les tentes-abris.

A la tombée de la nuit, quelques individus arrivèrent de Palombara ; c'étaient des gendarmes déguisés, qu'on avait chargés de reconnaître la troupe. Aussitôt les habitants changèrent d'attitude. Ils reparurent, ouvrirent leurs maisons, donnèrent leurs provisions, pour réparer leur méprise et montrer leur attachement aux défenseurs du Saint-Siège.

La marche du lendemain 20 fut moins longue. Le commandant dédoublait l'étape prévue. Elle se termina à Palombara, près du Tibre. Là, les tirailleurs furent très bien accueillis ; ils eurent un bon local et de la paille en abondance pour s'y coucher. On leur apporta même de la viande.

Le 21, la troupe quitta les abords du Tibre, qui descend directement du nord ; elle se dirigea vers l'est, sur la région des montagnes. Il n'y avait plus de routes carrossables, de sorte qu'on mit les bagages sur des bêtes de somme. On passa entre Nérola et Montelibretti, localités qui deviendront célèbres, sept ans après, par les faits héroïques qui s'y dérouleront. Ces chemins eussent été impraticables à une troupe plus nombreuse, parce qu'on y était souvent obligé de marcher un à un, en se baissant sous les bois. Nérola offrait sans doute de bons gîtes ; mais cette bourgade, bâtie sur une hauteur aux flancs abrupts, exigeait une montée trop pénible après les épreuves de la journée. Becdelièvre choisit un hameau, à quatre kilomètres de là, qui portait le nom d'*osteria di Nerola*.

Le 22, à 2 heures du matin, on se remit en marche sur Rieti. On rejoignit bientôt la route carrossable qui relie Rome à Rieti. Mais cette route contourne une infinité de vallées, de sorte que les distances se trouvèrent considérablement augmentées. La grand'-halte n'eut lieu qu'à 2 heures de l'après-midi, à l'oste-ria di Pozzo San Lorenzo. Cette fois, l'épreuve dépas-sait les forces des jeunes recrues. A l'arrivée à l'osteria, dix-huit hommes seulement suivaient le commandant ; une quinzaine de traînards rejoignirent un quart d'heure après ; les autres n'y parvinrent qu'au bout de trois heures, avec le convoi ; vingt-sept éclopés à pied et dix malades gravement atteints par la chaleur, en voiture. Le repos dura tout le reste du jour.

Les tirailleurs quittèrent Pozzo San Lorenzo pour arriver à Rieti le 23. Cette fois, le convoi les précé-dait. Excepté les dix malades, tous derrière leur com-mandant, sac au dos, ils entrèrent dans la ville en chantant. La population se montra heureuse de les voir.

La ville de Rieti est fort coquette dans sa vallée superbe. Les étrangers y viennent maintenant admi-rer les eaux du Velino et du Salto ; mais, à l'époque, les voyageurs ne les connaissaient guère que de nom. Cette journée du 23 fut employée tout entière au repos. L'évêque, le délégat, le gonfalonier, insistèrent auprès du commandant pour qu'on laissât dans l'avenir une petite garnison à la ville, située à l'extrême frontière. Il y avait non loin de là, à Citta Ducale, dans les États napolitains envahis par Garibaldi, une bande de révolutionnaires qui menaçait sans cesse cette partie des États pontificaux. Becdelièvre transmit la requête ; mais elle contrariait les plans de La Moricière, de sorte qu'elle ne fut pas exaucée.

On partit de Rieti à 4 heures du matin, le 24, pour rejoindre Terni, but final de l'expédition. Les hommes, qui commençaient à s'aguerrir, subirent gaillardement cette marche. Il n'y eut pas un traînard sur cette route, où l'on ne trouva pas de villages, ni même une seule habitation. A 9 heures un quart, le camp fut dressé aux fameuses cascades de Terni, pour la grand'halte. Les tirailleurs apprêtèrent leur repas en admirant la belle chute d'eau qu'on appelle la Marmora. Cette chute, de quatre-vingt mètres de hauteur, est produite par la différence de niveau entre la vallée de la Néra et celle de Rieti. Pour effectuer sa jonction, le Velino s'effondre brusquement dans la Néra.

A 4 heures, le convoi repartait. A leur tour, les tirailleurs se mirent en marche une heure après, suivant la route qui domine la plaine de Terni, parmi des montagnes escarpées. Le bruit courut, dans la petite troupe, que les gens de Terni s'agitaient et préparaient un accueil hostile. Elle en fut ragaillardie et franchit avec plus d'ardeur les quinze kilomètres qui restaient. Les habitants de Terni, probablement travaillés par les affiliés des Piémontais, paraissaient en effet mal intentionnés. Dès l'arrivée, le commandant de Becdelièvre dut les avertir que toute tentative d'embauchage ou de désapprobation serait immédiatement réprimée par la force.

La route qui venait d'être suivie depuis Rome était un essai : on reconnut qu'elle ne pourrait servir aux communications futures. Les tirailleurs avaient supporté ses inconvénients, grâce à l'habile direction de leur chef, qui régla bien les étapes et évita les marches de nuit, trop préjudiciables à la santé. Mais les muni-

3

cipalités des villages n'avaient pas assez d'autorité sur leurs administrés, dont elles ne réquisitionnaient pas facilement les chevaux et les charretiers. Plusieurs fois la troupe avait été retardée, parce qu'au moment du départ les chevaux étaient encore dans leurs lointaines écuries et les voituriers dans leur lit.

A Terni, il y avait une belle caserne, mais entièrement vide. Avant l'arrivée du général de La Morière auprès du Pape, les garnisons étaient rares dans les États pontificaux. Dans la suite, on dut mettre en route d'interminables convois chargés de lits, de couvertures, de planches à bagages, de marmites, de tout le matériel des casernes. Becdelièvre n'avait emporté que le strict nécessaire au campement de route. Ses hommes, dans la nouvelle garnison, durent d'abord coucher à terre, sur un peu de paille. Vite, le commandant écrivit au général pour qu'on lui expédiât le casernement habituel des autres troupes pontificales. Il l'informait que les tentes-abris étaient mauvaises, l'eau de pluie passant à travers la toile; que les cartouches, mal empaquetées, se détérioraient.

Le recrutement progressa d'abord lentement. Beaucoup de volontaires arrivaient de Rome, qui ne méritaient pas d'être enrôlés dans le bataillon d'élite. D'autres descendaient en désœuvrés à l'hôtel *Minerva* et repartaient en disant que les choses n'étaient pas à leur convenance. Ceux qui étaient dignes d'admission s'enrôlaient dans un autre corps, les croisés de M. de Cathelineau, dont nous aurons à parler plus loin.

Le commandant de Becdelièvre écrivit des lettres pressantes dans toutes les grandes villes de France, et surtout à Paris, où le comité de Saint-Pierre recru tait bon nombre de volontaires. Disons, en passant, que ce comité ne se tint pas suffisamment en éveil contre les supercheries et qu'il se laissa quelquefois duper : des hommes se présentèrent à lui, touchèrent l'argent du voyage et ne parurent jamais.

Au début de juillet, il arriva à Terni une trentaine de nouveaux tirailleurs, avec lesquels on commença à former la troisième compagnie. Comme le nom de leur demi-bataillon l'indiquait, il n'y eut que des Français et des Belges chez les tirailleurs. Ils ne changeront ce nom de Franco-Belges que lorsque le corps deviendra ouvert à toutes les nationalités, c'est-à-dire après Castelfidardo. A Rome, les recrues devaient attendre plusieurs jours avant de recevoir une désignation. Durant ces loisirs, ils fraternisaient avec les soldats du corps expéditionnaire français et se faisaient initier par eux aux premières routines du métier militaire : faire son sac et l'assujettir, plier et déplier les tentes, enrouler les courrois, etc. Nos soldats de ligne se rendaient à la caserne des nouveaux venus pour les tirer d'embarras et refusaient l'argent que ceux-ci leur offraient.

« Ils répondaient, dit Oscar de Poli : « Gardez cela. Vous en aurez plus besoin que nous. Allons plutôt boire un verre de vin à votre santé. »

« Et bientôt on voyait à la cantine, trinquant fraternellement, les soldats de France et les soldats de Rome. Un jour, Perrodil et moi, nous étions à Testaccio, cette montagne de tessons de flacons romains. Il y a là de nombreux cabarets où se boit un excellent petit vin d'Orviéto. A l'ombre de verts rameaux, nous regardions chatoyer dans les verres les topazes

bachiques, quand une vieille moustache du 25e nous
fait le salut militaire.

« — Que vous êtes Français, messieurs?

« — Comme vous.

« — Serait-ce une audace de vous prier de venir
boire un fiasco avec un camarade et moi?

« — Ce sera un grand plaisir pour nous. »

« Nous suivîmes la vieille moustache.

« La conversation tomba sur la savate et le chaus-
son. À la fin, les instructeurs un peu éméchés embras-
sèrent les élèves. »

Les incidents n'étaient pas rares entre les indigènes
et les étrangers. Trois gendarmes pontificaux voulurent un soir arrêter Gros de Perrodil, comme il
rentrait à sa caserne du Ritiro. Un *bravo* venait de tuer
une honnête fille du Transtevere et, dans sa fuite,
avait passé près du Français en civil, de sorte que les
pandores prirent celui-ci pour l'assassin. Perrodil,
après de laborieuses explications en un pot-pourri
de français, d'arabe, d'espagnol, parvint à se faire
relâcher.

Parfois ces incidents devenaient tragiques. MM. de
Beaumont et de Sinéty passaient une nuit dans une
rue mal éclairée. Une ombre se faufile près d'eux.
Un cri retentit : « Mort aux Français! » Sinéty fut
blessé d'un coup de poignard. On ne put atteindre
l'agresseur, qui s'enfuyait à toutes jambes. Gaston
Teissier, avec un camarade, fut assailli à 11 heures
du soir dans la rue Papale; mais, grâce à leurs gour-
dins, ils se défendirent avec succès et gagnèrent le
fort Saint-Ange sans plus être inquiétés.

Le capitaine de Charette eut son aventure aussi. Il

était venu à Rome pour affaire de service. Comme il rentrait à Terni en voiture, il fut assailli par quatre individus armés qui lui décochèrent leurs armes. Il sauta à terre et déchargea son revolver sur les assaillants. L'un d'eux reçut une blessure dont il mourut ; les trois autres disparurent à toute vitesse.

Une question matérielle s'imposait maintenant. Dans la hâte des premières heures, les quinze volontaires de la Cimara avaient été habillés à l'improviste d'un uniforme qui convenait peu au climat d'Italie. On s'était inspiré du costume de nos chasseurs à pied ; mais les nuances avaient été mal choisies et les habillements grossièrement taillés. Si l'habit ne fait pas le moine, il fait le soldat pour une bonne part. Il lui donne surtout un prestige dont les étrangers avaient besoin parmi les populations italiennes. Cette question de l'uniforme ne pouvait passer inaperçue aux yeux d'un vrai chef comme Becdelièvre.

« Il ne restait plus, écrit-il, qu'à lui donner, chose importante, un uniforme qui lui fût spécial ; car le nôtre était affreux. L'uniforme que je préférais tenait à la fois du costume des zouaves d'Afrique et de celui de l'infanterie française. Quelques personnes le désapprouvaient, comme étant peu convenable à un corps pontifical. Bien des modèles en opposition avec le mien furent envoyés au ministre des Armes. J'avais choisi cette tenue, parce que, suivant moi, c'est le vrai costume du fantassin. Cou dégagé, poitrine libre, ventre chaud, jambes pour ainsi dire cuirassées, ce sont là des conditions si essentielles, que lorsque des soldats qui n'ont pas cet uniforme entrent en campagne, ils

ôtent leur col ou cravate, déboutonnent leur capote,
mettent leur pantalon dans les guêtres, et, s'ils
couchent dehors, ils s'entourent le corps d'une ceinture quelconque. »

Becdelièvre se rendit à Rome, fit tailler un de ces
uniformes et demanda une audience au Vatican. Le
sergent de Montcuit endossa le costume modèle, et
tous deux allèrent le montrer à Pie IX. Le Pape en fut
très satisfait et même s'égaya de la désinvolture de ce
modèle. Le ministre dut l'adopter. Ainsi fut créé cet
uniforme qui deviendra illustre. L'étoffe en était grise
pour les soldats, avec soutaches et passementeries
rouges; bleu clair pour les officiers, avec soutaches
et passementeries noires. Le gilet était de l'étoffe de la
veste, avec une rangée de nombreux petits boutons
ronds en cuivre. Une large ceinture rouge passait sous
la veste. La troupe avait des guêtres et des molletières
montant très haut, sur lesquelles le pantalon bouffait
largement. Chez les officiers, les guêtres étaient rem-
placées par de hautes bottes noires. Tout le monde
portait le képi à la française, à visière carrée, qui avait
si crânement couvert les têtes des héros de Sébastopol
et de Magenta, et qui allait les couvrir non moins crânement dans l'Italie centrale, puis en France.

Les événements du dehors forçaient le général en
chef à masser de plus en plus son armée vers le nord
des États pontificaux. Il groupa la brigade de Pimodan (environ quatre mille hommes) dans la vallée de
Terni, avec des cantonnements échelonnés depuis la
ville jusqu'à Narni, le long de la Néra. Un camp fut
dressé près de Collescipoli. On choisit pour chaque

corps les lieux les plus boisés. Les troupes qui n'avaient pas de tentes-abris construisirent des cabanes de feuillage.

On a vu que les tirailleurs possédaient le matériel de campement ; ils purent donc s'installer suivant les règles de la castramétation. Les recrues arrivèrent plus nombreuses, au commencement de septembre, si bien qu'on forma une quatrième et une cinquième compagnies. L'effectif se monta à quatre cents hommes. Avec sa « musique » bien exercée, le bataillon prenait tout à fait l'apparence des vieilles armées, dont il avait depuis l'origine le fond sérieux, l'endurance et l'ardeur. Toute la journée, les exercices, les tirs à la cible, les marches, les corvées, se succédaient sans interruption.

Le soir, on s'égayait comme on pouvait, on frayait entre armes différentes. Les relations furent particulièrement chaleureuses entre les tirailleurs et les Autrichiens, non seulement entre officiers, mais entre hommes. Le 7 septembre, le commandant de Becdelièvre donna une fête autour de son gourbi de feuillage. Le lendemain, les Autrichiens la lui rendirent. Leurs quartiers étaient illuminés, et cela produisait un agréable effet parmi les cabanes de branchage. Les invités mangèrent à une table bien servie devant le gourbi du commandant autrichien, entre la musique d'un côté et des chœurs tyroliens de l'autre. Après le souper, il y eut feu d'artifice, puis on se livra aux plus joyeuses farces. On trinqua à la France et à l'Autriche. A la fin, officiers, sous-officiers et soldats des deux pays se tutoyaient. Le grave Becdelièvre lui-même se dérida, mais pas beaucoup.

Il y eut plusieurs réunions de ce genre. Les échos de la vallée retentissaient alors de hourras et de détonations; les coteaux de la Néra s'illuminaient des éclairages à giorno allumés dans les divers cantonnements. Les vivats, les pétards, les lampions jetaient une soudaine animation dans ces solitudes. On se recevait à des tables ornées de corbeilles et de verdure, couvertes de fiasques. « Vive Pie IX ! Vive François-Joseph ! Vive Pimodan ! » étaient les *l*oasts les plus répétés. On joua même la comédie, des scènes de conscrit et d'instructeur, de brigands, de chemin de fer avec locomotive improvisée par huit soldats enlacés acrobatiquement. Rien ne manquait à cette locomotive, même le tuyau qui fumait. Poli se rappelle que le prince Odescalchi, commandant des dragons, s'en tordait de rire dans son immense manteau blanc.

Le reste du temps, on mangeait à la gamelle assez piteusement, du moins chez les tirailleurs, où les cuisiniers avaient mal été préparés par leur éducation à ces fonctions délicates. On s'en contentait fort bien. Les hommes touchaient alors trente-cinq sous tous les cinq jours et versaient presque tout à l'ordinaire. Un bon nombre d'entre eux dépensaient dix et quinze francs en ville, quand le service était terminé. Recevoir sept sous pour chaque journée et apporter trente ou quarante fois plus dans le pays, c'est ce qui s'appelle, dans le langage de certains Italiens, être des mercenaires !

La messe était dite tous les dimanches au camp. A 8 heures du matin, les troupes se réunissaient dans le parc de l'artillerie, situé au pied des collines.

L'armée, formée en carré, assistait là tout entière. « La scène, dit le comte de Saint-Sernin, était d'une beauté imposante; le silence n'était interrompu que par une excellente musique et celle non moins belle et non moins émouvante du canon. Le dur et le gracieux formaient un ensemble qui allait chercher les fibres les plus profondes du cœur. » L'émotion arrivait à son comble, lorsque les clairons sonnaient, lorsque les crosses frappaient le sol au commandement de : « Genoux terre! »

Entre ces solennités religieuses et les agapes fraternelles, on avait quelquefois la distraction de petites alertes. Le soir, dès que les montagnes avaient été recouvertes par la nuit, des feux s'y allumaient, échelonnés comme des signaux. On n'y prêta d'abord aucune attention, puis on fut intrigué. Une nuit, le commandant réveilla vingt tirailleurs et les envoya en excursion vers ces feux, sous les ordres d'un sergent. Le détachement grimpa en silence, presque sur la pointe des pieds. Il arriva à une maisonnette isolée; la lumière filtrait sous la porte, et des voix partaient de l'intérieur. Aussitôt la case est cernée par vingt ombres. Ces ombres écoutent; c'était un nid de conspirateurs. Les tirailleurs enfoncent la porte à coups de crosse, et l'on trouve quatre individus que l'on ramène au camp. En tout autre pays, on les eût fusillés comme espions et traîtres; ils reçurent la bastonnade, après un jugement en règle. Les bergers qu'on trouva près de ces grands feux alléguèrent qu'ils se chauffaient, et on ne parvint pas à surprendre d'autres hommes parmi eux. Cependant, en suivant l'échelonnement de leurs brasiers, on constatait qu'ils

allaient jusqu'en Toscane et servaient de jalons aux
déserteurs.

Fêtes ou corvées, il y avait un animal qui faisait
partie de tous les rassemblements et qu'on avait
nommé Franco-Belge. C'était un grand chien blanc et
roux, que le bataillon avait adopté. La pauvre bête a
été tuée à Castelfidardò par une balle piémontaise.
Les chiens des militaires sont militaires. Dans presque
toutes les batailles on les retrouve à l'avant-garde,
participant de l'ardeur des hommes avec lesquels ils
vivent. Nos modernes chiens policiers donnent le meilleur témoignage de ce que peut et veut l'espèce canine.

Un des derniers événements du camp de Terni fut
l'arrivée des Croisés de Saint-Pierre, définitivement
dissous et incorporés aux tirailleurs, où ils formèrent
une grande partie de la quatrième compagnie.

La Moricière avait établi son quartier général à
Spolète, dans une forte position qui maintenait ses
communications avec Rome et Ancône. On sait que
la 1ʳᵉ brigade, celle de Pimodan, se tenait tout entière
entre Terni et Narni. La brigade Schmidt gardait
Pérouse, et la brigade de Courten surveillait le littoral adriatique à Pesaro. Telles étaient les dispositions,
lorsque le 9 septembre arriva soudainement la nouvelle que les garibaldiens et les troupes piémontaises
marchaient sur la frontière, venant de Toscane et des
duchés. Le même jour, un capitaine italien se présentait en parlementaire à Spolète. Il venait, de la
part du général Fanti, sommer La Moricière de retirer ses troupes des Marches et de l'Ombrie. Il reçut
la fière réponse suivante :

« Évacuer sans combat les provinces qu'ils ont mission de défendre serait pour les soldats du Pape une honte et un déshonneur. Le roi de Piémont et son général auraient pu se dispenser de faire au vieux La Moricière une sommation qui est un outrage. Il eût été plus franc de nous déclarer la guerre. Apprenez, si vous l'ignorez, qu'à certaines heures officiers et soldats ne doivent pas compter leurs ennemis. C'est une tradition dans l'armée française, vous n'auriez pas dû l'oublier. »

La veillée des armes était terminée. Le jour du combat s'était levé.

III

CASTELFIDARDO ET ANCONE

Tandis que La Morlcière était sommé par Victor-Emmannuel de retirer ses troupes des Marches, des Romagnes et de l'Ombrie, M. de la Minerva portait, le 9 septembre, le même ultimatum, à Rome, chez le cardinal secrétaire d'État. La réponse lui fut remise le 12, à Civita-Vecchia, où il devait l'attendre. Or, dès la veille, le 11, les troupes piémontaises avaient franchi les frontières. Le fait d'envahir les frontières d'un pays avant la réponse de son souverain constitue une indéniable violation des lois des nations civilisées. C'était aux armes à répondre.

Les deux armées ennemies se trouvaient alors séparées par la crête de l'Apennin. Nous connaissons les forces dont disposait La Morlcière : 24 000 hommes d'après les registres ; en réalité, 9 000 combattants. De leur côté, les forces italiennes se composaient de deux corps d'armée : le 4e et le 5e, sous les ordres du général Fanti.

L'*Ufficio storico* de l'état-major italien a publié, en 1907, une relation officielle de ces événements. Il accuse seulement 32 000 hommes pour les deux corps. C'est une évaluation insuffisante, puisque un de ses documents annexes donne au seul 4e corps 25 734 hommes.

Ce 4e corps, commandé par le lieutenant-général Cialdini, s'avança sur les Marches en longeant l'Adriatique, tandis que le 5e, commandé par le lieutenant-général della Rocca, se portait sur l'Ombrie par Arezzo.

La même relation italienne dit qu'à la nouvelle de l'approche des troupes piémontaises, les villes pontificales d'Urbino, Montefeltro, Fossombrone, Pergola. Piegaro, Monteleone d'Orvieti, Ficulle et Cita delle Pieve s'insurgèrent. Les documents romains et les témoins français de l'armée romaine sont unanimes à affirmer que ces insurrections étaient le fait d'agents subventionnés par le gouvernement de Victor-Emmanuel.

A vrai dire. le général de La Moricière s'était laissé surprendre par l'invasion . il avait cru jusqu'au dernier moment que la France et l'Autriche l'empêcheraient. Dès lors que la guerre se trouvait déclarée, il livrerait bataille, ne fût-ce que pour attirer l'attention de l'Europe et hâter son intervention. Mais se battre en rase campagne contre deux corps d'armée aguerris et bien équipés, c'eût été aller à l'anéantissement de ses forces. Son plan fut vite résolu. Puisque le sort de Rome était assuré par la présence du corps expéditionnaire français, il lutterait dans les provinces envahies, en mettant d'abord ses troupes à l'abri des fortifications d'Ancône. De là il lancerait des attaques incessantes, jusqu'à ce que les nations européennes vinssent imposer à Victor-Emmanuel le retrait de ses corps d'armée. Dans ce but, laissant la brigade Schmidt à Pérouse pour couvrir l'Ombrie, il se porta avec la brigade Pimodan de Terni sur le territoire d'Ancône, qu'occupait la brigade de Courten.

Au moment où nous voyons La Moricière se porter en avant, il nous faut parler d'un autre adversaire de la Papauté, du grand chef irrégulier Garibaldi, dont les bandes vont se joindre aux Piémontais et paraître durant dix années au premier rang de l'assaut contre le trône de la catholicité.

Giuseppe Garibaldi, né à Nice le 4 juillet 1807, descendait d'une famille ligure de braves marins. Dès l'enfance, il marqua un grand amour pour les aventures et un courage extraordinaire. Avec d'autres gamins, il entreprit un jour de tenter fortune à Gênes, et se sauva en frétant une barque de son père, qui rattrapa les fuyards en face du rocher de la Condamine. A la même époque, il se jetait à l'eau et sauvait une femme qui se noyait. Destiné au métier paternel, il fit sa première navigation à quinze ans. Mais la passion des conspirations le réduisait bientôt à quitter sa patrie et à se retirer à Marseille, où il donna des leçons d'italien.

Les fonctions de professeur n'étaient guère du goût du jeune Giuseppe. Ce patriote exalté alla en Amérique donner libre carrière à l'ardeur qu'il ne pouvait momentanément mettre au service de son pays. Il y eut les plus dramatiques aventures, profitant de toutes les discordes au Brésil pour faire le coup de feu en faveur des républicains contre le gouvernement. Blessure grave, naufrages, captivités, évasions, et même le mariage, tout tient du roman dans son odyssée guerrière. On en voudrait à un romancier de conter des épisodes si invraisemblables, qui furent cependant authentiques. Garibaldi ne se contenta pas du Brésil, il lutta dans l'Argentine et l'Uruguay.

Sur ces entrefaites, la révolution de 1848 éclatait. Le futur grand condottiere s'embarqua pour l'Italie, le 15 avril, avec soixante-trois compatriotes qui le suivaient pour se porter à l'aide des promoteurs de l'unité italienne. On sait qu'il enleva Rome à Pie IX le 24 novembre, mais qu'il en fut chassé par l'expédition française du général Oudinot.

Avant de porter ses vues sur les annexions septentrionales, le gouvernement italien avait cherché d'abord à prendre les États napolitains. La politique extérieure l'obligeait à la prudence ; il lui fallait se faire aider par la conspiration, de manière à paraître entraîné malgré lui. Un homme, en Italie, se trouvait tout indiqué pour un coup de main hardi : c'était Garibaldi.

Soldat courageux, grand entraîneur d'hommes, Garibaldi avait déjà projeté d'enlever les Marches avec ses bandes, à l'automne de 1859. Dans l'été de 1860, il s'était retiré dans la solitude, méditant de grandes aventures. Bixio et Crispi allèrent lui offrir de se mettre à la tête d'une expédition armée qui soulèverait la Sicile. Il y réussit. Tout le royaume de Naples tomba dans ses mains. Les garibaldiens, encore groupés au moment où nous sommes arrivés, firent cause commune avec les agresseurs du Saint-Siège.

Garibaldi ! Nul homme n'a été jugé de façons aussi opposées. Ses admirateurs en font « le plus grand

héros de l'Italie », le « héros des deux mondes ». Ses
contempteurs le traitent de « brute » et « d'enfonceur
de portes ouvertes ». Nous souhaiterions, pour ceux
dont nous écrivons l'histoire, que leur implacable
adversaire fût aussi extraordinairement terrible
que le font ses partisans : la valeur des zouaves pontificaux en serait encore rehaussée. Par contre, ce
serait injustement amoindrir cette valeur que de considérer Garibaldi comme un ennemi négligeable. La
vérité réside entre les deux jugements extrêmes. Il ne
fut pas un général habile, il fut un soldat très valeureux. Ses conceptions tactiques indiquent partout plus
de hardiesse que d'intelligence militaire. S'il était né
à une autre époque, s'il n'avait pas été soulevé par les
événements qui le jetaient au premier rang, ses qualités ne l'eussent certainement pas porté à la célébrité
dont il jouit. Mais, partout où il se montra, il se donna
tout entier, avec la plus grande abnégation.

On le représente sous les traits de l'homme le meilleur qui fût. Sa bonté envers ses partisans est indéniable; il se serait sacrifié pour eux, ainsi qu'il l'a
voulu à diverses reprises. Mais contre ses ennemis il
déchaîna la haine la plus bilieuse. Tout adversaire
devenait pour lui un misérable, un gredin. Il n'a
jamais parlé des prêtres sans ajouter les épithètes de
« canaille, hypocrite, assassin ». Aux temps des Bayard
et des Duguesclin, il eût été disqualifié dans les rangs
des chevaliers. Il manque à sa gloire de patriote
d'avoir été chevaleresque, comme il manque à sa
gloire de guerrier d'avoir été un chef de guerre véritable.

On a beaucoup exagéré aussi dans les opinions sur

les garibaldiens. Les Italiens les traitaient de héros et
de martyrs; les papalins, de malfaiteurs et de bandits.
Comme dans toutes les masses réunies à l'improviste,
il y eut dans les troupes garibaldiennes des individus
tarés, qui ne rêvaient que de sac et de cordes, comme
ils l'ont prouvé par des pillages et des meurtres; mais
les braves cœurs s'y trouvèrent aussi, comme on le
verra dans les nombreuses escarmouches entre eux et
les zouaves. Seulement, ici, la vérité ne semble pas
être tout à fait dans le juste milieu; il ressort des
événements que le mauvais l'emportait sur le bon chez
les hommes de Garibaldi, exception faite pour les chefs
en général. Les fils surtout du grand aventurier firent
toujours preuve de générosité, de largesse d'esprit et
de probité.

Ainsi, le 12 septembre 1860, les tirailleurs franco-
belges se trouvaient portés sur Ancône avec la brigade
Pimodan, et devaient s'y rendre à marche forcée.
Pour cela, la colonne, forte d'environ quatre cents
hommes, avait à franchir l'Apennin par des routes
mauvaises, très accidentées.

Le matin, les volontaires de Becdelièvre entendirent
sonner l'appel aux sergents-majors. Personne dans les
rangs ne connaissait les nouvelles de l'invasion. A
l'annonce qu'on va lever le camp, un hourra retentit.
On abat aussitôt les tentes, on se répartit le pain de
munition, les biscuits de campagne et les cartouches.
On débarrasse son sac de tout ce qui n'est pas stricte-
ment utile. Ceux qui manquaient de linge, de brosse,
de guêtres, de souliers, en profitent. Le sol devient un
chaos de débris; les enfants des cantiniers du pays

4

y viennent à la curée, tandis que leurs parents se désolent de perdre une si bonne clientèle.

A midi, par une température des plus ardentes, qui présageait l'orage, la brigade est mise en route : les Italiens à l'avant-garde, les Autrichiens à l'arrière-garde.

La première étape devait être Spolète. On marche ce jour-là déplorablement. Les officiers indigènes laissaient leurs soldats boire à toutes les fontaines, s'asseoir à volonté, de sorte que leurs fractions devaient s'arrêter tous les cent mètres. La première lieue n'a pas été franchie, que les fossés de la route se bordent de traînards italiens, qui regardaient flegmatiquement passer les Franco-Belges. A 1 heure de l'après-midi, l'ombre des haies est occupée par des compagnies entières qui s'y arrêtent.

A 2 heures, première halte. Les plus vaillants parmi les hommes de Becdelièvre avouent qu'ils étaient déjà las. Poli éprouvait « des clapotements dans la tête, des tintements dans les oreilles, et il voyait rouge ». Il finit par s'évanouir. Le Gonidec de Tressan, qui fut plus tard le second du général de Charette, raconte ainsi son épuisement : « On nous avait fait mettre en petite veste, la capote roulée sur le sac. Malgré cette précaution, les insolations furent nombreuses, parmi les jeunes surtout. Nous avions franchi la dernière vallée ; un orage rendait l'atmosphère plus irrespirable encore ; nous gravissions, sous un soleil de plomb, la longue pente qui mène à Spoleto, lorsque je sentis tout à coup mes yeux se voiler. Tout se mit à tourner autour de moi. D'instinct, je fis quelques pas à gauche, vers un rocher qui

donnait un peu d'ombre. Mais, à peine hors des rangs,
je tombai à terre comme une masse. Vaguement,
comme dans un brouillard, je vis la colonne défiler
devant mes yeux, restés ouverts. »

Se raidissant contre la souffrance, ceux qui le pouvaient affectaient de l'entrain. Quand l'orage se mit à
crever, les boutades jaillirent des rangs de nos tirailleurs :

« Garçon, un bain ! criait l'un.

— Marchand de parapluies ! » s'annonçait un autre.

Et tous reprenaient en chœur :

> Il pleut, il pleut, bergère,
> Ça défris' les moutons.

A la grand'halte, le soleil reparut. On se reposa près
d'un village. Pas d'eau, et l'on mourait de soif. On
trouvait du vin ; mais, pour un certain nombre, il
était impossible de l'acheter, le brusque départ de
Terni n'ayant pas laissé le temps de regarnir les
porte-monnaie. Le capitaine de Charette vint au
secours des bourses complètement dégarnies : il fit
remplir un énorme récipient et le donna à son frère
Alain, qui le distribua à ceux de ses compagnons qui
n'avaient plus d'argent. Dès ce moment, nous le voyons
apparaître dans les documents, ce vaillant et généreux
Charette, comme la beauté militaire personnifiée : toujours gai, toujours prêt à soutenir les courages, aimant
ses hommes comme ses enfants, fringant dans son bel
uniforme bleu d'azur et son manteau blanc.

On se remit en marche d'un bon pas, talonné qu'on
était par les officiers. La musique jouait des airs bel-

liqueux en traversant les moindres hameaux, de manière à ragaillardir les cœurs. Entre temps, on chan-
tait le *Pandore*, de Nadaud, ou le *Petit navire*, parce
que rien ne fait endurer la marche comme de chanter.
La brigade atteignit Spolète après douze heures de
montée. Rien n'avait été préparé pour la recevoir. Il
était près de minuit. Pimodan répartit son monde
dans un vieux couvent. Les hommes mouraient de
faim, ils ne soupèrent pas. A 2 heures du matin, la
diane les réveillait pour le départ. Ils étaient brisés;
mais la voix mâle du capitaine criant : « Sac au dos! »
remettait vite du nerf dans les membres : on ramas-
sait aussitôt ceinturon, sac, giberne; on saisissait le
fusil et on descendait au rassemblement, dans la rue
obscure. A Spolète, il fallut laisser vingt Franco-Belges
à l'hôpital.

La marche de Spolète à Foligno, le 13, fit également
des victimes. La colonne souffrit de la poussière et
de la soif. A leur gauche, dans la plaine, les soldats
voyaient la hauteur sur laquelle s'élève pittoresque-
ment Pérouse, près de son grand lac. A cause d'un effet de
mirage, il leur semblait que la ville était près d'eux ;
en réalité, ils en étaient séparés par plus de cinquante
kilomètres. On arriva à Foligno dans l'après-midi, et
l'on en repartit à minuit pour Serravalle, obliquant
ainsi vers l'est pour franchir la crête de l'Apennin.

Durant cette journée du 14, la majesté du paysage
atténua la rudesse des chemins, et la population se
montra tout à fait sympathique. Elle se tenait le long
de la route avec de l'eau, des pommes, du raisin, des
figues, et les distribuait à mesure que les troupiers
passaient. Quand les habitants d'une pauvre chau-

mière isolée répondaient qu'ils n'avaient rien, c'est que ces miséreux étaient obligés d'aller chercher l'eau à dix kilomètres de leur abri. Les tirailleurs, en traversant une contrée entièrement déserte, trouvèrent une mare assez trouble ; ils la burent tout entière.

Serravalle était un village pauvre, situé sur le col du même nom, qui fait passer du bassin du Tibre sur le versant de l'Adriatique. Le pays est d'aspect grandiose, mais sans ressource aucune. Arrivée à 5 heures du soir, la colonne coucha à la belle étoile. Dans le milieu de la nuit, elle dut allumer des feux, à cause de la fraîcheur.

Le 15, on redescendit vers les plaines des Marches, puis on entreprit une nouvelle montée pour atteindre Tolentino à 6 heures du soir. Chemin faisant, un coup de fusil retentit dans la montagne. Était ce un paysan à la chasse ? était-ce l'ennemi ? Le général de Pimodan, suivi de son seul officier d'ordonnance, **M.** de Rainneville, pique des deux et va voir. Il ne découvre rien, mais pareille imprudence aurait pu lui coûter cher.

A Tolentino, une grande église servit de gîte aux trois premières compagnies de tirailleurs ; une chapelle, à la quatrième.

Le 16, à 5 heures du matin, on repart pour Macerata. Là, dans la grande église jonchée de paille, on peut distribuer cinq sous de vin à chaque tirailleur. C'était une aubaine inconnue depuis Rietti. Le capitaine de Charette apparut parmi les hommes.

« Mes enfants, vous voulez tous voir l'ennemi ? leur dit-il.

— Oui ! oui !

— Eh bien ! vous n'avez plus longtemps à attendre : après-demain au plus tard. »

On lui répond par les cris de : « Vive Charette ! » Cette acclamation dans une église, ces cris de catholiques qui s'adressaient au capitaine souriant, calme et fier, évoquèrent chez les tirailleurs le souvenir des guerres de Vendée.

La colonne quitta Macerata dans la nuit. Le soir du 17, elle campait à trois kilomètres de Lorette, à douze kilomètres de l'ennemi. Du camp, on apercevait les feux de bivouac du corps d'armée de Cialdini ; mais Pimodan avait choisi l'emplacement derrière un dos de terrain qui mettait sa brigade à l'abri du canon. A la chute du jour, le commandant de Becdelièvre rassembla ses Franco-Belges, les fit former en carré et leur dit :

« Le moment que vous désirez depuis que vous êtes entrés dans l'armée du Saint-Siège est proche ; demain vous verrez l'ennemi, et tout fait présumer que la journée sera chaude. Vous ferez votre devoir en soldats valeureux, et n'oublierez pas que la cause pour laquelle vous combattez étant la cause de Dieu, vous devez vous préparer à paraître devant lui ; car demain, à pareille heure, plusieurs d'entre nous ne seront plus. Ils auront paru devant Dieu. Or vous savez qu'il faut être propre pour paraître devant lui. Que ceux qui ne le sont pas passent au bureau, chez notre aumônier. J'en sors. »

L'aumônier, M⁅ᵍʳ⁆ Sacré, reçut la confession de tous ses tirailleurs. Un coin de haie ou le bord d'un fossé servit de confessionnal sous le ciel très étoilé. Pour la première fois, ces jeunes gens allaient affronter la mort; ils échangèrent leurs confidences, se chargèrent réciproquement de commissions pour leurs familles. Là-bas, en France, des mères, des sœurs, des fiancées attendaient anxieuses et priaient. Que de foyers heureux étaient ainsi atteints par le sacrifice d'un de leurs membres !

Résumons ce qui se passait en même temps sur les autres points du sol à défendre. A Pesaro, le colonel Zappi faisait une belle résistance, le 11 septembre, et retardait d'un jour la marche des Piémontais sur Ancône. Avec une poignée d'hommes et trois canons, il arrêtait, pendant vingt-deux heures, les lanciers des régiments *Novara* et *Vittorio-Emmanuele* et un bataillon de bersagliers, envoyés en avant-garde par Cialdini. Quand la résistance eut employé tous les moyens jusqu'à la dernière extrémité, la garnison se rendit.

Deux jours après, l'arrière-garde de la même division de Courten, commandée par le colonel Kanzler, futur pro-ministre des Armes, repoussait à San Angelo, près de Sinigaglia, les charges des lanciers *Milano*. Ce combat coûta à l'ennemi cent cinquante tués ou blessés, dont quatre officiers. Le colonel Kanzler put rejoindre Ancône dans la nuit. Ses hommes furent accueillis par les acclamations de toute la garnison, inquiète sur leur sort.

En Ombrie, le général Schmidt défendait Pérouse avec moins de bonheur. La ville se rendit après une courte défense, le 14.

Spolète, où le major O'Reilly et ses Irlandais gardaient les communications de l'armée avec Rome, résista beaucoup mieux. Le 17, les assauts violents des grenadiers de Lombardie et des bersagliers furent énergiquement repoussés par les trois cents Irlandais, cent soixante Allemands et Suisses, et les vingt-trois Franco-Belges restés à l'ambulance. Les postes les plus dangereux étaient confiés à ces derniers. Une troupe de cent cinquante indigènes faisait aussi partie de la garnison. M. de Gouttepagnon, dans une lettre à sa famille, raconte que cette troupe se cacha dans les caves et que le major O'Reilly dut l'en déloger à coups de pied. A 3 heures de l'après-midi, l'artillerie ennemie avait abattu des pans de muraille et mis à jour la porte défendue par les Franco-Belges. L'armée piémontaise donna l'assaut contre l'entrée avec une extrême vigueur. Elle fut encore repoussée. Un deuxième assaut enleva la place, mais les vainqueurs eurent une centaine de tués et trois cents blessés.

Le général piémontais Cadorna, dont la mission consistait à relier les 4ᵉ et 5ᵉ corps de Victor-Emmanuel, apprit, en suivant la route intérieure de l'Apennin, entre Urbino et Gubbio, que l'armée pontificale cherchait à gagner Ancône. Il en prévint le général Fanti, qui envoya Cialdini barrer le passage. C'est ce qui amena le choc de Castelfidardo.

Le pays est accidenté partout entre Lorette et Ancône, depuis l'Apennin jusqu'au rivage. La petite rivière Musone et son affluent l'Aspio dessinent, au nord de Lorette, un promontoire dont l'ennemi avait fait, en s'y installant, un obstacle inabordable pour les forces pontificales. Deux routes relient Lorette à Ancône : à gauche, celle qui traverse le promontoire de Castelfidardo, par les Croccette et Camerano ; à

droite, celle qui suit le littoral en coupant le Musone
après son confluent avec l'Aspio. La Moricière s'aperçut que cette dernière route n'était pas occupée par
l'armée italienne. Il résolut de s'y engager, tandis que
Pimodan le couvrirait sur sa gauche par des attaques
contre le promontoire. La bataille de Castelfidardo
devait être l'assaut donné par les troupes de Pimodan
pour laisser à La Moricière le temps de passer. Le
corps des tirailleurs pontificaux tout entier allait en
faire partie ; mais les quatre cents Franco-Belges sou-
tiendront le principal fardeau de la lutte, le général
en chef ne devra pas réussir, et sa retraite sur Ancône
dégénérera en combat général.

Jetons les yeux sur la carte et voyons à quelles forces
écrasantes Pimodan s'attaquait.

Le général Cialdini avait couronné de troupes et
d'artillerie toute la crête du promontoire et échelonné
des avant-gardes sur les flancs qui descendaient au
Musone, dont il coupa les ponts. Ses deux centres de
défense étaient la ville de Castelfidardo (avec quatre
bataillons et deux batteries) et les Croccette (avec seize
bataillons et deux batteries). Aux extrémités de sa
ligne, il poussait deux postes avancés : à sa droite,
sur le ruisseau de Vallato (deux bataillons); à sa
gauche, à la *Santa Casa di Sopra,* sur le Musone, en
amont du confluent de l'Aspio (un bataillon). Neuf
escadrons de cavalerie arpentaient la ligne d'observa-
tion, le long du Musone et du Vallato. Un troisième
centre de défense, en arrière, à Osimo, San Sabiano
et Abbadia, était confié à une brigade entière.

En outre, l'armée piémontaise occupait le front
nord du promontoire, à San Rochetto, San-Biagio,

le long de l'Aspio, pour empêcher la garnison d'Ancône
de venir au secours de La Moricière.

En résumé, le général de Pimodan se trouvait en
face de dix-huit bataillons, dix escadrons et vingt-
deux pièces d'artillerie, fortement établis sur des
hauteurs escarpées. Il avait, lui, cinq bataillons
d'infanterie, deux escadrons de dragons, le peloton
des guides, huit canons et quatre obusiers.

De Lorette, il devait se porter, par une marche de
flanc, sur les Sante Case et attaquer les Croccette.
A 8 heures, le camp est levé et la colonne s'ébranle.
Elle est à jeun. Les carabiniers suisses forment la
tête, puis les chasseurs indigènes. Pimodan garde ses
Franco-Belges pour le bon moment. On voit fuir de
tous côtés les paysans et les autres habitants avec des
voitures chargées de meubles.

Les carabiniers, dirigés par le major Jeannerat,
traversent le Musone au gué d'Arenici et se déploient
sur la rive gauche de la rivière. Les soldats de Becdelièvre les suivent. Pimodan, après avoir harangué les
Italiens, rejoint la tête.

« Quant à vous, messieurs, dit-il à ceux de ses
compatriotes qui l'entourent, vous êtes Français, je
n'ai rien de plus à vous dire. »

Puis il serre la main aux officiers et court sur la ligne
des carabiniers, qui vont être engagés avec l'ennemi.

Les trois compagnies de Franco-Belges avaient
pour capitaines : le baron de Charette, Guelton et le
baron d'Yvoire.

En parlant d'eux, de leurs officiers et de leurs
hommes, Cialdini avait dit à ses troupes :

« Soldats, je vous conduis contre une bande d'ivrognes étrangers que la soif de l'or et du pillage a attirés dans *notre* pays. Combattez et détruisez sans merci ces mercenaires assassins. »

A son tour, le bataillon Becdelièvre traverse le Musone, avec de l'eau jusqu'à la ceinture. Sur l'autre rive, il s'apprête à gravir le talus, quand des balles lui arrivent par derrière. Il se croit pris entre deux feux, et une confusion se produit. Vite on se débarrasse des impedimenta, on grimpe sur la chaussée du talus.

« Ne tirez pas ! ne tirez pas ! » crient à leurs hommes les officiers, qui se sont aperçus de la méprise.

Le major Ubaldini, commandant les chasseurs indigènes restés en arrière, avait laissé ses fantassins tirer droit devant eux, du côté des Piémontais, et c'était ces projectiles qui atteignaient les Franco-Belges.

Les dragons romains qui accompagnaient les carabiniers suisses furent reçus par les feux de salve du poste avancé des Sante Case. Ils tournèrent bride, laissant les guides français seuls avec l'ennemi. Ces guides, avec M. de Bourbon-Chalus à leur tête, restèrent impassibles devant les boulets de deux canons, « attendant des ordres ou la mort. »

Les carabiniers se trouvant arrêtés par les feux nourris dont on les accablait, Pimodan les excite à l'offensive. Il se jette au-devant d'eux.

« Vous voyez bien, leur crie-t-il, que ce sont des maladroits ; sans cela ils m'auraient déjà tué ! »

Ces mots du général en brillant uniforme, tout chamarré de décorations, leur rend le courage. Ils avancent. Le bataillon Becdelièvre suit. Chez les

Franco-Belges, les balles commencent à faire des victimes. Par crânerie, Poli tire de sa poche un cigare et dit à Bourbon-Chalus :

« Donnez-moi du feu.

— Tenez, lui répond-il, en voilà du feu. »

Et il lui montre Charles de Montbazel qui tombait à quelques pas d'eux, atteint par une balle. Poli répond :

« Je n'ai plus envie de fumer. »

Les Franco-Belges, descendus du talus, s'élancent au pied des coteaux, où les renforts de l'ennemi s'élancent de leur côté. On s'aborde à l'arme blanche, une terrible mêlée s'ensuit.

Le capitaine de bersagliers Nullo, blessé à mort, tombe prisonnier des carabiniers ; ses hommes, par une contre-attaque furieuse, l'arrachent aux pontificaux. Le combat se poursuit, avec des alternatives diverses, entre le Musone et le fossé de Santa Casa di Sotto. Le lieutenant-colonel Blumenstihl, commandant l'artillerie pontificale, s'apprête à soutenir l'attaque ; mais il rencontre de grandes difficultés de terrain.

Les Piémontais se replient sur Casa di Sopra, par une route bordée d'arbres. Toutes leurs autres troupes postées sur les collines prennent les armes. Des renforts sont envoyés des Croccette. De Castelfidardo, Cialdini arrive au grand galop.

De chaque côté la fusillade est devenue extrêmement vive. Les Sante Case sont enlevées par les carabiniers et les tirailleurs, qui ont dépassé la ligne des chasseurs romains, déployée tout d'abord en tête.

Pimodan se multiplie à droite, à gauche, à l'avant, à l'arrière, entraînant son monde du geste et de la voix. Un instant il s'arrête pour examiner l'ensemble. A ce moment, il n'a pour escorte que deux dragons romains, terrifiés et couchés sur leurs chevaux. Un boulet vient à couper une branche d'arbre près d'eux : les deux dragons prennent la fuite. Alors le général, jetant un regard de fierté sur ses tirailleurs qui restaient inébranlables sous les projectiles, les lance à l'assaut des bâtiments des Croccette.

Les Franco-Belges, entraînés par Pimodan, Becdelièvre, Charette, escaladent une zone de trois cents mètres sans tirer ; ils courent en rang serré, par bonds successifs. A la baïonnette, ils repoussent l'ennemi jusqu'à la crête et font une cinquantaine de prisonniers. Il est à ce moment 11 heures. Les bâtiments de la ferme servent à abriter les blessés, tandis que la lutte continue entre les tirailleurs et les Piémontais masqués derrière les haies et dans un bois qui domine à droite. Derrière une de ces haies, Charette se trouve nez à nez avec un capitaine ennemi et engage avec lui un combat singulier à l'arme blanche. Le capitaine piémontais est blessé au cou. Charette le soutient et lui donne les premiers soins.

« Vous êtes Français ? demande le vaincu.

— Oui.

— J'en étais bien sûr ! »

Et les deux adversaires se reconnaissent pour d'anciens camarades ; le capitaine Tromboni s'était trouvé à l'École militaire de Turin en même temps que son vainqueur.

Pimodan avait couru aux secondes lignes pour leur faire appuyer la première. Il revient à ses tirailleurs : c'est à ce moment qu'il reçoit une première blessure, une balle à la joue. Il continue à donner ses ordres à Becdelièvre ; une seconde balle le renverse, blessé à mort.

Soudain, du bois sur la droite, sortent huit mille bersagliers accourus à l'aide de ceux qui avaient été délogés de la ferme. C'est un ouragan de projectiles qui assaille le bataillon franco-belge. Il faut battre en retraite, écrasés par le nombre.

Les capitaines de Charette et Guelton sont blessés, le dernier mortellement. Malgré ses deux balles, Charette continue à se battre. Becdelièvre est à pied ; son cheval l'avait désarçonné et s'était enfui. Calme, les bras croisés, il donne des ordres. Sous la mitraille, ses hommes reculent pas à pas, furieux d'abandonner le terrain gagné.

Un deuxième assaut des Franco-Belges les ramène aux Croccette. Quelques blessés piémontais gisaient dans un fossé. Exaspérés, deux chasseurs romains voulaient les achever à coups de crosse. Un Français, le sergent de Cavailhès, se campe devant les blessés, prêt à brûler la cervelle à qui osera les toucher. Alors un pauvre bersaglier de dix-huit ans s'accroche à lui et lui crie :

« Sauvez-moi ! Ne m'abandonnez pas, j'ai la jambe fracassée ! »

Cavailhès le mène à l'abri. Les autres Piémontais hors de combat se rassurent : on leur avait certifié que les soldats du Pape massacraient les prisonniers.

Des bords de la mer, La Moricière était accouru. Il apparaît aux Croccette, un gros cigare à la bouche. A cheval, seul, il parcourt au pas la ligne de feu, à cinquante mètres de l'ennemi embusqué, qui tire en

ce moment avec rage. Il inspecte son rang de tirailleurs, comme s'il était à la promenade, s'arrêtant pour
demander, entre deux bouffées, un renseignement.

Le commandant de Becdelièvre lui exprime le désir
de pousser en avant, d'attaquer le bois ; mais il lui
faudra du renfort.

« Je n'ai plus personne, dit-il au général. Voilà ce
qui me reste, mes morts et mes blessés.

— Tenez bon, mes enfants, répond La Moricière.
Je vais vous envoyer le renfort. »

« Puis il se retourne, raconte le lieutenant de Moni-
cuit, fait face à l'ennemi, le bravant par son impassi-
bilité, repasse au pas devant la ligne piémontaise, et
revient dans la plaine donner l'ordre au bataillon
autrichien de venir nous secourir. Quels hommes !
quelle crânerie française ! quels chefs nous avions ! »

Becdelièvre se porte en avant, à la baïonnette.
Cavailhès et le tirailleur de Couessin se trouvent en
tête. Mais le mouvement n'est pas soutenu, malgré les
efforts de La Moricière. Un seul canon appuie cette
attaque. Le conducteur de cette pièce est tué. Le brigadier d'artillerie Wagner continue à la charger. Il
tombe à son tour, la gorge traversée par une balle ;
mais pour qu'elle ne serve pas à l'ennemi, qui fonce
sur elle, il fait l'effort de se relever et il l'encloue. Le
lieutenant d'artillerie Daudier, apercevant son cousin
du Fraval dans la mêlée, lui crie :

« Me laisseras-tu prendre mon canon ? »

Aussitôt, sous une grêle de projectiles, du Fraval,
Le Camus, de Kermoal, s'attachent à la pièce et la
renversent dans un fossé.

A cet instant, le combat est plus acharné que jamais.

Les Franco-Belges perdent leur sang partout : les capitaines de Chyllas et d'Yvoire, les lieutenants de Parcevaux, de Montcuit, de Goesbriant, gisent à terre, à côté des tirailleurs de Beaudiez, de Montravec, de Grénédan, Joseph Guérin, de Puysaye, de Bange, de Beccary, et tant d'autres, les uns tués, les autres râlant leur agonie, ou seulement mis hors de combat. Chacun, en tombant, crie : « Vive le Pape! Vive la France! »

Succombant sous le nombre, les tirailleurs sont rejetés des Croccette; mais ils résistent pied à pied. Becdelièvre, entouré d'une cinquantaine d'hommes, crie à Bourbon-Chalus :

« Voilà tout ce qui me reste. Retirons-nous ensemble. C'est au feu que les Français se retrouvent! »

Vers 1 heure, l'ennemi a repris Santa Casa di Sopra. Cependant une poignée de Français s'était jetée dans un des bâtiments des Croccette pour défendre les blessés qu'on y avait déposés et prolonger la résistance. Cette poignée de Français se composait de Gros de Perrodil, de Couessin, Le Camus, de Miyonnet, Ségaux, Thiriet, de La Vieuville, de Saint-Maurice, Csugot, de Chock, Marcel, Henri Carré, de Saint-Gilles, Thirion, Dhondt, du Fraval, de Poli et du Bourg. Ils avaient pénétré dans la petite forteresse par un escalier extérieur; ils étaient entrés dans une grande salle éclairée par une seule fenêtre. A droite, à gauche, s'ouvraient d'autres chambres plus petites, où ils avaient trouvé vingt-deux blessés sur les carreaux, entre autres les lieutenants de Parcevaux, de Montcuit et de Goesbriant. Au-dessous, dans une sorte d'écurie, une cinquantaine de chasseurs romains se tenaient blottis.

Les bottes de paille qui brûlaient à proximité apportaient aux blessés une chaleur très pénible. On boucha les fenêtres, à l'exception de deux, qui restèrent ouvertes pour la défense. Le caporal de Perrodil, ancien lieutenant de l'armée française, organisa la résistance.

Les Piémontais assaillent le bâtiment avec furie, criblant les murs de projectiles ; ils sont bientôt un millier autour de la ferme. Les défenseurs ripostent par des coups de feu bien réglés, se désignant les hommes que chacun d'eux va mettre à bas ; les blessés leur passent ce qu'il leur reste de cartouches. Oscar de Poli, qui était du nombre, a laissé un vivant tableau de cette scène :

« Les canons de fusil étaient si chauds, à force de tirer, qu'on les chargeait en éloignant le plus possible l'arme du corps ; la poudre eût pu s'enflammer rien qu'en glissant dans le canon. Autour de la ferme, on n'aperçoit que des cadavres. Tout va bien, courage ! Les balles pleuvaient comme grêle. Deux boulets emportèrent la moitié du toit ; l'un d'eux vint tomber sur le plancher et produisit, avec un nuage de poussière, un effroyable tintamarre. C'était aussi un vacarme impossible, quand les balles frappaient dans la vaisselle rangée sur une planche. Tout à coup les briques du plancher se mettent à danser, elles craquent, elles éclatent, la muraille se crible de fissures, les flammes s'élancent par les fentes. »

Les Piémontais avaient tourné la ferme et y avaient mis le feu. Ils crient aux défenseurs de se rendre.

5

Perrodil, Marcel, Chock, du Fraval, leur répondent :
« Plutôt la mort ! »

Mais le feu gagne la chambre des blessés. Par pitié
pour eux il faut se rendre. Parmi eux se trouvait le
capitaine Tromboni, le prisonnier personnel de Charette. On le prie de parlementer avec les siens, qui
envahissaient déjà l'escalier. Il y consent ; mais à ce
moment les Piémontais lancent une décharge terrible
qui fracasse le crâne du Franco-Belge Miyonnet, à
côté de Tromboni, et celui-ci ne peut faire son signal
aux assaillants. Les Croccette sont enlevées de vive
force. Défenseurs et blessés tombent aux mains des
innombrables vainqueurs.

Les troupes pontificales, rejetées sur les Sante Case,
au pied des coteaux, se trouvent dans un pêle-mêle
général. Plus que jamais La Moricière doit s'efforcer
de gagner Ancône avec ce qui lui reste ; en se retirant
sur Lorette, il eût été réduit à une reddition en rase
campagne.

Il donne l'ordre de remettre en rangs l'infanterie
qui est sur place, sous la protection de la cavalerie et
de l'artillerie, puis de grouper les troupes débandées
sur la rive droite du Murone, devant le gué des Cas-
cine Camilletti, à l'abri des digues. De là, ces troupes
se dirigeront en toute hâte sur Umana et Ancône.
Mais les ordres ne parviennent pas à destination,
parce que, des deux guides qui les portaient, l'un est
tué, l'autre se perd dans un fourré de terrain inextri-
cable. Les pontificaux tenaient toujours Santa Casa
di Sotto ; s'abritant derrière les fossés et les haies qui
l'entourent, ils soutiennent par de vives fusillades les

tirailleurs franco-belges et les carabiniers suisses, harassés de fatigue. Le major autrichien Fuckmann fait même une sortie qui arrête l'élan des Piémontais. Mais les défenseurs de Pie IX, cernés de tous côtés par un adversaire trop nombreux, doivent se replier sur le gros de l'artillerie du colonel Blumenstihl, conservant avec eux deux pièces de l'opiniâtre lieutenant Daudier.

L'armée piémontaise avait eu des pertes très sensibles dans la reprise de Casa di Sotto. Le 10e régiment d'infanterie, qui avait dû attaquer pendant trois quarts d'heure, souffrit particulièrement. Aidé des bersagliers, il tombe sur le gros de l'artillerie en retraite.

« Des groupes de canonniers, de zouaves, de carabiniers, de chasseurs et d'Irlandais s'engagèrent par bandes dans une épouvantable mêlée avec les nôtres, dit le rapport officiel italien. La rage des blessés ne cédait même pas aux bons offices de ceux qui voulaient les secourir ; quelques blessés se levèrent même pour lancer des coups de stylet à ceux qui se préparaient à les relever. »

Sait-on où l'état-major italien a ramassé pareil renseignement ? C'est dans un bulletin du stupéfiant Cialdini, daté du jour même de la bataille. Ce général, qui a toujours l'injure à la bouche, disait : « Après une reddition simulée, les pontificaux assassinaient nos soldats ; plusieurs blessés ont donné des coups de stylet à ceux des nôtres qui allaient les secourir. » Mais quels blessés ont agi ainsi ? Les indigènes ? On a vu combien peu ils songeaient à une défense féroce. Les Suisses, les Autrichiens et les Français ? Allons donc ! M. Cialdini ne trouvera personne en France, en

Autriche, en Suisse, pour le croire. Dans ces trois pays on ne joue pas du poignard. Nous autres, pour l'honneur de l'armée italienne, nous tairons certains actes honteux et authentiques commis par de mauvais sujets des troupes que commandait le général Cialdini.

Trois escadrons piémontais, quittant le hameau des Campanari, courent barrer la retraite aux pontificaux réfugiés entre l'Aspio et le Musone. Ils sont bientôt aidés par deux bataillons de bersagliers, puis par les troupes d'infanterie. Mitraillés de front et de flanc, les soldats du Pape tentent une dernière résistance ; mais elle est désormais inutile.

La colonne de La Moricière, entraînée dans la déroute par celle du malheureux Pimodan, ne parvient pas à avancer sur la côte, parce que les conducteurs d'artillerie, ne pouvant plus se dépêtrer sur les routes trop étroites, coupaient les traits des pièces et encombraient de leurs voitures les passages. Heureusement l'intensité de la fumée empêchait les vainqueurs d'atteindre les malheureux en désordre.

La Moricière envoie ses guides pour ordonner aux troupes de se rallier encore sur la rive droite du Musone, tandis qu'il réunirait les fuyards. Il comptait sur la protection de la cavalerie, qui, complètement désorganisée, ne put remplir son rôle. Alors il abandonne la partie, avec ce qui lui restait autour de lui. Il prend la route d'Umana, entouré de quelques officiers, quelques guides et une cinquantaine de chevau-légers. En route, il ramasse des groupes débandés du 1er et du 2e régiment étrangers. Près d'Umana, il entend non loin de lui, sur son flanc gauche, une fusillade éclatant à l'improviste ; il s'abrite derrière le talus escarpé de la côte, puis il réussit à gagner le chemin accidenté qui conduit au monastère du mont d'Ancône, parmi d'impénétrables broussailles. Cette fois, le récit de l'état-major n'a pas osé reproduire cette phrase de Cialdini : « Le général La Moricière s'est enfui du champ de bataille. »

C'est avoir la main malheureuse que d'écrire une pareille phrase contre un loyal et vaillant soldat, quand on l'a vaincu par la plus facile des victoires. Cialdini ne parlerait pas autrement si sa défense de Castelfidardo pouvait se comparer à l'assaut de Constantine. A sa place, l'intrépide général français n'aurait pas mis dix grandes heures à détruire une poignée de volontaires avec toute une armée aguerrie. Et Cialdini, qui glorifie sa victoire avec tant de jactance, aurait-il sacrifié sa réputation à une retraite où le chef seul n'avait rien à gagner !

Le commandant en chef de l'armée pontificale avait réussi à entrer dans Ancône pour y tenter la suprême résistance avec les troupes qui s'y trouvaient enfermées.

Les autres vaincus de Castelfidardo coururent, les uns sur Lorette, les autres sur Porto-Recanati, où ils s'éloignèrent du rivage sur des barques pour tâcher de rallier La Moricière. Plusieurs d'entre eux se noyèrent. Dans cette dernière poursuite, dix-neuf officiers et deux cent vingt hommes de troupes furent pris. Seul, le capitaine Delpech, avec un détachement, parvint à se dérober et rejoignit le général en chef.

Au sud du Musone, d'autres pontificaux en déroute réussirent à gagner Lorette, et quelques-uns d'entre eux surent se faufiler si habilement dans les montagnes de l'Ombrie, qu'ils parvinrent jusqu'à Rome. Nous les trouverons tout à l'heure.

Les officiers supérieurs encore présents sur les bords du Musone tinrent un rapide conseil de guerre. Les commandants de Becdelièvre et de Bourbon-Chalus furent seuls d'avis de lutter encore et de tenter une retraite sur les montagnes d'Ascoli, puisqu'il ne pouvait être question d'Ancône, désormais barré. Ils ne furent pas écoutés. Le colonel de Guedenhoven eut la mission de porter à Cialdini l'offre d'une capitulation. Elle fut acceptée. Les honneurs militaires étaient rendus à la troupe vaincue, les officiers conservaient leurs armes, l'armée serait rapatriée dans ses foyers. Il était 4 heures. A 8 heures, deux mille deux cents soldats pontificaux étaient dirigés sur Recanati par une route éclairée de torches. Les Piémontais leur présentaient les armes, à mesure qu'ils jetaient leurs fusils. Les tirailleurs se firent remarquer par les larmes de rage qui coulaient de leurs yeux, tandis qu'ils remettaient au vainqueur leurs baïonnettes tordues. On les enferma dans un couvent, d'où ils devaient être dirigés par étapes sur la France. Dans leur seul bataillon, ils avaient eu plus de cent quatre-vingt-dix hommes hors de combat.

La bataille de Castelfidardo démontre deux choses qui semblent se contredire et sont pourtant également vraies : c'est qu'on ne peut rien avec une armée improvisée et qu'on peut beaucoup avec des soldats improvisés, s'ils ont le cœur ardent. La Moricière, avec tout son art et sa hardiesse, devait fatalement échouer, non tant devant le nombre qu'à cause du

rouage mal ajusté et insuffisant des divers services
de ses troupes ; mais Pimodan, Becdelièvre et Charette n'eurent aucune peine à entraîner sous les feux
les plus meurtriers de tout jeunes gens (quelques-
uns, comme M. de Mirabal, avaient seize ans), qui
brûlaient du désir de se sacrifier au Saint-Siège. Les
loyaux adversaires italiens ont reconnu que si tous
les pontificaux avaient eu l'attitude des futurs zouaves,
La Moricière aurait gagné Ancône avec toute son
armée.

Ainsi finit cette bataille de Castelfidardo. Maintenant le dernier mot restait aux soldats chargés de la
défense d'Ancône. La Moricière s'y fortifia et dut
rendre la ville le 29 septembre.

Pie IX n'avait plus d'armée.

V

PASSO DI CORRESE

Aujourd'hui les étrangers visitent encore Rome, mais ils ne l'habitent plus. La Ville éternelle jouit toujours de sa douceur hivernale ; mais on ne s'y sent plus chez soi, même les Romains. Rome est devenue piémontaise. Ce qui séduisait dans la cité pontificale, ses ruines, ses palais, ses églises, s'alignent maintenant sur des rues dont le modernisme s'allie mal avec les constructions anciennes. Rome n'a plus d'originalité, elle qui en avait une si grande et si séduisante. Mais en 1860, et durant les dix dernières années du pouvoir temporel des Papes, quoique réduite à un lambeau de territoire, la capitale du monde catholique resta plus que jamais la ville cosmopolite par excellence, visitée et habitée par les étrangers du monde entier. On y venait en voyageur, même des pays protestants et orthodoxes ; on y revenait pour tout un hiver, et l'on finissait par s'y fixer définitivement. Dans les rues, on entendait toutes les langues, parlées par toutes les classes de la société européenne, princes russes, lords anglais, peintres

français et prêtres venus des quatre coins du monde.
C'est que personne ne se sentait étranger dans la
ville papale. Les grands seigneurs et les hauts personnages de toutes les nations y rencontraient une
aristocratie régnante, à laquelle ils s'alliaient par
des mariages ; le clergé des plus lointaines provinces
des deux continents y trouvait la pierre où reposer
sa tête ; les voyageurs intelligents se plaisaient dans
cette cité étrange, où la caducité même était une
source d'impressions et d'images ; les solennités religieuses surtout offraient un spectacle d'un grandiose
inconnu partout ailleurs. Pour toutes ces personnes
si différentes, Rome n'était pas seulement le théâtre
des grands actes du passé, la terre sacrée des pontifes, la cité la plus illustre qui fût jamais : elle
était la source féconde et fraîche de toutes les ins-
pirations, avec ses magnifiques horizons baignés de
splendide lumière, qui entouraient la majesté de sa
solitude. Dans la riche végétation qui recouvrait ses
ruines dorées, ses colonnes tronquées, ses statues
mutilées, l'art antique révélait la beauté de la nature,
et la nature à son tour faisait comprendre la beauté
de l'art antique. Chaque siècle y témoignait de son
passage : le paganisme, dans le Colisée, les arcs de
triomphe, les forums ; le christianisme naissant, dans
ses impressionnantes catacombes ; le moyen âge, dans
ses cloîtres et ses basiliques ; la Renaissance, dans
une éclosion de palais admirables et d'une richesse
inouïe. Tout cela, les volontaires de 1860 n'avaient
fait que le soupçonner à peine en de rares promenades hors des casernes où ils étaient descendus pour
être aussitôt équipés et dirigés sur l'Ombrie.

C'est dans cette Rome à peu près disparue que les soldats de l'armée du Pape vont vivre pendant dix ans d'une existence à la fois pleine de charme et d'émotions, où la pureté du jour alternera pour eux avec la nuit orageuse. La haine garibaldienne assaillira l'amour et la fidélité des pontificaux. Tantôt nos compatriotes camperont dans les riants bocages du Latium, et tantôt ils se transformeront en fossoyeurs pour enterrer les cholériques. Ils assisteront aux réjouissances les plus cordiales, et ils tomberont victimes d'attentats criminels. Les chants de la Sixtine auront parfois pour écho les coups de feu contre les brigands des montagnes. Nulle part les contrastes n'ont été accumulés en pareil nombre et avec autant d'intensité.

Plus des deux tiers des États de l'Église venaient d'être enlevés au Pape par les annexions italiennes de 1860. Rappelons à ce propos que Victor-Emmanuel s'était couvert par des plébiscites, pour donner une forme légale à sa nouvelle conquête. Les plébiscites réussissent toujours à ceux qui les ordonnent, il n'est pas besoin d'expliquer pourquoi.

Pie IX régnera dix ans encore avec un territoire qui formait une étroite zone le long de la côte, depuis les anciennes frontières maritimes de Toscane jusqu'aux anciennes frontières maritimes du royaume de Naples. L'autre côté de cette zone se déroulait à peu près le long du Tibre vers le milieu de son parcours jusqu'à Passo di Correse ; puis il gagnait la crête septentrionale du bassin du Teverone et englobait la vallée supérieure du Sacco. Lorsqu'on suit sur une carte

le tracé de ces limites, on est tout d'abord frappé par
les conditions déplorables qu'il impose à la défense :
moins de cinquante kilomètres d'épaisseur et près de
quatre cents kilomètres de périphérie à protéger du
côté de terre. Les portes étaient ouvertes par les vallées du Fiora et du Paglia, du côté de la Toscane ;
par les vallées de la Chiana, du haut Tibre et de la
Néra, du côté de l'Ombrie annexée ; par les vallées
du Velino et du Sacco, du côté des anciens États
napolitains. Tandis que le nouveau royaume d'Italie
attendra le retrait des troupes françaises pour mettre
la main sur Rome, les garibaldiens trouveront cent
passages inoccupés pour surprendre les localités frontières avant que les garnisons, espacées et insuffi-
santes, aient le temps de les prévenir. Les zouaves
pontificaux, devenus la force principale de l'armée
de Pie IX, s'adonneront avec une extrême vigueur à
ces randonnées contre les continuelles invasions, jusqu'au jour où l'audace croissante de Garibaldi amè-
nera le célèbre condottiere à sa défaite de Mentana.
Les sept années qui s'écoulent entre Castelfidardo et
Mentana constituent une période à part, celle des guérillas contre les révolutionnaires de l'extérieur et
contre le brigandage local.

Après Castelfidardo, l'armée du Pape avait été
réduite à quelques volontaires arrivés trop tard pour
prendre part à la bataille. Mais un tressaillement
général ébranla le monde catholique, lorsqu'on apprit
la défaite des défenseurs de l'Église. Les anciens
volontaires vaincus ne firent qu'un court séjour dans
leur pays et vinrent de nouveau s'enrôler à Rome,

sauf ceux que les engagements de la capitulation obligeaient de rester une année avant de reprendre les armes. Des volontaires nouveaux et bien plus nombreux se joignirent à eux.

Le commandant de Becdelièvre était arrivé déjà pour rendre compte à l'autorité supérieure des événements auxquels il avait pris part. Mgr de Mérode le pria de prolonger son séjour dans l'armée pontificale et le conduisit aux pieds de Pie IX, qui l'engagea vivement à reconstituer son bataillon. Pour lui témoigner sa haute estime, le Souverain Pontife eut même la touchante pensée de lui donner le petit fanion de manœuvres qui avait servi aux Franco-Belges le jour de la bataille. Le don personnel de ce lambeau déchiré par les balles alla droit au cœur du commandant.

Ce fanion avait été tenu à Castelfidardo par le sergent Arthur de Cavailhès, frappé de plusieurs blessures. On l'avait inauguré au mois d'août 1860, pour servir de guidon dans les exercices du camp de Terni.

« Oh ! que nous l'aimions ! s'écriait Poli. Comme nos poitrines faisaient tic tac à son apparition ! Il était déposé dans la tente du commandant et n'en sortit que pour les manœuvres. Il était aux couleurs pontificales, blanc et jaune, avec les armes de saint Pierre brodées au milieu. Nous avions juré de mourir plutôt que de l'abandonner. »

Parmi les volontaires nouveaux, des Italiens et des Romains montrèrent leur dévouement en se joignant aux Français, aux Allemands, aux Belges, aux Suisses, aux Hollandais, aux Autrichiens, aux Irlandais, aux Canadiens, aux Anglais, aux Polonais, aux Espagnols. Une pensée dominante les unissait : ils se rappelaient

qu'un pape nationalisé est la pire atteinte à la liberté
de l'Église, ainsi que l'histoire du moyen âge l'a
prouvé. Pour que le Pape restât romain, ils se sacri-
fiaient, comme leurs aînés l'avaient fait l'année précédente.

Les Français se signalèrent par leur enthousiasme.
Charette apparut parmi eux, tout ému de la lettre
qu'il avait reçue du comte de Chambord.

« Il n'y a qu'une voix, lui écrivait le prince, sur la
part brillante que vous avez prise à la lutte mémorable
engagée vivement par une poignée de braves contre
toute une armée. J'ai été pendant quelques jours très
inquiet de vous, sachant que vous aviez reçu deux
blessures. Honneur, admiration, reconnaissance à ces
intrépides et vaillants défenseurs du droit, aujourd'hui
si indignement attaqué dans le souverain qui en est
ici-bas le plus auguste et le plus vénérable représen-
tant ! Que n'ai-je pu dans cette circonstance voler au
secours de la religion et de la société menacée par la
révolution ! »

Les frères de Charette revenaient avec lui : Urbain
et Ferdinand, anciens officiers au service du roi de
Naples ; Armand ; Alain, déjà enrôlé aux Franco-
Belges ; Louis, ancien sous-officier aux dragons pontificaux. En même temps, le comte de La Vaulx débar-
quait à Rome pour mettre ses deux fils au service du
Pape. M. de La Carte s'engageait lui-même, avec deux
de ses enfants. Le duc de Chevreuse retardait son
mariage pour s'enrôler aussi ; les ducs de Luynes et
de Lorges ; Charles de Lambilly ; de Troussure, sorti
de Saint-Cyr en 1854 ; Edgard de Soissans, et tant
d'autres que nous verrons à l'œuvre, parlant des

langues différentes, mais étroitement unis dans la pensée commune de verser tout leur sang pour sauver le pouvoir temporel de Pie IX.

Becdelièvre obtint d'abord une permission de trois mois pour régler en France des affaires de famille; mais il fut arraché à son congé par une lettre de La Moricière. « Les recrues arrivent, lui écrivait, du château de Prouselles (le 20 novembre), l'ancien général en chef. Il est important de pousser avec activité l'organisation du bataillon. Hâtez-vous donc, mon cher colonel, de terminer vos affaires et d'aller prendre la direction de ce corps, qui ne marchera jamais bien sans vous. »

A son retour, le lieutenant-colonel des Franco-Belges trouva à Rome six cents volontaires, dont cent cinquante avaient fait la campagne précédente. Une grande transformation s'était opérée parmi eux : aux Belges et aux Français se trouvaient maintenant mêlés des soldats d'autres nationalités. Parmi eux la communauté de foi religieuse était telle, que jamais le corps n'eut à souffrir de la diversité d'origine. La cordialité, l'esprit d'entente, animèrent dès le début ces jeunes gens.

Elle était vraiment étonnante, cette unité de cœur et d'esprit chez des hommes aussi dissemblables de langage et de coutumes. On n'en a jamais vu de pareille dans l'histoire. Les croisés du moyen âge ne peuvent leur être comparés, car dans leur grande ruée européenne d'abord ils se groupaient par nations.

Est-ce à dire que les volontaires du nouveau bataillon s'unissaient dans une sorte d'internationalisme? Tous ont protesté contre cette idée : ils restaient très

patriotes et jaloux de la gloire de leur pays réciproque
jusqu'au chauvinisme. Et cependant il n'en résultait
pas de dissension, il n'y avait qu'émulation entre
nationalités. De même les relations devinrent vite
cordiales avec les populations indigènes de la ville et
des campagnes. « *Sono nostri*, ils sont des nôtres, »
disaient les Romains.

Entre les mains d'un officier comme Becdelièvre, la
réorganisation du bataillon s'acheva rapidement. Il se
fit ouvrir les magasins, renouvela l'administration
intérieure du corps, simplifia son intendance, régula-
risa le service d'après le système français. Comme les
hommes étaient casernés près de Saint-Jean-de-
Latran, les exercices se firent sur la vaste esplanade
de la basilique ; ils furent poussés avec un grand zèle
par les instructeurs.

Cependant, vers la fin de 1860, on s'aperçut que
quelques recrues nouvelles laissaient à désirer au point
de vue de la sobriété et de l'esprit de discipline. Certains Belges, fort braves d'ailleurs, pratiquaient un
peu trop la dive bouteille. Pour couper court au mal,
on décida un licenciement, suivi immédiatement d'une
reconstitution nouvelle. Ainsi se trouveraient éliminés
ceux qui n'étaient pas complètement dignes de figurer
dans une arme d'élite. La formalité fut accomplie le
1ᵉʳ janvier 1861. Le bataillon prit alors le nom défini-
tif de zouaves pontificaux, qu'il devait garder jusqu'à
la fin. Ce titre de zouaves, la cour romaine le choisit
pour honorer le souvenir de La Moricière, qui avait
été, on le sait, le fondateur des zouaves français.

Nous connaissons l'uniforme des zouaves, car on
maintint celui qui avait été créé par Becdelièvre pen-

dant le camp de Rieti. Ce costume gris était mieux
approprié que celui du corps algérien ; il était beaucoup moins voyant, presque invisible dans les plaines
ternes de la campagne romaine, alors que les gendarmes, par exemple, s'y détachaient nettement en
noir. L'uniforme des officiers ne tranchait pas sensi-
blement de loin sur celui de leurs hommes ; c'est là
un sérieux avantage, parce que l'ennemi vise de pré-
férence les chefs, ainsi qu'on l'enseigne dans toutes
les armées. Les Autrichiens, en 1859, en firent la
cruelle expérience avec leurs officiers vêtus de blanc,
au milieu des troupes vêtues de noir. Dans la suite,
les garibaldiens, avec leurs chemises rouges, payèrent
cher également cette inepte fantaisie des couleurs
voyantes.

Dans l'armement des zouaves, on adopta les derniers progrès de l'époque, la carabine Minié et le sabre-
baïonnette pour les hommes, le revolver à barillet
pour les officiers.

Il est intéressant de reconstituer, au moyen des
nombreux souvenirs des zouaves, ce qu'était pour
eux la vie de caserne, à la Cimara.

A 10 heures du soir, le clairon sonnait l'extinction
des feux, les caporaux imposaient le silence absolu.
Si quelque nouvel arrivé se plaignait d'avoir la tête
trop basse, son voisin lui murmurait de mettre son
sac sous le cou : « C'est l'oreiller des zouaves. » A la
rigueur, ces premières nuits eussent été bonnes, malgré les angles durs « d'Azor » ; mais des millions
d'insectes réveillaient les jeunes dormeurs, réduits
à s'arracher la peau jusqu'à ce que les minuscules
assaillants fussent suffisamment gorgés.

Au réveil, le clairon mettait en branle toute la
chambrée : les chants, les rires éclataient. Le caporal
offrait des balais à ses hommes en leur enjoignant
d'opérer la corvée de quartier. Et voilà ceux-ci net-
toyant avec vigueur les corridors, les escaliers, les
cours. Au retour, chaque balayeur recevait en récompense la « boule de son » et le café, sorte de
liquide noirâtre bien connu des troupiers de tous les
pays.

Puis on faisait l'exercice, très long et très fatigant,
sur l'esplanade Saint-Jean, où la bise d'hiver souffle
parfois avec violence.

Certains jours, après l'appel de 11 heures, les officiers donnaient le congé de la journée aux nouveaux
arrivés qui avaient à faire en ville.

Pendant que l'armée pontificale se réformait sous
les ordres directs de Mgr de Mérode, cet actif prélat
roulait des plans hardis. Non seulement il s'occupait
de créer une batterie de montagne sous le commandement du capitaine Daudier, et un sérieux escadron
de dragons confié à M. de Saintenac, mais il projetait
de prendre l'offensive et de reconquérir la Sabine. Il
s'en ouvrit au colonel de Becdelièvre, dont l'étonnement fut extrême. Le chef français croyait qu'à cette
époque l'unique but était de former, autour du Saint-
Siège, le noyau d'une petite armée en rapport avec le
peu de territoire que le Piémont avait laissé, noyau
destiné à mourir sur les marches du Vatican, si un
nouveau 1848 se produisait, mais non à entreprendre
une conquête. Il ne pouvait comprendre, avoue-t-il,
que, n'étant pas assez fort pour se défendre, on vou-

6

lût attaquer. Et il combattit de toutes ses forces les
plans guerriers du ministre. Il allégua qu'un jour vien-
drait où les populations, dégoûtées du joug piémontais, demanderaient secours à l'armée pontificale et
qu'alors, bien constituée, bien préparée, cette armée
pourrait affronter le danger ; actuellement il ne serait
pas prudent de risquer les chances d'un autre Castelfidardo, un nouveau désastre atténuerait les sym-
pathies qu'avait values le premier malheur. Braver
un si grand péril serait assumer une responsabilité
effrayante. Il y avait impossibilité absolue d'aller
sérieusement à l'ennemi avec des recrues dont la plupart comptaient à peine quelques jours de service.
Mais Mᵍʳ de Mérode répondit à toutes ces objections
par ces mots :

« Mon cher colonel, votre rôle sera magnifique,
vous serez un Garibaldi catholique ! »

Il fallut s'incliner.

On se prépara. Les nouveaux zouaves redoublèrent
de zèle.

Entre temps, chacun était présenté au Saint-Père
dans des audiences de groupes. Dès que Pie IX, pré-
cédé de gardes-nobles, se montrait, le chef du groupe
criait : « Genou terre ! »

« Nous respirions à peine, dit l'un d'eux ; mais
bientôt le visage si doux et si bon de Pie IX, ses
paroles si affectueuses et si paternelles ont dissipé
notre émotion.

« — Oh ! quel vieillard ! s'est-il écrié en passant
devant Achille, dont il a pincé légèrement la joue.
Quel âge avez-vous, mon enfant ?

« — Seize ans, très Saint-Père.

« — Seize ans ! » a repris le Pape, et une larme a jailli de ses yeux.

« Le soir, à la caserne, après la prière, bien des nouveaux arrivés, en nous entendant raconter notre visite au Vatican, ont envié notre chance. »

A cette date eut lieu la mémorable cérémonie de la prestation de serment des zouaves dans la basilique Saint-Jean-de-Latran, *sacrosancta Lateranensis ecclesia, omnium urbis et orbis mater et caput*, première église de la ville et du monde. Elle s'élevait dans des quartiers en partie déserts. On sait en effet que Rome, comptant à peine deux cent mille habitants, se trouvait trop au large dans la ceinture de murailles élevées par Aurélien. Les espaces inhabités étaient occupés par des vignes, des jardins, des terrains sans culture, couverts de ruines, parmi lesquels erraient des buffles et des troupeaux de brebis. L'élévation sur laquelle se dresse la basilique de Saint-Jean, le baptistère de Constantin et la *Scala santa*, se trouve sur le versant du Cœlius. Du perron de la vaste église, le coup d'œil sur la campagne romaine, par-dessus les remparts que les pentes de l'esplanade abaissent à quatre cents mètres de là, est splendide. La campagne rayonne sous l'air limpide, entre les pins parasols du premier plan et les lointaines montagnes violettes du Latium.

A l'intérieur de l'église, rien de majestueux comme les énormes piliers, le maître-autel où sont conservées les têtes de saint Pierre et de saint Paul, la salle du chapitre où les rois de France avaient le titre de chanoine, les étendards qui rappellent les victoires du monde chrétien sur l'islamisme, les statues colossales et blanches des apôtres, se détachant de leurs niches de marbre vert. C'est là que, le 10 janvier, allait avoir lieu la cérémonie solennelle qui devait lier les volontaires par le serment.

A 2 heures de l'après-midi, le bataillon est formé en carré sur l'esplanade. Le colonel le passe minutieusement en revue ; puis les six cents hommes, musique en tête, entrent dans la basilique. Ils sont rangés sur trois faces. Au milieu de ce carré ouvert, l'Évangile est placé sur un pupitre. L'aumônier, debout devant le colonel, adresse aux zouaves l'allocution suivante :

« Jusqu'ici vous vous êtes engagés isolément, chacun en particulier ; mais aujourd'hui tous ensemble nous voulons jurer solennellement fidélité à Dieu et à son service, à l'Église et à ses droits, à son auguste chef, prince temporel, chef spirituel. Nous promettons à Dieu de défendre ses droits et de plutôt mourir que de les abandonner lâchement. Pour moi, messieurs, en présence de ce bataillon que je respecte et que j'aime, en présence de Dieu et de l'Église, je jure de demeurer toujours fidèle à l'Église, à sa doctrine et à ses droits, j'ajoute le serment de la plus entière fidélité, du plus entier dévouement à votre service, messieurs, et au salut de vos âmes. Maintenant, je vais recevoir votre serment. »

Après ces paroles de l'abbé Daniel, lecture est faite de la formule du serment des zouaves :

« Je jure à Dieu tout-puissant d'être obéissant et fidèle à mon souverain le pontife romain et à ses légitimes successeurs. Je jure de le servir avec honneur et fidélité et de sacrifier ma vie pour la défense de sa personne auguste et sacrée, pour le soutien de sa souveraineté et pour le maintien de ses droits. Je jure de n'appartenir à aucune secte ni civile ni religieuse, à aucune société secrète ou corporation ayant pour but, directement ou indirectement, d'offenser la religion catholique et de corrompre la société. Je jure de ne jamais abandonner les insignes du Souverain Pontife et le poste qui m'aura été confié par mes supérieurs. Que Dieu me vienne en aide et son saint Évangile, par Notre-Seigneur Jésus-Christ. Ainsi soit-il. »

Alors, pour geste d'acquiescement, au milieu d'un silence imposant, les officiers lèvent l'épée, les soldats présentent les armes, et le bataillon des zouaves reçoit la consécration à laquelle il devait se montrer dévoué et fidèle jusqu'à la mort.

Mgr de Mérode allait vite en besogne. Dès les premiers jours de janvier, il avait dit à Becdelièvre de s'y prendre comme il pourrait, mais d'être en mesure de marcher vers le 20 du même mois contre les provinces annexées. Les exercices ayant été multipliés, le colonel mit en route ses deux premières compagnies, le lendemain même de la prestation de serment, se réservant de conduire lui-même le reste quarante-huit heures après.

Cette première colonne, sous les ordres du capitaine d'Yvoire, partit pour Nérola, devenue poste extrême au bout de la Commarca. D'Yvoire avait pour instruction d'appuyer le lieutenant de gendarmerie Vitali; celui-ci devait enlever un poste piémontais qui s'était installé à l'osteria di Nérola, sur territoire pontifical.

Le 13, Becdelièvre recevait lui-même les ordres
de Mérode : « Le lieutenant-colonel se rendra immédiatement à Nérola. Il établira le mieux qu'il lui sera
possible les quatre compagnies de son bataillon dans
le village de Nérola et aux environs. S'il trouve une
occasion opportune, il entrera dans la province de
Rieti, dans la portion de cette province formée par le
bassin du Tibre. Il y rétablira le gouvernement pontifical, appelé par les vœux de toutes les populations,
en expulsant les autorités piémontaises. Il est bien
entendu qu'il devra éviter toute rencontre avec des
forces trop supérieures aux siennes et se retirera s'il
en approchait de ce genre. Il devra s'assurer des bacs
et des barques servant à passer le Tibre, et ne rien
négliger pour faciliter sa retraite, si elle était nécessaire. Il évitera d'arrêter les personnes compromises
dans les événements passés, mais ne tolérera aucune
démonstration ni aucun acte hostile du moment qu'il
aura rétabli l'ordre dans un lieu. »

Becdelièvre, avec sa deuxième colonne, se mit en
route le 13 au soir. Elle sortit de Rome par la porte
Saint-Jean, qui s'ouvre dans la muraille au pied de
l'esplanade en pente de la basilique. C'était par cette
porte que Pie IX s'était enfui secrètement, le 15 novembre 1848, sous la protection de l'ambassade de
France. Et c'était par cette même porte qu'il était
rentré, le 15 avril 1850, au milieu des acclamations
des Romains, tandis que les canons tonnaient du haut
du fort Saint-Ange.

La colonne longea les remparts, passa devant la
porte Pia, une des plus belles de l'enceinte. Son
massif imposant est une des premières œuvres de

Michel-Ange. C'est par là que, sept ans plus tard, les pontificaux vainqueurs devaient rentrer de Mentana et qu'en 1870 devait s'ouvrir la brèche du 20 septembre.

Ce grand détour hors les murs avait pour but de cacher les intentions du ministre et de faire croire à une simple promenade militaire. La marche sur Palombara, sous une pluie battante, éprouva fort les jeunes soldats. On n'arrive à l'étape qu'à 6 heures du soir.

Le lendemain, après la messe militaire, on se remet en marche, et la pluie ne cesse de tomber. Le lecteur se souvient qu'il n'y avait alors pas de route de Palombara à Nérola. Par les mêmes sentiers impraticables que leurs devanciers de juin 1860, les zouaves pataugèrent dans l'eau, et les anciens affirmèrent n'avoir jamais eu une journée comme celle-là. Il fallait grimper, sous l'averse, des sentiers à pic et rocailleux. La charge de chaque homme était lourde avec le sac rempli, la grande couverture, la tente, les piquets, les souliers de rechange, les cartouches, en tout une trentaine de kilos. La plupart des zouaves eurent les pieds ensanglantés. Les malheureux désespéraient quand ils apercevaient, au sommet de hautes montagnes, la bourgade qui devait leur servir de gîte.

« Il en est ainsi de toutes les bourgades d'Italie, écrit un volontaire, c'est à qui sera la mieux perchée. Après toute une journée de marche, en les voyant, on se croit arrivé. Pas du tout ; au moment où vous croyez les atteindre, une nouvelle montagne se dresse devant vous dont la cime se perd dans les nuages. Il faut pourtant la gravir ; les forces manquent, on est tenté d'y renoncer ; mais alors on regarde plus haut que la montagne, et le bon Dieu accorde un supplément de forces au pauvre soldat. »

Cette seconde journée, la pluie tomba à torrents. Vers 4 heures, l'abbé Daniel, pris de commisération, supplia le colonel d'accorder une halte plus longue. Une demi-heure fut accordée. Le premier soin des hommes trempés jusqu'aux os fut d'essayer d'allumer du feu ; mais la pluie éteignit vite les premières flammes. Enfin, à la tombée de la nuit, on entra dans Nérola, après une longue montée. Les zouaves furent entassés dans une chapelle abandonnée, dans l'église et dans le donjon.

Les officiers couchèrent sur la paille, comme leurs hommes. La plus grande camaraderie, du reste, régnait entre chefs et soldats en dehors du service. Et dans le service, si la discipline était dure, si les officiers ne plaisantaient jamais, c'était une conséquence naturelle de la liberté d'enrôlement et de la nécessité de doubler les étapes de l'instruction. Dans la vieille chapelle abandonnée, les trois officiers de la compagnie qui y cantonnaient n'eurent d'autre privilège que de mettre leur paille sur les marches de l'autel. Le plus fortuné des hommes fut V. de Mirabal, qui dénicha une civière à transporter les morts, car la chapelle se trouvait au milieu du cimetière. Dans ce pays, les cercueils n'étaient pas encore en usage. On exposait les défunts sur ce lit de sangle, puis on leur passait une corde sous les bras, et on les descendait dans la fosse. Sur ce corbillard primitif, on était tout à fait bien, disent les jeunes Français qui en goûtèrent comme lit durant cette nuit-là.

A mesure qu'il devenait disponible, on se le disputait et on essayait à tour de rôle d'y faire le mort.

« J'y réussis à merveille, raconte un tout jeune zouave, et dormis comme un sabot durant les deux heures de faction de cet excellent Mirabal. »

Les postes occupés par les Piémontais, depuis l'arrivée des zouaves à Nérola et Montelibretti, étaient à Fora et à Passo di Correse, sur le Tibre. Becdelièvre apprit que les bandes garibaldiennes du colonel sarde Masi avaient coulé les bateaux du fleuve pour se protéger contre une attaque. Ce qui préoccupait le colonel, ce n'était pas la difficulté d'enlever les postes ennemis, — car il se fiait entièrement à la vaillance de sa petite troupe, — c'était de ne pouvoir laisser des garnisons dans les lieux conquis, faute d'effectifs suffisants. Il aurait poussé jusqu'à Rieti, dans l'Ombrie, et même au delà ; mais à quoi bon ? Aussitôt après le départ des pontificaux, les villes et les bourgades fortes seraient réoccupées par les Piémontais ou les bandes de Masi. Aussi, pour se mettre à couvert, le chef des zouaves exigea-t-il de Mgr de Mérode des ordres écrits, d'autant plus que le proto-ministre le poussait à une offensive en lui recommandant de ne pas avouer qu'on agissait par ses ordres. Mérode visait l'occupation de Torrito, Ponzimo, Nayanno, Civita di San Paolo, avec communications par un bateau à vapeur sur le Tibre. Le colonel Blumenstihl construirait un pont de bateaux sur le fleuve pour relier les deux rives à hauteur des garnisons projetées.

Becdelièvre s'apprêtait à obéir ; mais un contre-ordre, daté du 16, le força à se replier sur Monte-Rotondo, à une vingtaine de kilomètres au sud de la frontière. Là, son bataillon cessait d'être une colonne mobile pour devenir une simple troupe de garnison, où les zouaves, en cas de nécessité, joueraient le rôle prépondérant.

Dès qu'il fut installé à Monte-Rotondo, le colonel des zouaves pontificaux pria le proto-ministre de laisser le bataillon quelque temps en repos pour qu'on achevât son instruction militaire. Il y avait dans cette bourgade un vieux palais à transformer en caserne, et même en logement d'officiers. A proximité, des terrains s'étendaient dans d'excellentes conditions pour servir de champ de manœuvre. Mais Mgr de Mérode persistait dans ses idées d'offensive, et Monte-Rotondo ne fut considéré par lui que comme une halte. Aussi, dès le 23, il écrivait à Becdelièvre :

« Les Piémontais ont, comme vous le verrez, envahi le territoire des États pontificaux à Casamari. Après avoir mis le feu au couvent, ils sont rentrés dans le royaume de Naples. Si vous vous croyez en mesure de le faire, ce qui me semble certain, enlevez le poste de Correse et, établissez-vous de l'autre côté. »

Passo di Correse est une localité située sur la rive gauche du Tibre, à quarante kilomètres au nord de Rome, sur la frontière des anciennes provinces de Rieti et de la Commarca. A proximité du village, le Passo di Correse était le seul passage du fleuve qui mît en communication la Commarca avec la Sabine. Du côté sabin, ce Passo était gardé par quinze gendarmes pontificaux, abrités dans une petite caserne ; du côté opposé, par un fort parti de Piémontais bar-

ricadés dans une grande osteria. Les gendarmes recevaient constamment des invitations à la désertion,
des offres d'argent. On leur faisait dire que les troupes
d'Italie allaient avancer vers la capitale.

Becdelièvre estima alors que le poste piémontais
devait disparaître. Il envoya d'abord en reconnaissance le capitaine du Chyllas. En voyant les zouaves
sur l'autre berge du Tibre, les hommes de l'osteria
entonnèrent des chants révolutionnaires contre le
Pape et son armée ; ils crièrent des injures où entraient
les épithètes de *brigands* et d'*assassins*.

Puis, le 25, à minuit, le colonel partit sans bruit
avec tout son bataillon, pour arriver un peu avant le
lever du jour en vue du poste ennemi. Les zouaves
étaient divisés en deux colonnes : la première sous
les ordres du capitaine du Chyllas, la seconde sous
les ordres directs de Becdelièvre.

Il faisait un clair de lune superbe. Le silence dans
les rangs était rigoureusement observé. Cette fois, les
zouaves savaient fort bien où on les conduisait. Avant
de les mettre en route, le colonel, monté sur son cheval blanc, avait fait former le carré dans la grande
cour du palais et avait dit :

« Je vous préviens que nous entreprenons un coup
de main hardi, mais parfaitement étudié et avec
chance de réussite. Que Dieu nous vienne en aide.
Je n'ai pas besoin de faire appel à votre valeur ; c'est
plutôt votre élan qu'il faudra ralentir. Si nous sommes
repoussés, nous nous replierons sur Monte-Rotondo,
emportant, autant que faire se pourra, nos morts et
nos blessés. Si nous bousculons l'ennemi, comme j'y
compte, nous irons de l'avant après avoir dirigé nos

prisonniers sur Rome, et quand nous aurons reçu des renforts qui doivent nous joindre à la pointe du jour. Silence absolu dans les rangs jusqu'à l'attaque ! »

A la sortie de Monte-Rotondo, le colonel fait charger les carabines, on avance en pleins champs. Deux heures après, le bataillon atteint la route qui mène à Correse. Là, on fait halte. Les officiers et les sous-officiers exhortent leurs hommes ; car on ne sait pas, en somme, à quelles forces de l'ennemi on va avoir à faire. Un vieux sergent dit à ses jeunes soldats :

« Vous savez qu'on ne fait pas d'omelettes sans casser les œufs. Eh bien ! on ne va généralement pas au feu sans voir tomber à ses côtés quelques camarades. Ne vous arrêtez pas pour les relever. Cette besogne-là se fait après : avancez toujours. Allons, ne vous frappez pas pour si peu de chose ! »

Au clair de lune, il lui semble en voir quelques-uns qui paraissent émus.

« Ça n'en vaut pas la peine, ajoute-t-il, on vous lancera, et ça ira tout seul. »

Avant de quitter la halte, le colonel commande : « Baïonnette au canon ! Genou terre ! » Alors l'aumônier bénit la troupe, dont les armes scintillent dans la nuit, et les quatre cents jeunes gens se tiennent courbés devant lui. Ce spectacle les émeut plus que le prochain danger, ainsi qu'ils en conviennent tous.

Aussitôt que la marche est reprise, un cri s'élève du côté de l'ennemi : « *Chi viva !* » C'est un factionnaire, qui décharge immédiatement son fusil sur les ombres apparues. La balle n'atteint personne. Deux compagnies de zouaves sont lancées à l'assaut. Elles s'ébranlent au cri de : « Vive Pie IX ! » Il est 4 heures du matin. Il s'agit d'enlever un ennemi dont on est séparé par un pont étroit, garni de sentinelles. En un clin d'œil ces sentinelles sont culbutées, et le pont est traversé ; aussitôt Becdelièvre fait ouvrir le feu sur l'osteria et sur les maisons qui se trouvent à proximité. Les Piémontais, surpris en plein sommeil, ont à peine le temps de tirer quelques coups de fusil ; mais ils se défendent bravement, tiennent le plus longtemps possible derrière leurs barricades et ne se laissent prendre que les armes à la main. Ils n'étaient à ce moment que quatre-vingts. Cernés, ils ne purent résister qu'un quart d'heure. Trois des leurs trouvèrent la mort dans l'osteria, dix furent blessés, le reste fut fait prisonnier.

Dans une des maisons dont les zouaves avaient enfoncé la porte à coups de crosse, Kerguenec, à la lueur d'une allumette, voit une femme. Celle-ci se met à pleurer.

« Oh ! mon mari ! mon mari ! gémit-elle, il ne vient pas me défendre, est-ce qu'il a été tué ? »

C'était une cantinière. Elle avait froid. Kerguenec lui offre son manteau. La pauvre femme retrouve ensuite son mari parmi les blessés. Il souffrait cruellement à son coude fracassé. La cantinière le console et l'installe avec des soins touchants sur la charrette des prisonniers.

Le colonel, après avoir fait briser le fil télégraphique, désigna trente zouaves pour escorter les prisonniers à Rome. En route, Kerguenec, qui faisait partie de ce convoi, reconnut parmi les captifs un jeune lieutenant fort bien élevé, qui le remercia avec effusion de la façon dont lui et ses hommes étaient traités.

« Nous avons causé politique, écrit le zouave, et je lui ai bien fait comprendre que nous n'étions venus à Rome que pour défendre les droits du Saint-Père, et aucunement poussés par un sentiment de haine contre les Italiens en particulier, ni contre les soldats piémontais, dont nous étions les premiers à déplorer la douloureuse situation. Mes explications l'ont certainement touché, car j'ai vu de grosses larmes rouler dans ses yeux. La cantinière a été laissée à l'hôpital de Monte-Rotondo, près de son mari qui va mourir, et sera placée ensuite dans un établissement de bienfaisance, où le Saint-Père ne la laissera manquer de rien. »

L'enlèvement du poste de Correse est méritoire, non comme fait d'armes, car l'ennemi y était de beaucoup inférieur, mais comme tactique habile. En somme, Becdelièvre ne savait pas quels effectifs lui opposerait l'adversaire. Il organisa son attaque avec un tel à-propos, une si savante brusquerie, qu'il étouffa la résistance avant qu'elle pût lui mettre un seul homme hors de combat. Les Piémontais eux-mêmes en profitèrent, puisqu'ils perdirent relativement peu de monde avant de tomber entre les mains des vainqueurs.

Aussitôt le poste enlevé, Becdelièvre repassait le pont. A 8 heures, un bateau à vapeur arrivait de Rome, apportant la batterie de montagne du capitaine Daudier, des vivres, des pioches, des pelles, des planches, des poteaux et tous les outils nécessaires pour se fortifier. Il y avait à bord le colonel Blumensthil et l'intendant Ferri. Becdelièvre s'occupa immédiatement de créneler la maisonnette. Ce travail

achevé, il laissa à Correse les deux pièces de canon
avec un fort détachement de zouaves et revint à
Monte-Rotondo, où la population l'acclama. Il pouvait s'estimer satisfait, lui qui venait d'anéantir un
poste ennemi dont la présence sur la frontière causait
de perpétuelles inquiétudes et qui s'était établi sur ces
emplacements de manière à empêcher le retour de ces
désavantages. Ce coup de main, pensait-il, allait
donner du répit pour continuer les exercices militaires de Monte-Rotondo. Tout autre était la pensée
de Mgr de Mérode, ainsi qu'on le devine. Pour le
ministre, l'impression de ce succès avait démoralisé
les bandes révolutionnaires, et il fallait en profiter.
Nous allons voir comment le prélat, après avoir
ordonné la marche en avant, obligea les zouaves du
Pape à céder la place aux troupes françaises du général de Goyon.

Mgr de Mérode constitua d'abord une petite armée,
qu'il désigna sous le nom de colonne mobile de Monte-
Rotondo et qu'il plaça sous les ordres du colonel de
Becdelièvre. Elle se composait théoriquement ainsi :

Bataillon des zouaves	300	hommes.
Dragons pontificaux, capitaine Lantena.	30	—
Une demi-batterie de montagne	60	—
Une compagnie irlandaise	45	—
Une compagnie de gendarmes	150	—
Cinq compagnies indigènes	450	—
En tout	1 035	hommes.

Les quatre cent cinquante indigènes n'arrivèrent
qu'après l'action, de sorte que la colonne mobile de

Mgr de Mérode se monta seulement à cinq cent quatre-vingt-cinq hommes.

Tout était ainsi préparé quand, le 26 janvier, Becdelièvre reçut du capitaine de Cordon, laissé à Correse, les renseignements suivants :

« Mon colonel, je viens d'apprendre par un espion que les garibaldiens sont partis de toutes les localités environnantes au nombre de sept à huit cents, et se sont réunis à Poggio Mirletto. De là, en emmenant avec eux l'évêque et tous les prêtres de cette localité, ils se sont portés sur Terni ; l'individu qui m'a donné ces renseignements m'assurait qu'ils doivent revenir en grand nombre pour nous attaquer. M. Mozon, aide de camp du général de Goyon, est venu ici prendre des informations et est parti pour l'osteria de Nérola. Il espère rencontrer les garibaldiens et savoir de leur chef ce qu'ils veulent faire. Il dit n'avoir que cette mission et croit à une attaque de Correse par eux. »

Deux jours après, Becdelièvre recevait l'ordre d'aller de l'avant.

« L'évacuation complète de la partie de la Sabine qui appartient au bassin du Tibre par les bandes garibaldiennes, disait Mérode, vous permettra de l'occuper immédiatement. A minuit, le bateau à vapeur du Tibre se mettra en route pour Torrito, emmenant vingt zouaves commandés par le lieutenant de Beaumont. Ce convoi touchera à Correse pour se mettre en communication avec vous. Suivant les circonstances, vous pourrez vous établir à Cantaluppo. Nous enverrons immédiatement sur le Tibre des pièces de position. Une très petite distance sépare ce point de

Torrito, où nous avons un passage qui assure la retraite en cas de besoin. »

Mais le bateau à vapeur, gêné par le brouillard, ne put partir de Rome qu'à 8 heures du matin au lieu de minuit. Il n'apportait, du reste, rien du personnel ni du matériel annoncé. Néanmoins l'ordre du mouvement fut immédiatement exécuté le jour même, c'est-à-dire le 28, si bien que le contre-ordre du lendemain devait trouver la colonne de zouaves déjà en marche sur Rieti.

A Correse, il y avait déjà un véritable camp : artilleurs, dragons, chasseurs. La colonne pontificale séjourna là durant un des froids les plus rudes dont on ait souvenance dans le pays. Par surcroît, les pontificaux étaient campés dans des prairies humides ; ils manquaient de paille pour se reposer pendant les quelques heures que le service des patrouilles laissait libres.

On se rappelle que, le 28, Becdelièvre avait reçu l'ordre de pénétrer en Ombrie. Le camp de Correse faisait partie de la colonne, qui fut aussitôt dirigée vers le nord. Mais après avoir marché toute une nuit, elle est tout à coup arrêtée. Un officier d'état-major français, le capitaine Dumas, venait de la rejoindre, suivi de deux lanciers. Il traverse au galop les rangs des zouaves et remet un pli à leur chef. C'était un ordre du général de Goyon, qui défendait aux pontificaux d'aller plus loin et leur enjoignait de regagner Passo di Correse. Quel crève-cœur pour les soldats de Becdelièvre ! Ils rentrèrent au camp navrés, affamés, harassés. Voici du reste la lettre de

7

Mgr de Mérode, qui appuyait l'ordre du général français.

« Monsieur le colonel, le général de Goyon a offert au gouvernement pontifical d'occuper Correse et d'empêcher de ce côté toute attaque contre nous ; il y met la condition que nous le laissions seul sur ce point. Suspendez en conséquence votre mouvement. »

La colonne, s'étant repliée, reçut à Correse des instructions pour retourner à Monte-Rotondo. Mais elle resta fièrement à la frontière jusqu'à la venue des troupes françaises, qui n'y arrivèrent que le surlendemain.

Le colonel de Becdelièvre, énervé par tant de changements, se rendit à Rome pour demander des explications. Il lui fut répondu de retourner sur les lieux pour établir un poste à Torrito, sur la rive gauche du Tibre, dans un promontoire dessiné par un méandre aigu du fleuve. C'était contraire à la convention précédente, on n'y comprenait plus rien. La situation en devint tendue entre le chef des zouaves et Mgr de Mérode. Ce dernier ordre du ministre mettait, d'ailleurs, les avant-postes pontificaux en péril.

Les douze hommes et le sergent envoyés dans le promontoire indiqué virent, dans la nuit du 10 au 11 février, les habitants de la maison qu'ils occupaient emmener leurs bestiaux et passer le Tibre. Il devait évidemment se tramer quelque chose qu'ils ignoraient. Le sergent prévint son capitaine, M. de Cordon, qui lui enjoignit de se replier de ce côté du fleuve, où se trouvait un autre poste, et d'y rester avec les deux détachements. Mais, en attendant la réponse du capitaine, le sergent fit la navette d'une

rive à l'autre du fleuve pour relier les deux postes.
Il s'en fallait que ces traversées fussent sans danger.
Le Tibre, d'aspect déjà si sauvage en temps ordinaire
avec ses eaux limoneuses et ses lugubres berges couvertes de hautes herbes, tourbillonnait, démesuré-
ment grossi, et courait avec sa masse énorme, débordant partout et fondant les rives en bourbiers. Le
sous-officier qui exposait ainsi sa vie à une mort
obscure en pleine nuit se nommait Alain de Charette.
Dans la nuit, l'ennemi ouvrit le feu sur la maison où
il croyait les douze hommes et le sergent encore
embusqués. Le détachement d'Alain de Charette rentra à Nazzano. Au jour, le lieutenant de Beaumont
alla s'assurer que l'ennemi avait complètement disparu après son attaque.

La situation, déjà tendue entre Becdelièvre et Mgr de
Mérode, s'aggrava de ce que le colonel crut devoir en
référer directement au Pape des difficultés qu'il prévoyait dans la conduite des opérations futures et
expliquer combien ses idées étaient incompatibles
avec celles du ministre. Pie IX, dans une audience
privée, donna raison au colonel des zouaves. Il fut
alors décidé que le bataillon serait dirigé sur Anagni,
tout au sud des États pontificaux, pour s'y établir en
garnison.

A Monte-Rotondo, un jeune zouave, Artus de
La Salmonière, était mort d'épuisement le 8 février,
première victime depuis Castelfidardo. Sur la fosse
où on venait de le descendre, le colonel de Becdelièvre fit appel à la piété de ses hommes : « Quand des
soldats chrétiens ont conduit la dépouille d'un camarade à sa dernière demeure, c'est un devoir pour eux

de prier en commun sur sa tombe. » Aussitôt il ploie le genou, les zouaves imitent leur chef, et le colonel récite d'une voix toute militaire le *Pater* et l'*Ave*.

Ces hommes, dont la foi était aussi ardente que la sienne, il les aimait comme ses enfants; il les admirait, lui, le vieux guerrier, dur pour les autres comme pour lui. Aussi disait-il d'eux :

« Leur courage grandit avec les circonstances. Leur discipline, leur abnégation, leur énergie et leur ardeur sont au-dessus de tout éloge. Pendant près de trois mois, ils ont couché sur la paille, et plus tard on ne put leur donner que des paillasses sans drap. Une pareille installation, par des temps de pluie et de froid, les éprouvait rudement, et je puis leur rendre ce témoignage qu'en ce qui regardait leur bien-être matériel, je n'ai jamais entendu une plainte ni une demande d'amélioration. Voilà ce que produit une foi vive dans la vérité d'un grand principe ! »

VI

EN SABINE (1861)

Suivant qu'elle est embrasée par le soleil ou qu'elle s'assombrit sous l'orage, la campagne romaine offre deux spectacles très différents, qui impressionnent aussi fortement l'un que l'autre. Par un temps clair et radieux, les herbes sauvages couvrent la plaine ondulée de leur manteau d'or ; on dirait un golfe immense, dont les flots figés vont mourir au pied des montagnes violettes qui l'enserrent. Çà et là, une ruine sort des herbes, comme un récif. Au loin, les tronçons des vieux aqueducs courent comme des digues hautes et grêles. Un cône isolé se dresse sur un tertre ; c'est la hutte d'une famille fiévreuse et grelottante. Près de là, une mare stagnante entourée de joncs touffus cache une barque plate, la barque de la *Malaria* dans le célèbre tableau d'Hébert. Le détail est attristant, l'ensemble est magnifique. La hutte et la mare étreignent le cœur ; le panorama enthousiasme par sa grandeur et son éclat.

Sur ce décor grandiose, la pluie et le brouillard opèrent un changement radical ; ils salissent tout.

Sous le ciel, devenu noir comme l'encre, les herbes
se courbent lamentablement ; le vent hurle et ébou-
riffe les arbres rares et la chevelure des ruines. Les
montagnes lointaines se hérissent très sombres, comme
recouvertes d'un suaire. Vers le soir, si quelques
rayons obliques percent à l'horizon, une lueur rasante
et blafarde inonde le sol ; la campagne prend une
blancheur lunaire, sous la voûte opaque des nuages où
le ciel semble être en pleine nuit. On dirait que cette
lumière irréelle sort mystérieusement des entrailles
de la terre pour étaler au regard les plus belles horreurs qu'il puisse contempler.

C'est par un temps pareil que les zouaves gagnèrent
Anagni. Partis de Monte-Rotondo le 16 février, ils
marchèrent durant quatre jours sous une pluie battante. La population de leur première garnison les
accueillit avec joie. Anagni, ancienne capitale des
Herniques, était alors une petite ville de six mille
âmes, située sur les flancs de la Sabine, dans le bassin du Sacco. Boniface VII y naquit. C'est là qu'en 1303,
il reçut le soufflet de Guillaume de Nogaret, ce mons-
trueux sacrilège qui mourut peu après l'excommuni-
cation dont le frappa l'auguste outragé.

Dans l'esprit du colonel de Becdelièvre, l'idée dominante n'a jamais varié : faire de son bataillon une
troupe instruite et aguerrie comme la troupe française,
dont il avait été un des meilleurs officiers. A peine
arrivés à Anagni, les zouaves eurent un tableau de
service très chargé : théories, maniement d'armes,
marches militaires, tirs à la cible, école de peloton,
école de bataillon, service en campagne, revues de
détail, parades, rien ne leur manqua, sans compter

les corvées qu'ils appelaient les « corvées du pin-
ceau ».

« Je veux vous voir manœuvrer comme à Saint-
Cyr, » leur disait le colonel.

Après des journées pareilles, l'abri de la caserne
est fort goûté, et l'on ne songe guère aux distractions
extérieures, dont la petite ville de Sabine manquait
d'ailleurs complètement. D'ailleurs, l'installation nouvelle était presque luxueuse pour des hommes qui,
depuis trois mois, s'épuisaient sous le soleil et la
pluie, marchant le jour avec des chaussures « affreuses »,
gîtant la nuit sur la terre, manquant presque conti-
nuellement de vivres suffisants. Ici, du moins, chaque
soldat avait sa paillasse et deux couvertures ; bientôt
on leur donna même des draps, qu'ils partagèrent, il
faut le dire, avec des insectes aussi nombreux que
variés. C'est un grand délassement de pouvoir se
déshabiller. Et puis cela ménageait les uniformes, qui
commençaient à s'user sur toutes les coutures, montrant la corde du drap.

« Nos costumes sont propres quand même ; pas un
bouton ne manque. On n'a pas des brosses, du fil et
des aiguilles pour rien ; puis le gris n'est pas une couleur salissante, écrit l'un d'eux. En somme, nous
avons bonne mine, même de près, et, de loin, nous
sommes superbes. »

Lorsque les loisirs permettaient une distraction
d'une journée entière, la grande joie des zouaves
était une promenade jusqu'à Ferentino ou Genazzano.

A Ferentino, ils retrouvaient un compatriote, Ber-
nard de Quatrebarbes, neveu du défenseur d'Ancône
et jeune officier d'artillerie attaché à la batterie de la

Sabine. De cette pittoresque bourgade ils apercevaient Frosinone et les Abruzzes ; ils contemplaient les murs cyclopéens, faits de blocs énormes.

« C'est solide, disait l'un d'eux, il n'y a pas de danger que le vent les emporte avant le jugement dernier. La plupart des maisons de Ferentino sont plus cyclopéennes encore que les murs de la ville, et je crois que les boulets de canon ne leur feraient pas grand mal. »

A cette époque, les promeneurs recevaient l'hospitalité la plus cordiale dans le couvent des Pères Jésuites.

Genazzano, à même distance d'Anagni, mais du côté tout opposé, possède une église, Notre-Dame-du-Bon-Conseil, qui est le sanctuaire de prédilection des papes. La tradition veut qu'elle ait été translatée d'Albanie. Les zouaves s'y rendirent souvent en pèlerinage.

Au cours de cette existence tranquille, les événements de l'extérieur auraient été presque oubliés, si le passage de troupes françaises n'était venu assez fréquemment interrompre la monotonie. Ces détachements allaient occuper les villages des frontières entre les Piémontais et les pontificaux ; et les zouaves en ressentaient de l'amertume, supposant qu'on n'avait pas assez de confiance dans leur valeur. A la vérité, le général de Goyon se conformait ainsi à des ordres des Tuileries : Napoléon cherchait à éviter toute affaire qui l'obligerait à intervenir contre les Piémontais.

On se rappelle que le colonel de Becdelièvre ne partageait pas les idées de Mgr de Mérode sur les garnisons, et que le chef des zouaves voulait tout son

bataillon concentré sur le même point, afin d'en poursuivre plus activement l'instruction ; le ministre per-
sista à vouloir une répartition en nombreux détachements. L'officier français songeait à préparer ses
hommes à remplir leur tâche dans d'importantes
opérations que l'avenir amènerait ; le prélat belge
s'opiniâtrait à l'action immédiate, à harceler l'ennemi
dans de continuelles guérillas, à l'aller chercher dès
maintenant même au delà des frontières. L'accord ne
pouvait plus durer entre le colonel breton, très
dévoué, mais inébranlable dans ses décisions, toujours inspirées par le bien du service, et le ministre
d'une réelle valeur, mais facilement irritable quand
on lui résistait. Soudain la nouvelle de la démission
de Becdelièvre parvient à Anagni et bouleverse le
bataillon.

Le colonel était aussi aimé de ses officiers et de
ses hommes pour la noblesse de son caractère qu'il
en était craint pour sa rigueur. Son départ affligea
tout le monde. Aussitôt les capitaines de Chyllas et
d'Yvoire, les lieutenants Lemonnier, de Beaumont,
de Chérisey, de Cordon, de Magny et de Donsin, donnèrent également leur démission. L'exemple menaçait
d'être suivi par les sous-officiers et les soldats ; ce fut
le capitaine de Charette qui endigua la débandade. Il
rappela que le Saint-Père désirait beaucoup avoir le
bataillon sous ses drapeaux, et qu'un pareil désir était
pour les zouaves plus qu'un ordre. Ces exhortations
produisirent une réaction soudaine, on cria : « Vive
Charette ! » et l'on se prépara à recevoir le successeur
de Becdelièvre. L'aumônier avait, du reste, secondé
avec zèle les efforts du capitaine ; au milieu du trouble

et de l'agitation, il s'était employé à calmer les mécontents, à leur démontrer que Dieu voulait se servir d'eux et qu'ils devaient rester fidèles à leur mission.

De Rome, Becdelièvre adressa ses adieux à son cher bataillon :

« Zouaves, au moment de me séparer de vous, je veux avant toutes choses vous remercier des regrets que vous m'avez manifestés, lors de mon départ d'Anagni et pendant les quelques jours que j'ai passés à Rome. Ces marques de sympathie sont bien certainement la plus flatteuse distinction que je puisse emporter en France, et elles ont eu le privilège, très précieux pour moi, de me parvenir en même temps que je recevais du Saint-Père les plus paternelles expressions de son auguste bienveillance. Après vous avoir organisés et conduits aux dangers, au moment où les difficultés de toute nature menaçaient l'existence même de votre corps, j'avais cru pouvoir demander pour vous une position plus en rapport avec votre glorieux titre de volontaires et votre dévouement qui a tant de fois fait ses preuves. Ces démarches de ma part n'ont pas été considérées comme compatibles avec mes fonctions d'officier placé à votre tête et ont nécessité mon départ. Plus que jamais, rappelez-vous les principes de discipline que j'ai essayé de vous inculquer ; soyez fidèles au Saint-Père et dévoués à sa cause ; servez-le exclusivement et sous n'importe quel chef. Souvenez-vous en même temps des imprescriptibles devoirs que vous impose votre titre de Français, et n'oubliez pas ce que je vous ai répété sans cesse : la première vertu du soldat est la résignation, et le vrai courage se montre dans les épreuves journalières de la vie militaire plus encore que sur les champs de bataille. Il ne vous appartient pas de juger par vous-mêmes la portée des services que vous êtes appelés à rendre en restant sous les drapeaux pontificaux. Dans l'intérêt du Saint-Siège non moins que dans le vôtre, j'aurais vivement désiré de pouvoir utilement m'occuper de l'avenir qui vous est réservé; mais, forcé précisément par ces motifs de quitter votre commandement, je n'ai rien fait pour influencer vos déterminations individuelles à ce sujet, même alors qu'une plus large part de libre arbitre semblait vous être faite par suite de manifestations et d'actes partant de haut lieu. Je me retire fier de la gloire que vous avez acquise, déclarant avec orgueil que je vous ai vus accomplir tout ce qu'on peut attendre des plus vaillants cœurs, et vous laissant l'assurance que je protesterai hautement, toute ma vie, contre les insinuations mensongères qui pourraient porter atteinte à votre juste renommée. »

On devine le serrement de cœur avec lequel l'infatigable instructeur du camp de Terni, l'intrépide assaillant des Croccette, l'habile agresseur de Correse, le judicieux colonel de Monte-Rotondo et d'Anagni, remit le commandement des zouaves à l'intérim du capitaine d'Albiousse.

Numa d'Albiousse était né en 1832, comme son camarade Charette. Il avait accompli un congé de sept ans dans l'armée française, guerroyant en Afrique, en Crimée et en Italie. A l'appel de La Moricière, il était accouru un des premiers à Rome, le 15 mai 1860, et prenait part à la marche sur les Grottes de Castro, où Pimodan culbuta les garibaldiens. Sous-lieutenant au

camp de Terni le 13 juin 1860, lieutenant le 21
novembre, il était capitaine depuis le 16 janvier 1861.
Durant son intérim, il fut remarquable par la dignité
avec laquelle il fit usage de son autorité temporaire,
par la prudence et l'énergie qu'il employa simultanément pour maintenir la discipline et la concorde.

Le remplaçant de Becdelièvre, comme titulaire au
commandement du bataillon, fut le lieutenant-colonel
Allet, qui se trouvait alors à la tête d'un régiment indigène. Suisse d'origine, il comptait trente années au
service du Saint-Siège. Ses ancêtres avaient combattu
dans les rangs français de l'ancienne monarchie, sur
tous les champs de bataille, et l'un d'eux reçut
d'Henri IV le collier de Saint-Louis. De suite, les
zouaves se sentirent de la sympathie pour cet officier
à l'air si bon, qu'on lui donna le nom de « père Allet ».
En même temps que lui, deux nouveaux capitaines
furent nommés pour remplacer les démissionnaires :
c'étaient MM. de Troussures et de Beaurepaire.

Le lecteur s'est étonné sans doute que l'intérim au
moins du commandement n'ait pas été confié au capitaine de Charette. Il était le plus ancien de tous par la
date de son enrôlement, et il avait été le premier
officier des Franco-Belges, alors que d'Albiousse était
encore simple soldat. Tous les droits lui étaient acquis.
Mais des intrigues politiques s'étaient nouées à Rome
contre sa nomination. On voulait ménager Napoléon III coûte que coûte. Donner le commandement
des pontificaux français à l'ami dévoué du comte de
Chambord paraissait une imprudence trop grande.
Pourtant jamais, dans ses actes ni ses paroles, le neveu
du général vendéen de 93 n'avait prêté à la moindre

Procession du saint Sacrement, à Rome. (D'après une gravure de l'époque.)

critique. L'âme entièrement absorbée par le dévouement au Pape, il ne s'était jamais occupé que de son
rôle d'officier pontifical. Il était de ceux qui conservaient les relations non seulement les plus cordiales,
mais les plus nombreuses, avec le général de Goyon et
ses officiers.

A la cour de Rome, le parti hostile à Charette alla
jusqu'à s'attaquer au ministre des Armes, qui le tenait
en très grande estime.

« Monseigneur, objectait-on à Mérode, ne donnez
pas un drapeau légitimiste aux zouaves pontificaux ! »

Pour le commandement en chef du bataillon, le
prélat dut céder ; mais il répondit :

« Ce drapeau-là a été troué à Castelfidardo ; il est
bon de le placer devant le tombeau de saint Pierre. »

Et le baron de Charette reçut le commandement en
second, avec les quatre galons. Ce dédommagement
fut une telle consolation dans le bataillon, qu'on oublia
le chagrin de voir partir les neuf démissionnaires.

Les grandes cérémonies de la semaine sainte et de
Pâques approchaient. On décida que les zouaves y
assisteraient à Rome. L'aumônier les y prépara par
une retraite spirituelle, composée d'exercices courts,
comme il convient à des militaires. A Rome, le bataillon fut réparti en deux casernements : l'un à Saint-
Sixte, l'autre à Saint-Paul-hors-les-Murs, tous deux à
une heure de la ville. Celui de Saint-Paul se trouvait
à proximité de la basilique, si riche en marbres précieux ; dans les environs s'élève l'église de Saint-
Paul-aux-Trois-Fontaines, bâtie sur l'emplacement où
l'Apôtre reçut le martyre. Trois autels y sont alignés,

recouvrant chacun une source : la première, chaude ;
la seconde, tiède ; la troisième, froide. La tradition
enseigne que ces trois sources ont jailli là où le crâne
du décapité a rebondi, à trois reprises, d'abord tout
bouillant, puis attiédi, enfin refroidi. La campagne
romaine est malsaine en ces parages marécageux ; les
Trappistes y ont fondé depuis un centre agricole, se
sont laissés décimer par les pestilences du défriche
ment et ont assaini la contrée.

Le jour de Pâques, le bataillon tout entier assista à
la solennelle bénédiction de Saint-Pierre. C'était un
spectacle que rien ne pouvait égaler en ce monde, et
qui saisissait d'admiration tous les étrangers. La ville
entière, les troupes, d'innombrables touristes, couvraient la place de Saint-Pierre ou remplissaient
l'ellipse de la colonnade. Les costumes brillants du
clergé oriental, les uniformes des attachés d'ambassade, parmi lesquels les chevaliers-gardes russes avec
leurs casques à aigle déployé, les *ciocciari*, c'était une
cohue immense, mais une cohue silencieuse et recueillie. Soudain un commandement militaire, un roulement de crosses. Soldats et spectateurs tombent à
genoux, tandis que les clairons sonnent l'avertissement que le Pape est apparu à la grande *loggia* centrale de la façade de l'église. Puis un silence absolu,
un silence où l'on entendrait voler une mouche, où
les chevaux des dragons et de l'artillerie sont eux-
mêmes pétrifiés par ce brusque arrêt qui se fait autour
d'eux, si bien que jamais un seul ne hennit. On sent
que cent mille cœurs interrompent leurs battements.
Toutes les têtes se courbent, et là-bas, de la loggia,
comme une voix lointaine du ciel, le Souverain Pon-

tife lance, en syllabes distinctes, la grande bénédiction annuelle à la ville et au monde entier, *urbi et orbi*.
La bénédiction tombe lentement, si harmonieuse,
qu'on l'entend du fond de l'esplanade. Dès qu'elle est
achevée, les canons tonnent du fort Saint-Ange et dans
tous les forts, les fanfares éclatent, les carillons de
trois cents églises se font écho, c'est une explosion triomphale! Les têtes se relèvent, les corps se
redressent, les poitrines se remettent à battre. Le
Christ est ressuscité!

Le peuple romain aimait cette fête bien plus que
toutes les autres; il y mêlait les joies de famille à la
joie religieuse. Grand admirateur des spectacles, il lui
en fallait même dans la nuit pascale. Les papes, sou-
cieux de satisfaire ces bons et fidèles sujets, faisaient
illuminer Saint-Pierre à 9 heures du soir.

« Qu'on se représente, dit Mgr Gaume, le plus magnifique temple du monde avec ses proportions colossales, avec sa coupole de quatre cent vingt pieds de
hauteur, avec son immense place environnée d'une
double colonnade ornée de milliers de statues de
marbre, et tout cet édifice devenu une montagne de
feu. Quatorze cents lampions à feu voilé sont placés
sur la façade extérieure du temple et des portiques, à
partir du sol jusqu'à l'extrémité de la croix du dôme.
Ces lampions dessinent toutes les arêtes de l'édifice,
dont ils marquent les lignes architectoniques, se cour-
bant où elles se courbent, s'arrêtant où elles s'arrêtent,
se brisant où elles se brisent. A 9 heures, il y a changement de feu. Au premier coup de l'heure, quelque
chose d'enflammé semblable, à des étoiles filantes,
court sur le dôme, sur la croix, sur les petites cou-

8

poles, sur la façade, sur le péristyle, sur la colonnade, sur la place, ne s'arrêtant nulle part ; et quand le dernier coup de l'heure sonne, ce je ne sais quoi ne remue plus, ne se voit plus ; mais huit cents nouveaux feux ont été allumés, et des rosaces, des guirlandes, des candélabres se trouvent mêlés aux lignes de la première illumination. Rien ne peut rendre la promptitude de ce changement de feu, comme rien ne peut faire comprendre à ceux qui ne l'ont pas vu le grandiose de cet incendie de la coupole. Trois cent soixante-cinq *pietrini,* ou habitants du *borgho* San Pietro, suspendus avec des cordes, ont tout à coup opéré cet effet magique sans qu'on ait pu les apercevoir, et allumé dans le temps que je mets à l'écrire six mille lampions. C'est leur secret et une des gloires du génie italien, sans rival dans l'ordonnance d'une fête. »

Tout aussi acclamée était la *girandola,* ou feu d'artifice donné dans la nuit du mardi de Pâques, sur le versant du Pincio, qui descend à la place du Peuple. Des divers étages, des successives balustrades de marbre, c'était tout à coup un essor de gerbes lumineuses, des fusées qui serpentaient vers le ciel et y éclataient en myriades de points multicolores. Et, pour finir, le *bouquet,* ensemble de crépitations et de jets lumineux, vacarme de bataille et lueurs d'immense incendie du plus stupéfiant effet.

Aussitôt les fêtes terminées, le bataillon des zouaves retourna à Anagni en trois étapes. Il y était aussitôt inspecté par Kanzler, promu au grade de général. Le vaillant Badois avait résisté vaillamment aux Piémontais à San Angelo pour couvrir la retraite de

Courten sur Ancône. Les généraux français le considéraient comme un excellent *manœuvrier*, et l'opinion publique lui décernait déjà le titre de commandant en chef de l'armée pontificale. A la suite de la revue d'honneur, de nouveaux officiers furent reconnus devant le bataillon : les capitaines de Nervaux, de Goesbriand ; les lieutenants de Saisy, Moeller ; les sous-lieutenants de Couessin, de Veaux, Alain de Charette, Lapène.

Hélas ! la dernière période du séjour à Anagni devait être attristée par des décès. Le 2 mai, Ludovic de Taillard succombait aux fièvres. C'était presque un enfant, et sa douceur extasiait l'entourage. « Quand il eut expiré, dit son aumônier, il ressemblait plus à un bienheureux qu'à un mort. » Quinze jours après, Auguste Misson était frappé à son tour.

C'était le caractère le plus gai, voyant tout du beau côté. On dut le transporter à Rome, où son état s'aggrava rapidement. Autour de son chevet, la duchesse Salviati, la comtesse de Jurien, Mᵐᵉ de Curzay, les Sœurs, les officiers, contenaient leurs larmes avec peine.

« Ne pleurez pas, leur conseillait-il, et pensez à Dieu ! »

Un matin, les médecins déclarèrent qu'il ne passerait pas la journée ; sa pauvre mère était au pied du lit. Quelques heures après, en effet, il entrait en agonie. Tandis qu'il rendait les derniers soupirs, sa mère lui soutenait la tête et le commandant de Charette lui approchait des lèvres un crucifix, qu'il baisa avec une extrême ferveur. Comme le climat d'Anagni menaçait de faire encore des victimes, et il en fera, hélas !

parmi les malades de l'hôpital, on ramena le bataillon à Rome, en attendant de lui trouver une garnison mieux appropriée.

Les zouaves furent casernés, comme à l'époque de Pâques, les uns à Saint-Paul-hors-les-Murs, les autres à Saint-Sixte, tous heureux de prendre enfin sérieusement contact avec la Ville éternelle.

VII

MARINO ET ANZIO (1862)

Les monts du Latium, qui séparent le bassin du
Tibre de celui du Sacco, projettent à leur extrémité
méridionale le massif du Monte-Cavo. Ce bloc, d'origine volcanique, presque isolé par la dépression de
Velletri, est la région la plus agréable et la plus fertile
des environs de Rome. Couvert de forêts, de vignes,
d'arbres fruitiers, il possède les deux charmants lacs
d'Albano et de Némi, qui remplissent le fond d'anciens
cratères. Là se trouvent des résidences estivales,
célèbres depuis le moyen âge, et des bourgades
recherchées par les paysagistes : Albano, l'Ariccia,
Genzzano, Castelgandolfo, Rocca di Papa. Sur le versant qui regarde Rome, les collines descendent à la
plaine, enchâssant dans leur végétation luxuriante des
villas princières et d'heureuses petites villes comme
Grotta-Ferrata, Frascati, Marino. La chaleur, adoucie
par la brise de la mer assez proche, est saine et sup-
portable sous les grands ombrages séculaires. Aussi
les Romains s'y réfugiaient-ils aux approches de la

canicule, pour fuir cette mauvaise période de la Ville éternelle.

Les victimes que le climat avait faites parmi les zouaves, presque tous étrangers à l'Italie, devaient nécessairement amener le gouvernement pontifical à rechercher, pour le bataillon, une garnison stable dans cette région favorisée du Latium. On décida de l'envoyer dans la petite ville de Marino ; mais trois mois s'écoulèrent avant qu'ils rejoignissent les nouveaux cantonnements.

Du commencement d'octobre à la fin de décembre 1861, la vie des zouaves fut toute romaine. Ils employèrent leurs heures de loisirs à faire vraiment connaissance avec la ville chrétienne qu'ils étaient venus défendre. D'abord, ils eurent la visite de Pie IX à Saint-Paul-hors-les-Murs. Jamais, depuis son retour de Gaëte, le Pape n'avait reçu une ovation aussi chaleureuse que celle qui l'attendait dans cette circonstance. La population l'acclama avec enthousiasme sur tout le parcours. Sa Sainteté, escortée de gardes-nobles et de dragons, arriva devant la basilique à midi. A l'entrée, des factionnaires, le genou à terre, lui présentèrent les armes ; l'un de ces simples soldats était Ferdinand de Charette.

Pie IX alla prier devant le saint Sacrement ; puis, de l'appartement qui lui était réservé, il jeta un regard sur la cour intérieure de la caserne. Les troupes, prévenues à temps, se rangèrent, les zouaves le long des murs, l'artillerie au centre.

« Genou terre ! » commanda le colonel Allet, et la main du Souverain Pontife s'éleva pour bénir. Au repas qui lui était préparé, Pie IX admit plusieurs officiers ; mais ils n'eurent guère le temps de savourer les mets, car le Pape restait très peu de temps à table. Ils le suivirent dans les chambrées, qu'il visita avec le plus vif intérêt, souriant à tous, adressant à chacun des paroles affectueuses.

Il était 4 heures lorsque cette visite prit fin. Depuis midi, toute la noblesse et la haute bourgeoisie romaine affluaient vers Saint-Paul. La foule des piétons s'était laissée entraîner à la suite des équipages, arborant des petits drapeaux blancs et jaunes, criant : « Vive Pie IX ! » Autour de la basilique, on ne pouvait plus circuler. Les derniers arrivés durent en rester éloignés. Pour la première fois on entendit le peuple crier : « Vivent les zouaves! » C'était aussi la première fois qu'il se trouvait près d'eux. Lorsque le Saint-Père se mit en route pour le retour, toutes les cloches ébranlées et les salves de canon ne couvrirent pas les acclamations frénétiques de la foule. Les témoins de cette scène disent que ce fut un véritable délire. L'un d'eux se demandait si des vibrations si violentes n'allaient pas faire écrouler la voûte de Saint-Paul. Et cela dura jusqu'à la rentrée dans la ville, le long du cortège interminable des carrosses de cardinaux et de princes, des calèches de l'aristocratie, des fiacres des étrangers.

Dans la suite, presque tous les zouaves eurent, les uns après les autres, leur audience privée chez le Souverain Pontife. Le Chauff de Kerguenec, planton du commandant de Charette, fut l'un des premiers. Ce simple soldat était un docteur en droit, dont le style élégant et original fut maintes fois mis à contribution pour la correspondance du bataillon. Sa famille a recueilli les lettres qu'il lui écrivit de 1861 à 1866 : c'est indubitablement le document le plus attrayant et le plus copieux, celui qui retrace avec le plus de précision et de détail la vie des zouaves à Rome et dans les garnisons. Le lecteur gagnera beaucoup à ce que nous lui cédions la parole une fois de plus, au sujet de l'audience à laquelle il fut admis.

« J'ai causé avec le Saint-Père pendant plus de vingt minutes. J'étais avec trois autres de mes camarades : mon ami d'Artigues, qui part en congé demain pour la France, et mes deux collègues de chez le commandant. Pie IX nous a reçus avec une angélique bonté et a été d'une gaieté incroyable.

« — Allons, mes zouaves, nous a-t-il dit quand nous sommes entrés dans son cabinet, venez, que nous causions un peu. Mes chers enfants, relevez-vous et approchez de moi comme de votre père. Je vois que vous avez dans les mains beaucoup de choses à me faire signer ; nous allons faire tout cela : que ne ferais-je pour les zouaves ? Ils ont tant fait pour moi ! »

« Et alors le Saint-Père nous donna à chacun une poignée de main, causant avec nous sur un ton familier, nous parlant de nos familles, de nos évêques, nous encourageant à nous serrer de plus en plus autour du Vicaire de Jésus-Christ. Après nous avoir ainsi entretenus pendant dix minutes, il nous dit tout à coup :

« — Mes enfants, à l'ouvrage et commençons. »

« Alors nous voilà tous, l'un d'offrir de l'encre au Saint-Père, l'autre de lui tenir son papier, un troisième de lui présenter de la poudre. Moi, j'étais à genoux, soutenant Pie IX, qui est demeuré appuyé sur mon épaule pendant tout le temps qu'il a écrit. Il y avait un méchant parchemin sur lequel la plume du Saint-Père ne pouvait mordre.

« — Regardez, nous dit-il : un zouave est venu me voir il y a quelque temps et m'a donné une leçon d'écriture ; quand la plume ne peut pas prendre sur le parchemin, mouillez-le avec un peu de salive, et vous écrirez aussitôt. »

« Et le pauvre Saint-Père, dans sa grande bonté, d'ajouter :

« — Mes enfants, pardonnez-moi, ce n'est peut-être pas bien propre ; mais à la guerre comme à la guerre. »

« Alors le Saint-Père mouilla son doigt, en frotta le parchemin et écrivit parfaitement bien.

« — Saint-Père, lui dis-je, je garderai la recette pour moi ; mais je serai tenté une autre fois de vous apporter le plus mauvais parchemin que je pourrai trouver, car il me sera cent fois plus précieux, étant imprégné de votre salive.

« — Je comprends, reprit le Saint-Père ; mais en somme ce ne serait pas trop charitable. »

« Ensuite je lui fis signer une grande photographie de lui pour Charette.

« — Voyons, dit-il, qu'allons-nous mettre pour ce cher commandant ? »

« Il réfléchit un instant et écrivit : *Dominus exercituum dirigat mentem, cor et brachium tuum*. Sur une supplique de d'Artigues, qui part pour la France, il mit : *Angelus Raphaël comitetur in via*. Le Saint-Père nous signa beaucoup d'autres choses, puis :

« — Vous voudriez bien marcher de l'avant, aller

jusqu'à Bologne. Ce n'est pas le moment : ayons confiance en Dieu, prions et attendons. »

« Pie IX nous retint encore un peu, plaisantant avec nous, nous disant même de bons mots ; bref, se montrant d'une grâce et d'une affabilité sans exemple. Nous étions là, dans son cabinet, plus à l'aise qu'avec qui que ce soit, nous sentant chez nous, riant et parlant presque tous ensemble, et nos cœurs battaient d'amour. Enfin Pie IX nous dit de nous mettre à genoux et nous donna sa bénédiction en prononçant la formule latine, puis il ajouta en français :

« — Je vous bénis, mes enfants, vous et tous ceux que vous aimez, toutes les personnes auxquelles vous vous intéressez, vos familles et tout votre cher bataillon. »

« Après avoir baisé la main du Pape, nous nous retirons ivres de joie. »

Le plus modeste roitelet, le plus démocratique président de république ne daignerait pas descendre à la simplicité du souverain unique du monde catholique, celui devant lequel se courbent trois cents millions de têtes.

A Rome, les zouaves accouraient aux cérémonies religieuses. Ils éprouvèrent de vives émotions aux *Lamentations* de la chapelle Sixtine, chantées sans accompagnement d'orgues par douze ou quinze voix admirables. Ils assistèrent en grand nombre au touchant chemin de croix du Colysée, sur la terre imprégnée du sang des martyrs. Puis le bataillon prit la route de Marino.

Dès les premiers instants, le séjour à Marino fut

moins sévère que celui d'Anagni : le service s'y faisait tout aussi ponctuellement ; mais les hommes du bataillon, mieux instruits, jouissaient de plus de repos. La discipline n'en souffrit nullement. Les officiers, d'ailleurs, ne plaisantaient pas. Certains poussaient la minutie jusqu'à faire des contre-appels pendant la nuit. Le capitaine de Troussures ne s'en privait pas. Il lui advint, à ce sujet, une drôle d'aventure. La voici : le Breton Arthur de La Tocnaye avait fait recueillir un horrible roquet, auquel il avait donné le nom de Kerguenille. La bête était admirablement dressée pour figurer son maître dans le lit, lorsque celui-ci, après l'appel du soir, filait au café pour sa partie de dominos. Kerguenille, affublé d'un bonnet de coton, savait se tenir coi, lorsque des rondes passaient, et le subterfuge réussit jusqu'à la nuit du 8 avril, où M. de Troussures, suivi d'un homme avec un falot, se mit à passer devant chaque lit. Kerguenille y joua son rôle aussi bien que d'habitude ; mais le capitaine avait une recommandation particulière à faire à La Tocnaye, et il voulut le réveiller.

« Est-il permis de ronfler comme ça ! » dit-il à voix basse en soulevant la couverture.

Et, tirant l'oreille du dormeur, afin de le réveiller sans réveiller les autres, il continua sur le même ton :

« La Tocnaye, il faudra demain... »

Il ne continua pas. Kerguenille, courroucé de ce qu'on portait la main sur lui, avait sauté à la gorge de l'officier. Il aboyait si fort, que les hommes, redressés en sursaut, bondirent hors de leur lit, croyant qu'on criait : « Aux armes ! »

On pense s'ils éclatèrent de rire en constatant leur méprise. Le capitaine de Troussures, encore plus que les autres, riait à s'en tenir les côtes. Mais Arthur de La Tocnaye, pris en flagrant délit d'absence illégale, dut expier sa faute à la salle de police.

Marino était une des localités les plus originales de l'État romain. Que de gracieux croquis et d'agréables poésies ont faits nos zouaves sur la célèbre fontaine où les femmes, en costume de *ciocciare*, venaient remplir leurs conques de cuivre ! Comme autant de Perrette, elles emportaient, bien placé sur un coussinet, leur fardeau sur la tête, jacassant entre elles ou criant à leur marmaille suspendue au jupon. Nulle part les eaux ne sont aussi pures et aussi fraîches que dans cette partie de l'Italie. Les empereurs romains ont dépensé des centaines de millions à les amener autour du Palatin par les aqueducs dont les belles ruines strient l'*Agro,* en se concentrant sur la ville comme des rayons de roue. De nos jours encore, des compagnies se sont fondées pour drainer sur la capitale ces eaux vives qui jaillissent à foison, telle l'*Aqua Mercia,* rivale de la fontaine Trevi. La fontaine de Marino n'est pas seulement un petit monument coquet, c'est un monument historique. Les Colonna, seigneurs du pays, l'ont édifiée après la bataille de Lépante, pour perpétuer chez leurs sujets le souvenir de la victoire remportée par un prince de leur maison sur les musulmans. On y voit le blason de l'illustre famille, le *stemma* aux armes parlantes : une colonne; au-dessous, une devise non moins significative : *Mole sua stat.* Quatre Turcs enchaînés dominent les jets fusant sur le bassin de pierre. Autour de cette fontaine et sur la place, l'animation était grande les jours de marché. Les zouaves y voyaient affluer d'innombrables petits ânes chargés de blé, de maïs, de barillets et de légumes. Des *contadini,* drapés dans leurs longues capes, se concentraient là, de tous les coins de la montagne. Nos dessinateurs ne se lassaient de les regarder, disant que bêtes et gens étaient à peindre.

De Marino également, les permissionnaires entreprenaient des excursions. Castelgandolfo, près du lac d'Albano, recevait leur visite lorsque le Pape s'y venait reposer dans sa villa. A Cori, l'ancienne et glorieuse Cora des Volsques, ils admiraient le temple d'Hercule, le chef-d'œuvre de l'ordre dorique. Pour atteindre Grotta-Ferrata, il fallait traverser la belle forêt du même nom : aux siècles les plus reculés du moyen âge, il y avait sous la haute futaie une grotte fermée par une grille de fer. Vers l'an mille, deux moines grecs qui fuyaient la persécution des Turcs fondèrent près de là un monastère. L'un de ces fondateurs, saint Nil, repose sous le grand autel de l'église abbatiale. Le couvent s'est considérablement développé; peu après son origine, il comptait déjà deux cents moines; plusieurs personnages historiques s'y sont retirés. Les zouaves se distrayaient à cueillir des fraises dans la forêt et tout autour du monastère féodal.

Au mois de mars, chaque année, les permissions étaient plus généreusement accordées, pour permettre aux soldats et aux officiers d'aller se distraire à Rome durant les fêtes du carnaval. Les réjouissances similaires de Venise et de Nice ne peuvent aucunement être comparées au carnaval de Rome. En France et dans la haute Italie, ces fêtes sont exclusivement pour les classes aisées. A Rome, le grand seigneur et le paysan venu du fond des Abruzzes s'ébattaient l'un l'autre, ces jours-là, sans aucune distinction de caste. Ces fêtes duraient une semaine. A 2 heures de l'après-midi, une salve de coups de canon annonçait que liberté était donnée à tous de lutter avec les confetti, sur le Corso, depuis la place du Peuple jusqu'à la place de Venise. Alors les travestissements les plus bizarres et les plus comiques apparaissaient sur la chaussée et les trottoirs, dans les chars, aux balcons des palais et à toutes les fenêtres. Abrité sous un masque grillagé, chacun se battait à coups de confetti et de fleurs, de piéton à piéton, de chars à balcons. Parfois deux chars s'arrêtaient en se croisant et se livraient à des combats joyeux, avec cris et chansons, comme c'était le cas pour l'édifice roulant de l'Académie de France et celui des zouaves. Cela durait trois heures de joie intense et naïve. Puis les bombes tirées sur place annonçaient la course des *barberi*, chevaux en liberté, aiguillonnés par des ailettes piquantes attachées à leurs flancs. A ce signal tous les chars disparaissaient. Furieuses, les bêtes, lâchées à la place du Peuple, couraient dans le Corso jusqu'au bout, au milieu des cris de la foule qui se bousculait pour s'écarter sur leur passage. Il y avait souvent des accidents, surtout quand un *barbero*, au détour d'une rue, se jetait dans la cohue humaine pour regagner plus vite son écurie.

Le dernier jour, le carnaval se prolongeait jusqu'à minuit pour les *mocoletti*, autre lutte amusante où chacun s'efforçait d'éteindre le mocoletto des autres.

On pense si ces divertissements presque enfantins plaisaient aux jeunes zouaves, qui furent les soldats les plus enfants qu'on vît jamais. A leur entrain, on les devinait sous les dominos et les « loups » dont ils s'affublaient.

Hélas! des deuils vinrent encore çà et là attrister le bataillon. Le lieutenant de La Villebrune, un ancien de Castelfidardo, rendit le dernier soupir à l'hôpital de Marino, où on avait dû le laisser.

Un clairon de zouaves, l'Italien Bovini, eut une mort violente. Il fut assassiné à Marino, dans un café, à la tombée de la nuit, par ses compatriotes. Ses camarades exaspérés voulaient à tout prix le venger. Plusieurs habitants de Marino, compromis dans l'affaire, faillirent être écharpés et n'échappèrent que parce qu'ils furent incarcérés par la gendarmerie. Mérot des Granges, très fatigué, avait son congé signé, pour se reposer quelques mois en France, lorsque des bruits alarmants se répandirent au sujet de la frontière de Frosinone. Il voulut rester et faire partie d'une colonne. Son mal empira, et il mourut pieusement en souriant à sa mère, à ses sœurs et à son frère, accourus autour de son lit.

Au mois d'avril de cette même année 1862, Pie IX dut aller se reposer quelques jours au bord de la mer, à Porto d'Anzio .L'élégante station balnéaire d'aujourd'hui n'était alors qu'un modeste village de pêcheurs qui abritaient leurs barques derrière un pittoresque môle. Les traces du passé ne s'y voient plus guère, à peine quelques ruines informes du palais de

Néron, rien de la capitale maritime des Volsques, l'Antium de Coriolan.

Sur les mamelons qui dominent immédiatement les falaises, les papes avaient une villa presque aussi modeste que le village. Il est à remarquer que les résidences privées des souverains pontifes, c'est-à-dire les demeures où ils n'avaient pas à remplir leur rôle mondial, ne comportaient pas le moindre luxe, pas même le confort d'un riche bourgeois.

Le bataillon des zouaves fut envoyé de Marino pour recevoir le Pape à Porto d'Anzio. Il franchit la distance, par Castelgandolfo et Albano. La première halte a lieu à Fontana del Papa; on dîne sous une grange. Il fait une chaleur atroce, les hommes se couchent sur la route. La gaieté assaisonne tout. Réveil à 3 heures, départ à 4 heures. On passe la nuit près d'une chapelle et d'un poste de gendarmerie. On traverse la *Macchia*, et on arrive à 2 heures de l'après-midi à Porto d'Anzio. La Macchia, c'est la forêt, ou plutôt les taillis des Marais Pontins. Rien de morne comme ces solitudes, rien de dangereux aussi pour les personnes sensibles à la fièvre! A cette époque, les bandits assaillaient les diligences qui se rendaient d'Albano à Porto d'Anzio. L'auteur de ces lignes se rappelle que les voitures publiques avaient sur le siège, à côté du cocher, deux gendarmes, la carabine au poing. Le banditisme de cette forêt provenait de la trop grande bonté des papes; ils y lâchaient les condamnés à mort, espérant les amener au repentir, tandis qu'ils se livreraient au travail de défrichement pour s'assurer leur propre subsistance. Mais les malheureux préféraient exploiter l'escopette.

A peine arrivé à Porto d'Anzio, le bataillon dressa ses tentes entre la villa du Pape et le rivage, sur un talus en pente où la vue est fort belle : au premier plan, la jetée du môle, avec le bagne des forçats et une forêt de mâts; au second plan, la ville de Nettuno, avec ses murailles et ses tours crénelées que ses fondateurs ont sans doute édifiées sur le littoral pour la joie des peintres; au loin, les plages de la Macchia, où les buffles clabaudent en bandes, et tout au fond le cap Circé, qui semble une île et chante au large les mésaventures des compagnons d'Ulysse. C'est un coup d'œil féerique.

Les dragons et l'artillerie prirent part à cette concentration, qui se monta à trois mille hommes.

Le 23 avril, à 6 heures du soir, la berline de voyage du Saint-Père apparaît avec son escorte sur la route qui débouche de la Macchia. On appelle aux armes. Les dragons courent au-devant de la voiture, puis se rangent pour galoper autour d'elle. Les zouaves s'alignent en double haie sur l'allée principale de la villa papale. Les canons tonnent, ceux de l'artillerie de terre et ceux de la corvette pontificale *l'Immaculée-Conception*. A la grille, une voix mâle et forte crie les commandements : c'est celle de Charette. La berline de Pie IX franchit l'entrée, et alors les fanfares éclatent, les baïonnettes se dressent au bout des fusils, on présente les armes. Devant le perron, le Pape met le pied à terre, secoue la poussière du voyage et remonte aussitôt pour se rendre à la petite église du village. Là, il donne le salut et adresse une courte allocution, que le canon et les ovations du dehors empêchent d'entendre.

9

Au retour dans son petit castel, le Saint-Père se montre au balcon, et les zouaves défilent au pas de gymnastique ; les gens du pays admirent l'air martial de ces étrangers, ils n'ont jamais rien vu de semblable. Puis le Pape fait appeler les officiers et cause familièrement avec eux. Il plaisante même sur le nom du capitaine de Troussures, qu'il prononce « trop sûr », et ajoute :

« *Siammo sicuri pur troppo !* »

Tout près aussi du camp se dressait la villa Datti, où les zouaves recevront une si cordiale hospitalité. Le palais est tout pavoisé, et, le soir, il apparaît soudain sous une brillante illumination. Des milliers de lanternes en papier multicolores apparaissent également aux fenêtres les plus pauvres, dans le village qui se prolonge sur la jetée, et tous ces feux se reflètent joyeusement parmi les flots.

Le lendemain 24, le Pape fait sa visite au camp, visite qu'il renouvellera tous les jours jusqu'à son départ. Quatre gardes-nobles et quelques cardinaux forment toute son escorte. Il arrive à pied. L'effet est saisissant à la vue de ce vieillard en soutane blanche, coiffé du large chapeau rouge. Il s'appuie sur un gros bâton qui lui sert aussi à écarter les chiens (Kerguenille fut du nombre de ceux qui reçurent une de ces légères bastonnades). Pie IX entre sous les tentes, adresse indifféremment la parole aux soldats et aux officiers. Il se sent heureux de se trouver au milieu des siens, il sourit à tous. Sur la table du gourbi qui sert de mess aux officiers, il prend un pain et en mange un petit morceau, puis le remet en place en disant qu'il est trop gros pour son appétit. Il demande du vin, on lui présente une foliette :

« Combien le payez-vous ? demande-t-il.

— Six sous, très Saint-Père.

— Alors c'est trop cher, je n'en bois pas. »

Sachant combien il ferait plaisir à ses troupes, Pie IX, après sa première visite, se place sur une petite éminence et demande un défilé. Encore cette fois, les zouaves passent devant lui au pas gymnastique. Les pêcheurs les acclament à outrance.

Du camp il se rend au port, où les ovations ne s'arrêtent pas une minute. Des nuées de petits enfants tout barbouillés se jettent à ses pieds, s'accrochant à sa soutane. Il se baisse pour leur tapoter les joues, s'assure qu'ils savent réciter leurs prières, leur donne de l'argent et des médailles. Les zouaves, sans armes et libres, forment une interminable procession derrière l'auguste promeneur.

C'étaient d'ailleurs ces promenades à pied au bord de la mer que le Pape faisait avec le plus de plaisir, parce qu'elles le mêlaient aux pêcheurs et à leurs familles. Rien de plus gai et de pittoresque en même temps que cette mouvante mosaïque de zouaves, chasseurs, fantassins, artilleurs, dragons, gendarmes, encadrant le Souverain Pontife. Tout le monde était mêlé : un cardinal coudoyant un caporal, un général derrière un simple soldat. Mais le Pape était entouré surtout de zouaves, qui trouvaient moyen de passer devant les cardinaux, camériers, gardes-nobles. Parfois le Saint-Père priait les habitants des cabanes coniques de la plage de jeter leurs filets à l'eau, et il se mêlait à eux pour tirer sur les câbles.

Au milieu de la rade, la corvette *Immaculée-Conception* faisait excellent effet. C'était le seul bâtiment de guerre que possédât l'État pontifical. Elle avait été construite en 1859, avec grand soin ; ses matelots et ses officiers étaient choisis parmi les hommes les plus dignes de ce poste unique. Trois fois durant son séjour, Pie IX monta à bord de sa corvette, pour une petite promenade au large. Alors le mât se pavoisait, et les zouaves ainsi prévenus envahissaient les barques des pêcheurs, pour l'escorter en mer. Cette flottille se mettait en mouvement à la suite du navire, et tout le monde entonnait l'*Ave maris Stella*, avec accompagnement de la musique militaire. On s'imagine une pareille scène. Un zouave écrivait à son père : « Ces spectacles-là ne sont pas de la terre, et ma plume est impuissante à les décrire. »

Un soir, la population organisa une fête sur l'eau, et toutes les barques s'illuminèrent de torches et de lanternes. Durant ces réjouissances, des navires de guerre qui passaient au loin se rapprochèrent et se firent connaître par les signaux en usage. C'était Victor-Emmanuel qui se rendait à Naples. Il fit demander ce qui se passait à terre ; on lui répondit : « Nous sommes les Français. » Le nouveau roi d'Italie dut apprendre dans la suite que les manifestations éclataient aussi en faveur du roi et de la reine de Naples, qui étaient venus prendre part au rendez-vous catholique de Porto d'Anzio. Au couple exilé, Charette et les zouaves ne ménagèrent pas l'expression de leur sympathie : ils crièrent : « Vivent les héros de Gaëte ! Vivent les Bourbons ! » On aurait le plus grand tort d'y voir une explosion de sentiments légitimistes contre Napoléon III. Nous avons eu l'occasion de le dire déjà, jamais les pontificaux français n'eurent le mauvais goût de s'insurger contre le souverain officiel de leur pays, contre leurs compatriotes du corps expéditionnaire. Ici, ils acclamèrent les Bourbons de Naples, dont la cause malheureuse faisait partie de la cause pontificale. C'était le même ennemi qui avait écrasé les défenseurs de Gaële et ceux de Castelfidardo. François II détrôné était maintenant sous la protection de l'armée du Pape, comme Pie IX avait été, quinze ans auparavant, sous la protection de l'armée bourbonienne. Le roi détrôné eût-il appartenu à la famille des Hohenzollern ou à celle des Habsbourg, les zouaves auraient crié : « Vivent les Hohenzollern ! » ou : « Vivent les Habsbourg ! » D'autres Bourbons, qui tenaient de beaucoup plus près à la politique de France, vinrent à Rome, et les pontificaux français ne leur firent aucune ovation.

Le samedi, 3 mai, Pie IX termina son séjour par une cérémonie toute militaire : la remise de drapeaux nouveaux aux différents corps de son armée. Toutes les troupes se massèrent devant la porte de la villa papale. Le soleil brillait dans tout son éclat. Un autel avait été dressé sur une grande estrade toute recouverte de verdure, de guirlandes, de faisceaux d'armes et de drapeaux blancs et jaunes. A 10 heures précises, la soutane blanche de Pie IX apparut, entourée des cardinaux écarlates, des évêques violets, des gardes-nobles casqués et cuirassés. Le Saint-Père s'agenouille un instant devant l'autel, puis il prend le drapeau des mains des aumôniers. Alors les chefs de corps, l'épée hors du fourreau, flanqués de leur adjudant-major et de leur porte-étendard, gravissent les marches de l'estrade jusqu'au pied du trône, où ils se prosternent.

Pie IX. les relève, les embrasse et leur dit : *Accipite vexillum celesti benedictione sanctificatum, sitque inimicis populi Christiani terribile, et det tibi Dominus gratiam ut ad ipsius nomen et honorem cum illo hostium cuneos potenter penetres incolumis et securus.*

Le Pape expliqua ensuite, en langue italienne, la signification de l'acte auquel il venait de présider :

« C'est par une circonstance bien providentielle que je bénis et que je vous donne ces drapeaux aujourd'hui, fête de la glorification de la Croix, en ce jour consacré à l'étendard de Jésus-Christ. Celui-là ne sera jamais vaincu ; et un jour viendra où il apparaîtra triomphant dans la vallée de Josaphat, pour la consolation de ceux qui auront persévéré dans le bien et de ceux qui se seront retirés du mal, et la journée d'aujourd'hui sera alors pour vous d'une grande consolation. C'est surtout ce drapeau de la croix que vous devez porter et défendre ; il souffre de nombreux outrages, soit de la part de ses ennemis, soit par la violence, soit plus encore par ces doctrines perverses qui se glissent du matin au soir dans le peuple chrétien, pour corrompre les principes de la vérité et de la justice. Voilà contre quels ennemis vous défendrez bravement la cause de Jésus-Christ et de son Église. Maintenant j'élève mes mains vers le ciel, et je prie Dieu pour ces jeunes gens restés fidèles, et qui ont su garder leur serment, pour qu'ils portent toujours avec honneur notre bannière ; j'élève les mains vers Dieu pour tout le peuple fidèle : *Salvum fac populum tuum, Domine !* et aussi pour les ennemis de l'Église, afin qu'il les ramène ; oui, afin que, par un miracle de sa miséricorde, il les convertisse. Je vous bénis, mes chers fils, au nom du Père tout-puissant, afin qu'il vous communique quelque chose de sa toute-puissance pour vaincre vos ennemis découverts ou cachés ; au nom du Fils, qui a expiré sur l'étendard de la croix, afin qu'il vous fasse participer aux fruits de la Rédemption, gagnés par cette Croix ; et enfin au nom du Saint-Esprit, afin qu'il éclaire vos intelligences pour leur montrer la vérité, et qu'il fortifie vos volontés dans l'amour de la justice. »

Ce qui frappa par-dessus tout les zouaves, à en juger par l'ensemble de leur correspondance, ce fut l'accent que le Souverain Pontife mettait dans ses paroles. « Quand Pie IX portait la main sur son cœur, dit l'un d'eux, on eût dit qu'il allait l'arracher pour nous le donner. Il semblait inspiré lorsqu'il élevait les yeux et les mains au ciel, lançant son invocation de sa voix forte et claire. A la fin surtout, quand il a appelé sur nous les bénédictions de Dieu, notre saisissement était si grand, que nous devions tous ressembler, plus ou moins, aux apôtres de la Transfiguration, nous demandant si ce n'était pas un rêve, et si Jésus-Christ ne nous avait pas parlé en personne ! »

Le soir même, le Souverain Pontife rentrait à Rome. Les zouaves restèrent encore quelques jours à Porto d'Anzio ; mais le départ du chef de la catholicité avait emporté les heures d'allégresse intense, et le petit port devint triste. Hélas ! ce fut pis encore lorsque, le 13 mai, un malheur s'abattit sur le bataillon. Quatre zouaves s'étaient obstinés à prendre leur bain de mer, quoique les vagues fussent hautes et violentes. L'un d'eux, Guillerm, emporté par une lame de fond, disparut. Ses camarades Blévenec et Poullain, tous deux bons nageurs, courent à son secours, le saisissent; mais une nouvelle lame arrache le noyé de leurs bras, et celui-ci ne reparaît plus. De son côté, Poullain soutenait le jeune Charles de Raimond, qui ne savait pas nager et qui s'accrochait à son sauveur. Malgré ses efforts désespérés, le nageur ne parvenait pas à regagner le rivage.

« Nous nous noyons, dit-il au petit camarade qui l'étreignait, n'attendons plus de secours que du ciel. »

De Raimond comprit qu'il entraînait à la mort celui qui tentait de le sauver; il lâcha Poullain, leva les yeux au ciel, murmura une prière et coula.

Pour sauver Poullain, deux zouaves et un chasseur accourus en toute hâte durent faire la chaîne avec leurs ceintures. Blévenec fut sauvé aussi; mais il s'évanouit en sortant de l'eau.

Le corps de Raimond fut retrouvé trois quarts d'heure après. Charette, à peine arrivé avec ceux qui se trouvaient autour de lui, entra dans l'eau et prit le cadavre du petit noyé; il serra ce zouave de dix-huit ans contre lui, la douleur bouleversait ses traits, comme s'il se fût agi de son propre enfant. Le soir, on retrouva le corps de Guillerm. Son capitaine, M. de Marcieu, fut admirable d'attentions, et Charette étancha le sang qui coulait de la tête du noyé.

Le surlendemain, ces deux morts étaient solennellement enterrés devant le général en chef et toute l'armée. Ainsi finit dans une tristesse inopinée le séjour de Porto d'Anzio, commencé le 22 avril et continué dans la joie durant vingt-cinq jours.

VIII

De Porto d'Anzio, les zouaves revinrent d'abord à Marino, en attendant qu'on leur préparât la nouvelle résidence de Fracasti. Ils y restèrent jusqu'à la fin de cette année 1862.

Durant cette fin de séjour à Marino, un bon nombre de permissionnaires visitèrent Rome. C'était l'époque où Mme de Curzay offrait l'hospitalité du palais Pamphili aux notabilités françaises du haut clergé et des lettres. Mgr de Dreux-Brézé s'y trouvait en même temps que Louis Veuillot, et de simples zouaves venaient passer la soirée avec leurs éminents compatriotes. Veuillot, avec sa barbe inculte, son inséparable redingote bleu de roi, ses lunettes à branches d'or, ne se départissait pas de son amabilité notoire et de sa vaillance d'apôtre. Il frappait l'entourage par une modestie qui allait jusqu'à l'humilité. On remarquait que jamais il ne prenait la parole sans être interrogé. Il commençait, à cette époque, une savante étude sur les martyrs japonais. Quant à Mgr de Dreux-Brézé, il s'asseyait sur le pied des lits de fer où les zouaves

allaient s'endormir, engageait les jeunes volontaires
à bourrer une nouvelle pipe et causait paternelle-
ment avec eux.

Mgr Dupanloup, dont la célébrité était mondiale,
vint à Rome quelque temps après. Il fit le voyage de
Marino pour voir les zouaves. Le 25 mai, vers 2 heures
de l'après-midi, les volontaires du *père* Allet se portèrent à la rencontre de l'évêque, sans armes, mais
précédés de leur musique. L'évêque arriva dans l'équi-
page du prince Borghèse; il en descendit et reçut les
hommages des officiers, alignés sur le bord de la route;
puis, escorté de toute la garnison, il fit à pied le reste
du chemin. Tandis qu'il se rendait à la cathédrale, le
capitaine de Goesbriand choisissait une dizaine de
bons chanteurs parmi ses soldats et les emmenait à
l'orgue, dont il joua lui-même.

Ce que les zouaves attendaient avec une grande
envie, c'était un discours du glorieux orateur. Ils
eurent pleine satisfaction : Mgr Dupanloup leur parla
durant une demi-heure avec une chaleur et une grâce
qui secoua l'auditoire. On eût entendu une mouche
voler, a dit un des témoins.

Dès qu'une cérémonie religieuse était annoncée à
Rome, la garnison de Marino affluait à la capitale. Le
6 juin, elle assista ainsi au plus solennel chemin de
croix qui fut donné au Colisée. Quarante mille spectateurs se pressaient dans l'amphithéâtre de Flavien.
Tous les gradins étaient couverts de monde. Pêle-mêle
les cardinaux, les évêques, les moines, les soldats,
interprétaient leur saisissement en langues diverses.
L'officiant principal, Mgr de Tulle, eut beaucoup de
peine à se frayer un chemin pour atteindre le *palco*

qui lui était préparé. Il y réussit grâce à Mgr de Mérode, qui le précédait et écartait la foule.

Mgr de Tulle, enthousiasmé par ce splendide auditoire, parla dans l'ardeur d'une réelle inspiration. « Il était splendide à considérer, l'œil en feu, les cheveux au vent, la voix forte et répercutée à merveille par les blocs de pierre de la vieille arène. » Il évoqua les souvenirs de ce Colisée, où les gladiateurs païens mouraient pour amuser César, où les chrétiens succombaient en regardant le ciel. « Le monde et les puissants de la terre persécuteront toujours les chrétiens ; ils ont eu et auront de tout temps à leur disposition des masses imposantes de combattants et de redoutables engins de guerre ; mais aux chrétiens dénués de tout secours humain, la victoire sur l'enfer et sur le monde demeurera infailliblement. Le trône royal n'est pas une félicité ni un privilège pour le vicaire de Jésus-Christ, mais plutôt une croix. *Descende de cruce*, disaient les Juifs au Sauveur. Descendez de ce trône, crie sans cesse la horde des impies au Pape. Mais le vicaire de Jésus-Christ n'a pas le droit d'en descendre lui-même, et il y restera fixé tant que Dieu voudra. Du haut de ce trône qui est sa croix, il tend au monde ses mains déchirées pour le presser sur son cœur. »

Se tournant alors vers les zouaves, il ajoute : « J'aime à voir ces nobles adolescents commandés par de beaux capitaines. Enfants, je vous félicite. Soyez heureux et fiers, et un jour dites à vos mères : Nous avons été à Rome, où jour et nuit nous montions la garde pour la cause de Dieu et de son Vicaire. »

Quelques jours après la cérémonie du Colisée, le

commandant de Charette épousait Mlle Antoinette de
Fitz-James, sœur de la duchesse Salviati. Fervente et
dévouée, la jeune mariée devait consacrer toute sa
courte existence à rivaliser avec les Sœurs de Saint-
Vincent-de-Paul dans les hôpitaux. Mais, pour quelques jours, l'attention du bataillon se trouva surtout
appelée du côté de Ceprano, aux confins méridionaux
de l'État pontifical, où les Piémontais franchissaient
la frontière, sous prétexte de poursuivre les partisans
du roi de Naples.

Le 27 juillet, le bataillon prit le chemin de fer, au
bas de Marino, et s'installa sur la frontière napolitaine. Rien ne parut anormal durant une huitaine de
jours ; mais, le 4 août, des coups de feu retentirent
aux environs de Ceprano. Le colonel Allet porta ses
compagnies en avant et lança des reconnaissances.
Marchant à pas de loup, une patrouille de dix-sept
hommes se trouva nez à nez avec trois compagnies de
bersagliers qui, assaillies par les royalistes napolitains,
venaient chercher refuge sur le domaine du Pape. Le
chef de la patrouille, lieutenant Mousty, déploie ses
hommes en tirailleurs et les fait embusquer adroitement derrière les accidents de terrain.

« Attention ! leur dit-il, ne faites feu qu'à mon commandement ! »

Les bersagliers continuent d'avancer sous le brûlant
soleil de midi.

« Feu ! » commande Mousty.

Et dix-sept balles vont faire leur ravage dans les
rangs de l'ennemi. Ils étaient bien en effet l'ennemi, ces soldats de Victor-Emmanuel qui avaient
écrasé la petite phalange pontificale à Castelfidardo,

envahi et occupé la plus grande partie du domaine
de saint Pierre. protégé et aidé les tentatives garibaldiennes. Ils étaient l'ennemi implacable, dont la
bouche ne proférait que menaces et injures. Et,
devant Ceprano, ils osaient s'installer en maîtres sur
le sol qu'ils revendiquaient avec la plus incroyable
audace.

Les bersagliers des trois compagnies ripostent à
l'attaque des zouaves en déchargeant leurs fusils sur
les tirailleurs couchés à plat ventre.

« Feu ! » commande de nouveau Mousty. avec un
imperturbable sang-froid.

Les zouaves ajustent la hausse de leur carabine à la
distance indiquée par leur officier, avec la même tranquillité qu'ils le faisaient dans les tirs à cible du
champ de manœuvre. Quelques Piémontais mordent
la poussière ; leurs camarades se sauvent. Inutilement
un capitaine cherche à retenir ses fuyards et les traite
de « bersagliers de pacotille », leur criant :

« Nous sommes trois compagnies, et ils sont une
vingtaine seulement ! »

Alors le sergent Dubois lui répond :

« Tire donc dedans, grand serin ! et viens nous
prendre avec tes trois compagnies ! »

Puis, toujours avec le même flegme, Mousty dit à
ses hommes :

« Ajustez bien ! Cette fois-ci, c'est à six cents mètres.
Vous y êtes ? Feu ! »

Six balles étendent raide mort le chef, et les bersagliers se débandent tout à fait.

L'action terminée, on alla chercher le malheureux
capitaine, qu'on trouva baigné dans son sang. Il tenait

encore un fusil, qu'il avait pris à l'un de ses hommes pour tirer.

Comme à Correse, l'intervention des troupes françaises ne se fit pas attendre dès qu'on connut à Rome le conflit de Ceprano, et les zouaves massés à la frontière, tout brûlants d'en venir aux mains avec l'agresseur, durent s'en retourner à Marino.

Dès le second semestre de 1862, la vie du bataillon subit un changement qui se perpétuera jusqu'en 1867. A cause du brigandage, les zouaves vont être répartis par détachements dans de nombreux villages des régions infestées. A vrai dire, la lutte ouverte contre les bandits se développera plus tard, et nous la traiterons dans le chapitre suivant.

On peut dire que l'émiettement du bataillon fut une heureuse diversion à la situation qu'on lui faisait vis-à-vis des troupes françaises. Il eut dès lors un terrain d'action pour donner libre carrière à sa fougue et à son dévouement ; il eut surtout la grande consolation d'y réussir là où le corps d'occupation avait échoué, parce que la prudence du général français tenait ses forces trop concentrées.

Mais tout a une fin, et le bataillon des zouaves reçut l'ordre de se concentrer à Frascati. Trois compagnies y arrivèrent le 22 janvier 1863 ; les trois autres, le 5 février.

Frascati ! Ce nom sonne comme un joyeux grelot, même aux oreilles de ceux qui n'en connaissent que sa réputation. Au-dessous des crêtes qu'occupait Tusculum, la ville actuelle éclate de blancheur au milieu

de ses forêts de chênes verts et d'oliviers sauvages.
C'est un des sites les plus délicieux du monde. Aussi
les familles princières de Rome y ont-elles établi,
depuis leur origine, de somptueuses résidences estivales. La famille Borghèse y possédait les *Délices
Aldobrandini* et la *Taverna*. Les villas Conti et Brac-
ciano ne le cèdent pas aux deux premières en terrasses
ombragées d'où la vue s'étend sur Rome, en cascades
et jets d'eau abondants, en bosquets touffus d'où
émergent à foison les vases de pierre et les statues.
Qui n'a entendu parler de ce mont Parnasse en relief,
avec ses musiciens de bronze, dont les instruments
résonnent sous le jeu des eaux? Cette merveille
unique n'est pas la seule curiosité de Frascati. La
Renaissance y triomphe avec l'escalier royal de la
villa Conti, avec l'architecture du Bernin à la Rufina,
avec la voûte de Montalto et ses fresques.

Dans cette nouvelle garnison, les zouaves trouvèrent un hôpital admirablement organisé, dans une
suite de maisons modestes, mais nouvellement blan-
chies à la chaux et très propres. Les Sœurs y préparaient elles-mêmes la nourriture ; les malades les plus
valides les aidaient à faire les lits, à balayer et surtout aux pansements de leurs camarades. Notre hôpital est l'atrium du paradis, disaient les pensionnaires.
L'un d'eux écrit : « J'y suis depuis trois jours seulement, et, ma foi ! si la jambe ne veut pas manœuvrer,
je ne demande qu'à y rester tant qu'on voudra. C'est
une vie charmante. La gaieté dépasse tout ce qu'on
peut se figurer, les Sœurs ne le cèdent en rien aux
zouaves. L'une d'elles, qui est certainement une jeune
fille d'une grande famille, parfaite de distinction et

de tact, m'a avoué, du reste, qu'elles étaient fort heureuses au milieu de nous. Je n'en suis pas surpris ; il y a une si grande analogie entre leur vocation et la nôtre, que nous nous comprenons. Le dévouement des Sœurs pour nous et notre respectueuse gratitude envers elles n'ont pas de bornes. »

L'année 1863 ne fut marquée par aucun événement capital. Le bataillon continuait à vivre son existence toute militaire et religieuse, à la manière des anciens ordres de Rhodes et de Malte. Le chemin de fer qui reliait la Ville éternelle au pied des coteaux de Frascati faisait de la nouvelle garnison un faubourg de Rome, et les permissionnaires allaient en foule assister aux cérémonies grandioses ou originales qui s'échelonnaient alors, presque sans interruption, dans les monuments ou sur les places de la capitale : à Sainte-Marie-Majeure, la bénédiction des chevaux, où le Pape, les cardinaux, les charretiers envoyaient pêle-mêle leurs bêtes ; au Corso, l'entrée triomphale de l'archiduc Maximilien, qui se rendait au Mexique revêtir la couronne impériale ; à Noël, partout dans les rues, les joyeuses ariettes des *pifferari,* qui jouaient de leurs binious sous les images de la Madone. Quelques jours après, l'Épiphanie amenait une foule bruyante sur la place Navone, où se vendaient des figurines de terre peinte. Ces figurines étaient d'amusantes caricatures locales, munies d'un sifflet. Grands et petits, les acheteurs en faisaient un vacarme étourdissant, au milieu des quolibets et des rires. Quand la statue représentait un *gobetto* (un bossu), les marchands l'offraient en des termes parfois trop populaires, en criant une phrase que nous traduisons ainsi :

> Deux sous le gobetto.
> Avec le sifflet au dos !

Mais la tranquillité qui planait sur Rome n'était qu'apparente. A l'intérieur de l'État pontifical, le brigandage, dont nous parlerons au chapitre suivant, exposait sans cesse la vie des détachements envoyés contre lui. Les bandes garibaldiennes se montraient çà et là sur la frontière, prêtes à l'attaque. Les intrigues de Cavour préparaient l'abandon de Napoléon III. Ces intrigues aboutirent à la trop fameuse convention du 15 septembre 1864, conclue entre la cour des Tuileries et celle de Turin, sans l'assentiment de Pie IX. La nouvelle en éclata comme un coup de foudre dans le monde catholique. Voici quels en étaient les articles :

I. L'Italie s'engage à ne pas attaquer le territoire actuel du Saint-Père et à empêcher, même par la force, toute tentative venant de l'extérieur contre ledit territoire.

II. La France retirera ses troupes des États pontificaux graduellement et à mesure que l'armée du Saint-Père sera organisée. L'évacuation devra néanmoins être accomplie dans le délai de deux ans.

III. Le Gouvernement italien s'interdit toute réclamation contre l'organisation d'une armée papale, composée même de volontaires étrangers, suffisante pour maintenir l'autorité du Saint-Père et la tranquillité, tant à l'intérieur que sur la frontière de ses États,

10

pourvu que cette force ne puisse dégénérer en moyen d'attaque contre le Gouvernement italien.

IV. L'Italie se déclare prête à entrer en arrangement pour prendre à sa charge une part proportionnelle de la dette des anciens États de l'Église.

Que l'empereur des Français ait été de bonne foi dans ce traité, c'est à peu près certain. Il avait fait l'unité de l'Italie sans prévoir que la campagne de 1859 amènerait la question de Rome, capitale du nouveau royaume d'Italie. Le clergé et les catholiques de France prêtaient à Napoléon III un concours dont il avait grand besoin dans sa politique intérieure, de sorte que la protection du Saint-Siège s'imposait à sa politique extérieure. Mais alors pourquoi traiter avec le roi d'Italie sans en soumettre les clauses au principal intéressé? L'injustice du procédé était flagrante, surtout en ce qu'il consacrait les spoliations de 1860.

Quant au Gouvernement italien, si l'on avait pu se fier à sa droiture, la convention aurait été satisfaisante. Le pouvait-on? Les optimistes eux-mêmes n'avaient-ils pas dans la mémoire toutes les ruses politiques et diplomatiques avec lesquelles Cavour avait joué les catholiques du monde? Les menaces continuelles que les patriotes italiens lançaient à la tribune, sous la présidence bienveillante de l'autorité, laissaient-elles le moindre espoir que Rome serait respectée après le retrait des troupes françaises? L'avenir n'a que trop confirmé combien l'émotion du monde catholique fut légitime lorsque parut cette convention du 15 septembre 1864, puisque, le 20 septembre 1870,

Victor-Emmanuel s'emparait du trône pontifical, le lendemain du départ de nos soldats. Cet avenir n'était que trop certain, et personne n'en fut dupe parmi les défenseurs du Saint-Siège. D'ailleurs, la dynastie de Savoie n'eût-elle pas été elle-même avide de régner sur l'Italie entière, le mouvement révolutionnaire la dominait et ne lui eût pas permis de lui résister.

Ainsi, en l'année 1866, le Souverain Pontife allait être livré à lui-même. Cette pensée souleva dans la catholicité un grand mouvement de révolte, et les enrôlements militaires répondirent en grand nombre à l'acte d'abandonnement. Dans les deux années qui vont suivre la convention, la seule Hollande enverra quinze cents volontaires. Le bataillon des zouaves pontificaux deviendra rapidement un régiment de quatre mille cinq cents hommes. Nous verrons Napoléon III, peut-être par remords de conscience, autoriser la formation d'un corps de volontaires français sous le nom de légion d'Antibes. A la marche lente et sinueuse, mais progressive, des ambitions piémontaises, la conscience catholique dressa l'obstacle de son dévouement : l'or et le sang des fidèles.

Ce redoublement des forces pontificales ne tranchait évidemment pas la question de l'avenir ; mais il était une manifestation éclatante dont on pouvait espérer plus de zèle chez Napoléon III et plus de crainte chez Victor-Emmanuel. A Rome, on envisagea les choses ainsi, et cette considération amena une certaine détente dans les esprits, après les angoisses de la promulgation de la convention.

Vers la même époque, un joyeux événement rassénéra les zouaves de Frascati. Un soir de janvier 1865, le Père du Ranquet leur apporta de Rome la nouvelle que le commandant de Charette venait d'être père d'un petit garçon. La naissance du *petit commandant* mit tout le monde en liesse. Comme le baptême devait avoir lieu le lendemain à Saint-Pierre, le bataillon se prépara à y assister, et des punchs s'allumèrent pour manifester la joie :

> Monsieur de Charette a dit
> A ceux de Frascati, etc. etc.

Les à-propos se succédaient en parodiant la célèbre chanson vendéenne.

Sauf quelques hommes de service, les zouaves assaillirent, à 8 heures du matin, le train qui partait pour Rome. Une demi-heure après, ils débarquaient dans la capitale et sautaient dans les voitures de place. Il y eut soixante véhicules bondés qui s'ébranlèrent à la queue leu leu. Le colonel Allet occupait la dernière voiture. Les Romains regardaient ce cortège, dont ils ignoraient la cause. Le factionnaire français qui gardait l'entrée du pont Saint-Ange dut longuement présenter les armes. Arrivés sur la place Saint-Pierre, encore vide, les cochers firent claquer leurs fouets, et le Saint-Père se montra à une fenêtre du Vatican, tout amusé de voir son bataillon en voiture.

Vingt minutes après, c'est le cortège du nouveau-né qui débouche de la place Rusticucci et s'engage sur la belle esplanade elliptique : en tête, les équipages du prince Borghèse, du duc Salviati, du prince Aldobrandini, puis le coupé du commandant de Charette.

On avait espéré, un instant, que la mère de l'enfant assisterait au baptême ; mais un accident dont on ne soupçonnait pas les prochaines et douloureuses conséquences l'en avait empêchée. Quelques jours avant la naissance, un zouave, en traversant le Corso, avait roulé sous la voiture de Mme de Charette. Il se releva. courut à la portière et déclara qu'il se portait mieux que jamais. Mais la future mère en eut une émotion qu'on ne parvint pas à calmer.

Sur la place Saint-Pierre, le commandant, débordant de joie, descend à son tour au pied du grand escalier et étreint chacun de ses zouaves.

« Ils sont tous venus ! » dit-il, avec des larmes aux yeux.

Les invités pénètrent dans Saint-Pierre et se concentrent autour du baptistère de Constantin. Le parrain, le duc de Modène, est représenté par le ministre des Finances ; la marraine, la comtesse de Chambord, par la duchesse Salviati. Mgr de Mérode préside. Beaucoup de Français viennent augmenter le cortège. Ils forment une assistance nombreuse, mais qui disparaît dans l'immensité de l'église.

Hélas ! l'épreuve attendait le commandant de Charette au sortir de cette fête de famille. La nuit suivante ne fut pas bonne pour la jeune mère, et les inquiétudes commencèrent. Elles furent le présage d'une rapide et affreuse catastrophe, que nous raconterons en détail, parce qu'elle montre l'âme des zouaves et de tout ce qui se rattachait à eux.

On avait d'abord cru que la malade était atteinte de fièvre typhoïde, et il fallut une semaine entière pour reconnaître qu'il s'agissait d'une péritonite très grave.

On juge de la douleur qui frappa le bataillon, où la jeune commandante était aimée comme une sœur ! A Frascati, chaque arrivée de trains offrait un spectacle poignant ; les soldats et les officiers accouraient à la petite gare pour avoir des nouvelles. Chaque jour, tout le monde assistait à la messe qui était célébrée dans la cathédrale pour la mourante.

« C'est que Mme de Charette, dit Le Chauff', était adorée. Toujours affable, d'une prévenance sans égale, elle recevait les zouaves avec une bonté maternelle. Cet intérieur où il y avait tant d'union, d'entrain et de piété, c'était pour nous la patrie absente. Chaque soir, le commandant invitait quelques zouaves à sa table. Quels bons moments ! Après dîner on jouait avec la petite Zizi (fille aînée), qui ne faisait pas difficulté de quitter les bras de sa mère pour aller dans ceux des zouaves aux barbes les plus terribles. On causait du pays, des incidents du jour, et Charette fumait tranquillement sa pipe, jouissant du bonheur de tout le monde. »

Un vendredi, les nombreux visiteurs du palais de la place Trajane trouvèrent le commandant tout en larmes : le mal faisait depuis quelques heures des progrès effrayants. A 6 heures du matin, Mgr Sacré avait dit la messe dans la pièce voisine de la chambre de la malade, qui, grâce aux portes grandes ouvertes, put assister à l'office. Durant huit jours, elle reçut ainsi la communion, entourée de sa mère, la duchesse Salviati ; de la mère du commandant, accourue en toute hâte ; des autres membres de sa famille et de la famille de Charette. Son mari servait lui-même ces messes et récitait à haute voix les actes avant la communion.

Le samedi 21 janvier, il ne restait plus le moindre espoir, quand la comtesse de Biron, sœur cadette de la mourante, arriva de Paris. L'agonisante sourit à sa sœur et lui fit comprendre par signes combien elle était heureuse de la revoir. D'innombrables dépêches étaient échangées entre Rome et l'Europe. Les grandes familles romaines venaient journellement aux nouvelles. On priait dans les cloîtres et dans les églises. Un auguste vieillard, sur son prie-Dieu, adressait du haut du Vatican ses plus ardentes supplications au ciel.

Dans le palais, on avait étendu des matelas le long des couloirs pour donner un peu de repos aux nombreux zouaves qui offraient leurs services en qualité de commissionnaires et de correspondants ; personne ne se couchait plus durant la nuit.

Un prêtre, dont le grand cœur et la haute intelligence ont frappé tous ceux qui l'ont connu, le R. P. Villefort, de la Compagnie de Jésus, confessa Mme de Charette et voulut lui donner sa dernière communion ; mais la pauvre agonisante n'était plus en état de la recevoir. Agenouillé au pied du lit, le commandant la reçut pour elle, au milieu des sanglots étouffés. Quelques minutes après, elle était morte...

En revenant au *Gesù*, le Père de Villefort disait aux zouaves qui le reconduisaient :

« Quelle belle, quelle précieuse mort ! J'en suis tout embaumé ! »

Charette passa la journée du dimanche à prier devant le corps de la défunte. Les parents, les amis, tous ceux qui se trouvaient au palais l'imitèrent. Point de cris, de découragements. De la douleur muette, une douleur immense, endurée avec une complète résignation.

« Mon Dieu, gémit le malheureux époux, vous me l'avez prise, je vous bénis; je n'étais pas digne de la posséder! »

Les nombreuses personnes qui ont défilé, ce jour-là, dans la chambre mortuaire, ont été émues par le spectacle d'un pareil recueillement. Un cénacle de grandes dames était là, prosterné, égrenant le chapelet, immobiles et silencieuses durant des heures entières. La morte, entourée de ses chères reliques, gardait sur son visage blanc le sourire si doux qui avait tant charmé durant sa vie.

A la nouvelle du malheur qui frappait leur commandant, les zouaves accoururent tous de Frascati. Par bandes de vingt ou trente, ils défilèrent durant vingt-quatre heures devant la couche funèbre. On les vit s'agenouiller en rangs serrés, baïonnettes et sabres faisant moins de bruit que les genoux tombant sur le sol; ces têtes bronzées par le soleil de la campagne romaine se courbaient, et les plus intrépides de ces soldats pleuraient comme des enfants devant la jeune sœur qui leur était ravie. Leur attitude poignante fut une consolation immense pour le commandant; il répondait à chacun de ses zouaves par une étreinte qui leur exprimait sa reconnaissance.

Le 23 janvier, vers 10 heures du matin, Charette s'approcha une dernière fois de la morte, suivi de la duchesse de Fitz-James, de sa mère, du duc et de la duchesse Salviati, de la comtesse de Biron. Il donna le suprême baiser à celle qui ne le voyait plus et la couvrit de ses larmes.

Le soir, suivant les usages de Rome, le corps mis
en bière fut porté à la paroisse, c'est-à-dire à l'église
des Saints-Côme-et-Damien, au pied du Capitole. Mgr de
Mérode chanta la messe de *Requiem* le 24. Aucun
zouave n'y manquait. Il y a cinq lieues de Frascati à
Rome ; ceux qui n'avaient pas d'argent pour payer
leur billet de chemin de fer avaient fait la route à pied.
A l'absoute, la voix de Mgr de Mérode devint chevro-
tante, et de grosses larmes tombèrent des yeux de
l'officiant.

C'est à Frascati qu'eut lieu le service d'octave. Les
zouaves étaient massés sur la place de la cathédrale.
Lorsque les voitures parurent, tous les képis s'abais-
sèrent, toutes les têtes se courbèrent. Les habitants,
les paysans accourus en curieux, regardèrent avec
stupéfaction ces visages empreints d'une douloureuse
vénération : ils n'en avaient jamais vu en si grand
nombre et si profondément affectés.

Au retour, le commandant et les deux familles en
deuil furent reçues en audience par Pie IX. Le Saint-
Père dit à Charette :

« Consolez-vous, mon cher enfant, mon bien cher
enfant. Celle que vous pleurez est au ciel. C'est avant
tout son amour pour la sainte Église de Jésus-Christ
qui l'avait fait unir ses destinées aux vôtres ; en vous
épousant, elle avait épousé votre cause, et aussi les
périls de votre vie militaire ; elle est morte comme
meurent vos zouaves, en prédestinée... »

Mais il n'en put dire davantage, il s'éloigna pour
cacher qu'il pleurait.

Cette même année, un autre décès attrista les soldats du Pape : celui du général de La Moricière. Le souvenir du grand vaincu de Castelfidardo était resté vivace parmi les volontaires de Rome, dont il avait conservé nominalement le commandement en chef. Il mourut subitement au château de Prouzelle, le 11 septembre. Le prêtre, en entrant dans sa chambre, le trouva à genoux, pressant son crucifix sur la poitrine, ayant à peine assez de connaissance pour recevoir l'absolution.

La France catholique fut profondément émue en entendant l'oraison funèbre de l'évêque d'Orléans : « Cette noble existence, dit-il aux funérailles du général, trop tôt ravie à nos vœux et à la patrie, mérite le respect et défie l'insulte ; car elle eut pour bouclier l'honneur. Quiconque respire l'honneur, quiconque aime à rencontrer sur ses pas de nobles natures, les cœurs vaillants, les grandes actions, s'incline devant cette tombe. Dans ce brillant soldat, vous retrouverez tout ce qui charme, éblouit, enflamme ou attendrit les hommes : l'audace, la franchise, la force, la gaieté, la fougue, la renommée ; puis la foi, le sacrifice, la soumission, l'abnégation, la douleur patiente et la ferme résignation, tous les traits du naturel le plus privilégié aux prises avec une destinée, éclatante avant d'être frappée... L'honneur du général de La Moricière, c'est d'avoir été le chef des vaincus de Castelfidardo, de les avoir entraînés. Voilà ce qui élève tout à coup sa vie et la rehausse dans une plus rare et plus belle lumière ! »

La France y répondit par une souscription de deux cent cinquante mille francs, qui fut expédiée à Rome en cette occasion.

Revenons aux suites de la convention de septembre. L'augmentation des effectifs de l'armée pontificale devait nécessairement amener un changement dans le haut commandement. Mgr de Mérode n'était plus l'homme de la situation ; il avait froissé à diverses reprises le Gouvernement français, qu'il fallait malgré tout ménager. D'autre part, un proto-ministre militaire s'imposait. Le prélat fut remplacé par le général Kanzler, dont nous avons vu la belle conduite au siège d'Ancône. Badois d'origine, il connaissait à fond son métier de soldat. Aucun choix ne pouvait être plus judicieux et plus juste.

Aussitôt en possession de son portefeuille, Kanzler s'attacha à organiser la nouvelle armée. L'élément indigène y fut rehaussé. Au même moment, la légion d'Antibes, forte de quatorze cents hommes, venait grossir les rangs, où elle était accueillie avec la plus grande cordialité. Son chef, le colonel d'Argy, en augura que l'armée du Pape était réellement très forte, parce que l'union faisait sa force.

Le bataillon des zouaves, devenu régiment, avec des hommes bien équipés et bien instruits, pouvait dès lors être scindé en plusieurs fractions. Kanzler décida que le premier groupe de ces fractions serait sous les ordres du colonel, à Rome ; la seconde, sous les ordres du commandant de Charette, à Velletri. Tous les trois mois, il y aurait échange de garnison entre les deux groupes.

Dès les premiers moments, hélas ! la petite vérole devait cruellement sévir à Velletri. Le nécrologe des zouaves s'était beaucoup augmenté dans les deux années précédentes : le caporal Chantoiseau, victime de son ardeur à continuer son service malgré le mal qui le minait; Baslé, Guéguen, de Bligny, dont les garibaldiens insultèrent le tombeau; Martin, qui mourut en chantant l'*Ave maris Stella;* des Granges, le tout jeune Marchand. A Velletri, la mort s'acharna avec fureur : Dalibert, Deprise, Bloch, Chotard, Even, Peters, Wild, Le Quellec, Cavaletti, Geneslay, Vlemmings, Haeke, Hoft, Buys, Massuger, Ruyter, Behiels, Wienne, Van Acker, Schurmans, Van der Linden, Mollinger; puis le duc de Blacas, qui édifia son entourage par sa sérénité.

Comme si ce n'était pas assez des fièvres et de la petite vérole pour décimer le régiment des zouaves, le brigandage apporta un surcroît de dangers et d'épreuves, obligeant à d'incessantes guérillas de montagne, où l'ennemi est insaisissable, et sa poursuite exténuante. Avant d'arriver à la période glorieuse de 1867, que d'efforts, que d'actes de vaillance restés obscurs vont augmenter l'œuvre héroïque du régiment dans l'État pontifical!

IX

LE BRIGANDAGE

En Italie, le brigandage remonte à une haute anti-
quité ; il est, pour ainsi dire, un mal endémique de la
péninsule.

Il prospérait en 1866, et la tâche fut rude pour les
pontificaux.

Jour et nuit, les zouaves fouillent la montagne. Le
bruit court que le brigandage est alimenté par la révolution. Un prisonnier avoue qu'on aura beau tuer ses
complices, d'autres se recruteront aisément ailleurs.
Les zouaves n'en ont que plus d'ardeur à marcher et
contremarcher. Un volontaire écrit, de Prossedi :
« Depuis plus d'un mois nous couchons sur la pierre.
C'est très intéressant, mais c'est très fatigant ; de
plus, la nourriture est tout à fait insuffisante ; aussi
nous avons pas mal de malades. C'est la guerre la
plus rude qu'on puisse faire ; nous autres qui nous
portons bien, nous ne demandons qu'à continuer ;
mais il est probable que nous serons bientôt remplacés, à moins que tout le bataillon ne soit mobilisé à
l'effet de faire une razzia. Il y a du reste dans notre

détachement un entrain inimaginable, on ne rêve que
coups de fusil. Puis chacun a pris une tournure de
circonstance : nous avons l'air aussi brigands que les
brigands. On a mis de côté les képis ; les bonnets
rouges les ont remplacés sur nombre de têtes. Beaucoup ont adopté la chaussure du pays ; ce sont de
grands bas de laine noirs qui montent au-dessus du
genou, un large morceau de cuir retenu par des
lanières sert de semelle. Cela s'appelle en italien des
cioccie, d'où le nom de *ciocciarri* donné aux montagnards. Avec cette chaussure, on court, sans glisser,
sur les rochers des montagnes, et on est léger comme
des cerfs. La nourriture est difficile à acquérir ; mais
enfin il y a des jours où nous mangeons à moitié.
Pour arriver à ce résultat, nous nous sommes réunis,
officiers, sous-officiers, caporaux et soldats capables
de contribuer à la dépense commune ; et quand vient
le soir, alors que les étoiles commencent à scintiller
au firmament, nous mangeons tous ensemble. »

Il est vrai que les brigands ne sont pas logés à
meilleure enseigne. Acculés de toutes parts, ils
crèvent littéralement de faim ; mais, dès qu'ils
atteignent une région libre, les habitants les récon-
fortent par peur ou par complicité. Certaines jeunes
filles fiancées aux errants de la montagne ne font
aucun mystère de leur conduite ; elles vont porter du
pain à leurs futurs époux, ainsi que l'avouait à San
Stefano la *promise* du chef Andreozzi.

Parfois les bandits affectent des allures bon enfant :
mais c'est dans les occasions où ils n'ont rien à gagner
et ne veulent pas se compromettre inutilement. Un
soir, en faisant des vivres, le zouave Guérin est pris

par huit brigands. Il y avait, dans la bande, la femme du chef Cedroni et celle du chef Menicucio. Elles l'invitent, en français, à manger des côtelettes avec eux. On le laisse repartir. Pourquoi? Parce que ce n'était pas Guérin qu'on cherchait; c'était de Chazotte, qu'on savait porteur de trente mille francs.

Toutes les captures n'étaient pas bénéfice pour les malfaiteurs. Les plus riches parfois ne leur rapportaient rien.

« Le 28 mai 1866, le lieutenant Zacharie du Réau, son frère, un autre zouave et quatre gendarmes s'en revenaient par la diligence de Terracina, raconte l'abbé Daniel, quand un garçon, qui s'était jeté dans le canal, en sortit au moment où la poste passait, fit arrêter la voiture pour raconter à ces messieurs qu'il n'y avait pas plus de dix minutes que douze brigands venaient d'enlever toute une famille. Zacharie du Réau descendit de voiture promptement et se mit à la poursuite des brigands avec ses hommes. On a appris qu'un monsieur d'une des premières familles de Terracina était sorti en voiture avec son fils, un garçon et le cocher; qu'ils avaient été arrêtés par les voleurs, et que ces voleurs demandaient douze mille écus de rançon. Le fait avait été connu à Terracina, et soixante bourgeois s'étaient armés et étaient partis avec cinquante zouaves. » Ces captifs furent délivrés quelques jours après, sans bourse délier.

L'affaire du 22 octobre fut une des plus vives. Dix-huit zouaves déjeunaient à San Stefano, quand on vint les avertir que les carabiniers étaient aux prises avec l'ennemi au Monte-Lupino. Vite ils se mettent en route et arrivent sur les lieux après une marche forcée de deux heures et demie. Le feu des carabiniers avait cessé. A mi-flanc de la montagne, les zouaves aperçurent les brigands, qui tirèrent aussitôt sur eux. Au nombre de soixante-cinq, ces réfractaires se montrèrent beaucoup plus intrépides que les autres. Les volontaires pontificaux prirent leur position pour résister avec fermeté; peu après, ils étaient cernés. Le lieutenant Dufournel, comprenant la gravité de la situation, s'élance avec six de ses hommes à l'assaut d'un monticule déjà occupé par l'ennemi. Il s'en empare. Le feu continue avec fureur.

« Les brigands, dit encore l'abbé Daniel, tirent avec une précision étonnante, poussent des cris furieux à chaque décharge, insultent les zouaves, vomissent contre eux des imprécations : *Andate al inferno, col diavolo !* On les entend crier en français : « Au capitaine! Tirez au capitaine ! » Le clairon Scudieri est blessé au cœur; il dit à de Kermel, en montrant la plaie :

« — Là, mon lieutenant. »

« De Kermel répond :

« — Non, non. »

« Mais c'était trop vrai; il tombe du coup sur le visage. Un autre zouave, Van de Voorde, Hollandais de nation, est blessé. Dufournel le fait mettre avec le mort.

« — Mais je puis encore tirer, mon capitaine, » reprend le blessé.

« Il tire encore trois coups; mais, comme il perdait beaucoup de sang, il dut céder. La fusillade continuait vive de part et d'autre. On se dérobe derrière une pierre, un arbre, en cherchant le moment où l'ennemi se découvre pour ajuster et tirer. Quelquefois on avait le temps, au moment où la fumée paraissait, de se jeter à terre et de laisser ainsi passer la balle. De Couessin avait mis son képi sur la pierre, en disant :

« — Je parie qu'ils tirent sur mon képi ! »

« Sévilla, apostrophant les brigands, levait son képi. Les zouaves s'étaient mis, eux aussi, à pousser des hourras après chaque décharge. Enfin, après deux heures de lutte, les brigands finirent par se débander et abandonner le terrain. Les zouaves les poursuivirent... La place occupée par les brigands était inondée de sang ; on trouva huit capotes percées et ensanglantées, un revolver, un pot à graisse pour les balles de carabine, deux sacs de bersaglieri piémontais, des nécessaires d'armes matriculés. »

Les zouaves rentrèrent à minuit, avec leur mort et leur blessé. On retrouva, les jours suivants, cinq cadavres de brigands, et le bruit courut qu'ils avaient plus de vingt blessés. Il n'était pas besoin des sacs de bersaglieri pour deviner que cette bande si hardie n'était pas composée que de bandits professionnels. Mais l'ennemi, quoique quatre fois plus nombreux, n'en fut pas plus heureux.

Cependant la cruauté des brigands ne se lassait pas. A Sonino, le signor Milza, juge au tribunal de Rome, était allé se promener à son *casale de campagna*. Il y fut surpris par une bande. Sa mise soignée fit croire aux malfaiteurs qu'il était riche. On le garrotta, on l'emmena sur territoire napolitain. De là, ses geôliers expédièrent des émissaires à la famille, lui demandant une rançon de cinquante mille francs. La famille

11

n'était pas en mesure de payer une pareille somme.
Ces messieurs daignèrent réduire leurs prétentions à
quarante mille francs. Mais les Milza étaient pauvres ;
ils ne pouvaient pas plus fournir quarante mille francs
que cinquante mille, et les émissaires revinrent bre-
douille. Alors commença le supplice de l'infortuné
captif. Le lendemain, sa femme recevait un pli ensan-
glanté ; il contenait les oreilles du juge. Le jour après,
elle recevait une main, avec l'anneau matrimonial
conservé au doigt, afin qu'il n'y eût pas de doute sur
l'identité du membre coupé. On devine la torture de
cette famille, impuissante à sauver le martyrisé. Le
troisième jour, ce fut une jambe qui leur arriva. Enfin,
le cinquième, ce fut la tête. Les habitants de Sonino,
terrorisés, n'osèrent plus sortir de la bourgade.

Néanmoins la vigoureuse poursuite des zouaves pur-
geait peu à peu le pays.

Les trois principaux chefs qui continuèrent la résistance furent Andreozzi, Cipriani et Doria. Chacun
d'eux avait une garde personnelle de douze compagnons, qui ne les quittaient jamais. Dès qu'il y avait
un coup à tenter, une centaine de montagnards dissi-
dents se joignaient à eux, comme par enchantement.
(Où prenaient-ils les excellentes carabines dont ils
étaient armés ?) Andreozzi, beau jeune homme de
vingt-cinq ans, avait la férocité du tigre. C'était lui
qui avait présidé à la mutilation du juge Milza. Un de
ses camarades, surnommé le *Medichetto* (le petit médecin), le surpassait en atrocités. Ayant pris un pauvre
homme dont il croyait devoir se venger, le Medichetto
l'attacha à un arbre et lui planta son poignard dans la
gorge. Puis il s'assit devant le patient, qui hurlait de

douleur, et se mit à manger, en savourant sa nourriture avec d'autant plus de délices que le blessé souffrait davantage. De temps à autre, il se relevait pour aller enfoncer davantage le poignard. C'était l'assaisonnement de son festin. Comme il avait fini son repas, il poussa encore la lame, qui atteignit ainsi le bas-ventre. Alors, ivre de férocité et de vin, la pipe aux lèvres, il arracha le cœur, le foie, les entrailles, et les étendit sur l'herbe pour les contempler.

Cipriani n'était pas moins cruel qu'Andreozzi et son lieutenant. C'était le coupeur d'oreilles par excellence. Il avait inventé une recette pour cicatriser les plaies de ses amputés avec leurs propres cheveux réduits en cendre et pétris d'huile.

Doria était un défroqué. Ses victimes se comptaient par dizaines. Il avait débuté en se livrant à des meurtres atrocement barbares sur plusieurs membres de sa famille.

On conçoit combien les zouaves avaient de peine à vaincre des adversaires qui connaissaient les moindres rochers de la région et se dérobaient aisément, grâce à de nombreux complices. L'épisode du Cacume est racontée par Kerguenec avec trop de couleur locale, pour que nous ne la reproduisions pas exactement tout entière. Elle est comme un croquis typique de la vie des zouaves dans cette période.

« A 11 heures du soir, nous étions partis de Prossedi pour explorer le Cacume, le pic le plus élevé de ces régions, qui domine Maenza, où Doria a anesthésié *in æternum* plusieurs de ses consanguins. Pour arriver à Maenza, il faut grimper pendant une heure par un sentier rocailleux ressemblant plus à une échelle dressée quasi perpendiculairement qu'à une route. Jusqu'ici, nous avons toujours enlevé cette côte lestement à l'aide d'une *scie* française dont les dents sont capables, en effet, de faire grincer les jointures des jarrets les plus engourdis :

1er Couplet

Un jambon de Mayence,
V'là qu'ça commence
    Déjà bien.
Nous allons faire bombance.
    A ce festin
Il ne manquera rien,
    Car j'aperçois :

2e Couplet

Deux jambons, etc.

« Sur la cime du Cacume se trouve un petit bois, dans lequel les brigands avaient fait leur popote la nuit précédente. Un de nos espions qui les avait aperçus était venu à toutes jambes nous en donner avis.

« — Gare à toi ! lui avait dit le capitaine; si tu nous trompes, tu seras fusillé à Maenza. En attendant, endosse cette tenue de gendarme et marche devant la colonne. »

« A 4 heures du matin, nous cernions le petit bois en question. Pour éviter de faire le moindre bruit, nous n'avions pas emporté nos fourreaux de sabre, rien que la lame passée au travers des plis de nos ceintures rouges. Vers 5 heures et demie, au petit jour, après une attente anxieuse et émouvante, nous

nous attendions à les tirer comme des lièvres au sortir
du bois.

« — Clairons, sonnez le réveil ! s'écria le capitaine.
Ces messieurs dorment sans doute, la diane va les
surprendre agréablement. »

« Et les clairons d'obéir ; rien, sinon, au bout de
quelques minutes, la vue d'un jeune *peccoraro*. En un
clin d'œil nous étions sur lui.

« — Où sont les brigands ? demanda notre espion,
car je t'ai vu avec eux hier soir.

« — C'est vrai, répondit l'enfant ; mais ce n'est pas
de ma faute s'ils sont venus ici, où j'ai coutume de
garder mes chèvres. Ils sont partis cette nuit dans la
direction de Rocca-Gorga, et je n'en sais pas davantage. »

« Ce disant, le gamin était assis sur cinq ou six
fagots, sans doute le reste du bois avec lequel *Leurs
Excellences* avaient fait le souper. Il avait l'air de pàr-
ler si franchement, ce polisson-là, que nous prîmes,
désappointés, le chemin de Rocca-Gorga.

« Cependant l'espion riait jaune, car le capitaine
lui reprochait de s'être moqué de nous. Heureusement
pour lui, à Rocca-Gorga, le curé appuya son témoignage, et alors, au lieu de coups de fusil, il reçut des
compliments et quelques pièces de monnaie.

« On ne devinerait pas ce que nous avons appris
quelques heures après. Les fagots sur lesquels trônait
notre scélérat de petit pâtre, à l'air insouciant et si
sincère, recouvraient une sorte d'anfractuosité du
rocher dans laquelle nos *gars,* se sentant pincés,
avaient trouvé le moyen de s'empiler douze, les uns
contre les autres, au risque de mourir asphyxiés. Nous

avions pensé à tout, excepté à remuer ces fagots. C'est ce qui s'appelle de la déveine. »

Que de marches et de contre-marches ont eu lieu ainsi pour rien !

Et cet autre épisode qu'Adéodat Dufournel écrivait à son père :

« Veux-tu une histoire de brigands ?

« Il y avait une fois un lieutenant, qui s'appelait Kermel. Il avertit un beau jour son capitaine, nommé Dufournel, que des brigands fréquentaient quelques cabanes indiquées par un guide. Le capitaine répondit :

« — Partez à minuit de Collepardo avec trente hommes et emmenez avec vous le guide. Je partirai à minuit et demi de Trisulti avec trente hommes aussi, et nous nous rejoindrons à San Nicolo, où le premier attendra le second. »

« Ainsi dit, ainsi fait. A 1 heure et demie après minuit, les soixante hommes étaient réunis à San Nicolo. Ils y prirent cinq guides et marchèrent un par un, pendant une heure et demie ou deux heures, dans le plus grand silence. Lorsqu'ils furent arrivés sur une montagne couverte de hêtres, ils se séparèrent en cinq petites bandes, et chacun alla occuper le sentier ou le défilé qui lui était désigné par son guide. Au point du jour, une de ces bandes devait monter aux cabanes, et les brigands, en fuyant, devaient passer devant les carabines des hommes embusqués. Le lieutenant de Kermel avait très bien placé ses hommes ; lui-même et deux d'entre eux étaient postés derrière les arbres d'un joli boqueteau de hêtres. Deux brigands, au lieu de dormir dans les cabanes, comme la

nuit était belle, quoique obscure, étaient venus dormir
dans le bois. Au bruit que firent les zouaves en se
postant, les brigands se levèrent ; le premier fit feu
de son revolver sur le zouave qui était près de lui et
le manqua. Les deux zouaves firent feu aussi et man-
quèrent le brigand, qui s'en fut avec son compagnon,
grâce à la nuit et à l'agilité de ses mollets. Les zouaves
se consolèrent en ramassant les manteaux des brigands et en mangeant le poulet et le macaroni qu'ils
avaient fait cuire la veille, pour leur déjeuner du
matin. »

Il nous reste à parler du chef de bande Bosco, qui
tenait la campagne dans les montagnes d'Alatri, à
cheval sur la frontière. Celui-ci n'opérait que pendant
la belle saison, avec quarante compagnons infatigables
comme lui.

« Abrités derrière les rochers, dit le comte Killough,
ou dans de méchantes huttes de bergers que l'on rencontre fréquemment sur ces plateaux élevés, ils guet-
taient pour les dévaliser, ou mieux encore pour les
rançonner, les petits propriétaires de la plaine que
leurs affaires forçaient à passer la frontière. L'audacieux bandit arrivait ainsi à se faire un magot considérable, qu'il mettait soigneusement de côté, jusqu'au
moment où le froid l'obligeait à suspendre ses expé-
ditions. Licenciant alors ses hommes et ne gardant
avec lui que quelques compagnons, il venait dépenser
à *Rome même*, dans quelque tripot de la capitale, le
produit de ses cruautés et de ses rapines. Ce fut dans
un de ses déménagements d'hiver que Bosco fut pris,
en 1866. Voici comment. Après avoir licencié sa
bande, il était parti avec trois de ses amis pour

prendre la route de la plaine, avec l'idée de rejoindre
le chemin de fer de Naples à Rome, à la station de
Ferentino. Toutefois, comme il savait la gendarmerie
aux aguets, il crut devoir se renseigner prudemment
auprès d'un fidèle *manutenzolo* (complice) des environs sur les mouvements de la troupe. Ce dernier,
pensant avec raison qu'en certaines circonstances il
n'est pas désavantageux de servir deux maîtres à la
fois, n'eut rien de plus pressé que de faire connaître
au chef de la brigade le plan de départ du bandit.
Profitant sans retard de la magnifique occasion que
le ciel lui envoyait de gagner l'épaulette, le maréchal
des logis B... se hâta d'occuper, à 2 heures du matin,
avec dix hommes armés, la petite auberge d'Alatri,
située à deux lieues de la station et où les quatre camarades devaient arriver deux par deux par des chemins
différents, selon ce qui avait été arrêté entre eux.
Ajouterai-je ici que le digne homme, dans le boule-
versement bien naturel que lui causa cette nouvelle,
oublia de m'avertir de ce qui allait se passer? Tout à
la joie, il vint m'annoncer, à 7 heures du matin, que
le chef et un de ses compagnons avaient été bel et
bien pris, liés et garrottés, et se trouvaient en ce
moment gardés à vue dans l'auberge de la route, à la
disposition du gouvernement. »

Malheureusement les deux autres, ayant flairé la
présence des gendarmes, avaient évité de s'arrêter à
l'osteria et avaient pris la voiture publique à cinq
cents mètres plus loin. Il y avait dans le coupé un
sous-lieutenant de zouaves. Malgré les craintes qu'ils
devaient avoir sur leurs deux camarades, les scélérats, bien déguisés, s'installèrent crânement à côté de

l'officier, qui ne se douta de rien durant tout le voyage.
Mais quelle ne fut pas la surprise du sous-lieutenant,
en débarquant à Rome, de voir la police mettre la
main au collet de ses compagnons de route !

Les uns après les autres, les brigands tombèrent
entre les mains de la justice ou firent leur soumission.
En automne 1866, il n'en restait plus dans les montagnes de la Sabine. Ainsi les zouaves avaient gaillardement joué le rôle de policiers. Il leur restait à remplir des fonctions bien plus pénibles et plus méritoires,
celle de fossoyeurs et d'infirmiers dans une épidémie
qui éclata soudain.

X

LE CHOLÉRA D'ALBANO

La ville d'Albano, située sur les versants lépiniens qui regardent Rome, était une résidence estivale au même titre que Frascati. Son altitude et la distance qui la sépare de la Ville éternelle sont à peu près les mêmes.

S'il y a moins de grandes villas aux environs, le délicieux lac d'Albano et ses villages enfouis dans la verdure donnent à cette région un charme tout particulier; Castelgandolfo, résidence papale, est un paradis terrestre' en miniature.

Albano a été bâtie non loin de l'emplacement qu'occupait Albe la Longue. On y conserve le souvenir de saint Bonaventure, que Grégoire X tira de la modeste situation où 'il vivait en France, comme un simple moine franciscain, pour le nommer cardinal et évêque suburbicaire de la population albanaise.

Le choléra avait souvent fait son apparition en Italie, et, depuis le commencement de l'été 1867, de nombreux cas s'étaient déclarés en Sicile, à Naples et dans Rome même; mais, de temps immémorial,

Albano avait toujous été à l'abri du fléau. Les chaleurs ayant apparu plutôt cette année, avec une intensité telle, que le thermomètre s'élevait à 35° à l'ombre,
les Romains s'étaient installés, dès le mois de juin, à
Albano, empressés de fuir le choléra de la capitale.
Les habitants de la localité se moquaient bruyamment
de l'épidémie, dont ils se croyaient immunisés à per-
pétuité. Ces indigènes, qui devaient en général se
montrer peu courageux devant le mal qui allait les
atteindre tout à coup, eurent une attitude déplorable.
Avant la catastrophe, lorsqu'on parla d'envoyer chez
eux les zouaves convalescents du choléra, ils déclarèrent qu'ils massacreraient ces hôtes importuns, ces
volontaires étrangers, dont les camarades accoururent
quelques jours après pour porter secours à la population terrifiée.

Les premiers cas de choléra apparurent à Albano
le 6 août, vers midi. L'archiprêtre, l'abbé Del Frate,
était avec le sergent de zouaves Tuccimei, lorsqu'on
vint l'appeler pour aller au chevet de trois personnes
atteintes subitement. M. Tuccimei, qui est encore
vivant, a raconté récemment ses souvenirs de cette
première heure.

« Je me trouvais, dit-il, depuis le 1er août à Albano,
en congé de convalescence moi-même pour une
rechute de fièvre paludéenne, et, le 6 août, j'étais
invité à déjeuner chez mon ami l'archiprêtre. Mais
auparavant, à 11 heures et demie, étant sur la place
de l'Ariccia avec un de mes oncles et sa famille, nous
sentîmes ce léger coup de vent très frais qui donna
lieu, je pense, à la légende de la fameuse nuée de
microbes apportant le choléra. On ne parlait pas de

microbes en ce temps-là, on disait : des insectes. Mais, en vérité, je ne vis point l'obscurcissement momentané du soleil dont certains historiens (?) ont tant parlé. Vers 1 heure, nous étions presque au dessert, lorsque successivement trois personnes vinrent vite appeler M. l'archiprêtre pour se rendre auprès de malades frappés subitement par une attaque de choléra. Nous sortîmes, et pendant huit jours nous ne nous rencontrâmes plus, bien que nous fussions tous les deux en campagne sur le même terrain. Au même moment, d'autres événements s'étaient passés à Rome : comme une petite émeute de paysans avait éclaté la veille à Velletri, le colonel avait reçu l'ordre d'y envoyer d'urgence une compagnie. Il s'était donc rendu en personne à la caserne de la 6ᵉ du 1ᵉʳ, commandée par le lieutenant de Résimont en l'absence du capitaine de Kermel, si je ne me trompe, en congé en France. Il avait donné l'ordre à la compagnie de partir immédiatement pour Velletri, et en même temps de consigner à la caserne les hommes absents au fur et à mesure qu'ils rentreraient, pour que, aussitôt rassemblés, ils pussent partir pour Albano, où la compagnie irait tenir garnison après avoir rempli sa mission à Velletri. Ces hommes, au nombre de trente-quatre, partirent en chemin de fer dans l'après-midi, sous les ordres du sergent Serio, avec les caporaux de Chesnon, Le Treut et Burdo. Vers 4 heures, ils arrivèrent à Albano, et, étant allé à leur rencontre, je félicitai mon camarade Serio de n'être pas arrivé quelques heures plus tôt avec son détachement, car cela aurait pu avoir des conséquences fâcheuses, vu l'état d'esprit de la population, qui n'aurait pas man-

qué de dire que le choléra avait été apporté par les
zouaves. Ce n'étaient cependant pas des convalescents. Le reste de la soirée se passa sans incident,
excepté le sauve-qui-peut des Romains, qui fuyaient
à Rome ou ailleurs, et des gens d'Albano, qui allaient
se réfugier dans les forêts environnantes. »

Le lendemain matin, le lieutenant de Résimont,
ignorant encore les événements, quittait Velletri,
où il venait d'arriver, et se rendait à Albano avec
son sergent-major de Morin, pour exécuter les ordres
du colonel, c'est-à-dire pour préparer l'installation
de la compagnie. Quelle ne fut pas sa stupéfaction
d'apprendre que quatre-vingt-dix personnes étaient
mortes du choléra pendant la nuit ! Il n'eut pas une
minute d'hésitation, il décida de s'adjoindre au prêtre
et au lieutenant de gendarmerie, avec les trente-
quatre zouaves arrivés la veille de Rome, pour remplacer les autorités civiles disparues et organiser le
service sanitaire.

C'était une lourde tâche. Les médicaments étaient
épuisés, les morts gisaient sans sépulture. Vingt cadavres
déjà en putréfaction jonchaient la place publique.
Quant aux malades, ils étaient abandonnés par leurs
parents les plus proches qui s'enfuyaient de la ville.

Résimont fit appel au dévouement de ses hommes
pour enterrer les morts. Au premier moment ceux-ci
hésitaient à entreprendre cette œuvre répugnante,
à laquelle rien ne les avait préparés. Alors l'officier
donna l'exemple. Aidé de Morin, il prit un des
cadavres et le porta au cimetière. Il n'en fallait pas
davantage pour électriser un détachement de soldats
au cœur vaillant et généreux.

« Ces héros chrétiens, dit Mévius, se transformèrent
en fossoyeurs, bravant une mort cent fois plus
effrayante que celle des champs de bataille ; car elle
n'a, pour en pallier l'horreur, ni l'entraînement de la
lutte ni l'espérance de la gloire. Leur temps entier fut
consacré à cette pieuse et horrible mission. Après
avoir enterré les cadavres abandonnés sur la voie
publique, ils cherchèrent et ensevelirent tous ceux
restés dans les maisons. Ce n'était point assez d'ense-
velir les cadavres : il fallait, jour et nuit, disputer à la
mort tant de victimes délaissées par les leurs, il fallait
soigner ces malheureux, dont le contact dégoûtant
était mortel, et prodiguer aux mourants les consolations suprêmes. Les zouaves s'étaient faits fossoyeurs;
ils devinrent infirmiers. »

L'évêque d'Albano, en villégiature à Rome, accourut aussitôt. Il se nommait le cardinal prince Altieri.
Le vénérable vieillard était très souffrant lorsqu'il
avait quitté la capitale ; on l'avait supplié de ne pas
partir, de ne pas courir au-devant d'une mort presque
certaine. Il répondit qu'il devait secourir ses ouailles
et mourir avec elles. A force de respirer l'haleine
empestée des malheureux qu'il soignait et consolait,
il fut atteint lui-même. Cinq de ses prêtres avaient
déjà succombé. Le 11, à 10 heures du soir, il se sentit
perdu et fit appeler le lieutenant de Résimont pour le
remercier du dévouement des zouaves. Deux heures
après il expirait, en offrant à Dieu sa vie pour le
rachat de ses enfants.

La nuit suivante, les officiers et les sous-officiers
des zouaves chargèrent sur leurs épaules le cercueil
du cardinal Altieri et le descendirent dans sa voiture

pour le porter au cimetière. La population, ou du moins tous les indigènes qui étaient restés dans Albano, se trouvèrent rassemblés avec des torches à la porte de l'évêché. L'admirable conduite de leur patriarche et des zouaves les avait pénétrés de sentiments plus dignes de la nature humaine. Ils poussèrent l'enthousiasme jusqu'à dételer les chevaux et traîner eux-mêmes la voiture. Ce fut un spectacle bien impressionnant, ce cortège nocturne et silencieux !

En quatre jours, le fléau avait fait des ravages affreux. Le roi de Naples et sa famille, récemment installés à Albano, n'avaient pas voulu fuir, estimant qu'ils avaient le devoir de donner l'exemple à la population dispersée. La reine-mère et un frère de François II succombèrent. Trois zouaves périrent aussi. Ce fut d'abord le Hollandais Peters, qui, après avoir soigné les cholériques durant toute la journée, employait ses nuits à enterrer les morts.

« Il trouva un cadavre en putréfaction, raconte un témoin oculaire (Mgr Daniel). La charité ne calcule point ; il l'ensevelit, le descendit de la maison et le transporta jusqu'au cimetière. Il avait pris le virus et la contagion au milieu des exhalaisons pestilentielles. Il tomba malade, dut rentrer à la caserne et se coucher. Triste coucher ! sans draps, sans lit, sans paille, entre deux couvertures. Les consolations intérieures le dédommageaient. Le crucifix qu'il tenait entre ses mains était pour lui une grande consolation. Il mourut... Van der Meijde, son compatriote, mourut le même jour et dans les mêmes circonstances. Après avoir travaillé comme lui tout le jour, il prit le germe de la maladie d'un corps en décomposition. Ne parlant que hollandais et n'ayant pas de confesseur hollandais à sa disposition, il se confessa à son lieutenant, qui transmettait ses accusations à son confesseur. Il attendit la mort comme une récompense. Quand il tombe un nouveau malade à Albano, le zouave arrive, s'en empare, le soigne, pendant que les parents se tiennent éloignés; il l'assiste, le sert jusqu'à la fin. Charette disait :

« — Si on voyait avec quelle charité, quelle tendresse! C'est à se mettre à genoux. »

Charette avait donné lui-même un bel exemple. Lorsque les premiers cas de choléra se déclarèrent à Rome, le commandant était en congé en France. Dès qu'il apprit que les zouaves étaient aux prises avec le mal, il se jeta dans le premier bateau en partance et, arrivé à Rome en coup de vent, se rendit immédiatement à Albano.

Les rues devenaient terrifiantes chaque nuit. Comme les cercueils faisaient défaut, on portait les cadavres au cimetière sur une petite voiture de boulanger. Trois cadavres y étaient entassés à la fois, recouverts tant bien que mal d'un linceul. Les jambes se balançaient en dehors du véhicule. A elles seules, les deux premières journées du fléau avaient fait deux cent quatre-vingts victimes. Au cimetière, on les descendait dans le grand caveau commun. Peu à peu les corps s'étaient amoncelés près de l'ouverture, de sorte qu'on ne pouvait plus y mettre les autres. C'est alors, dit Tuccimei, qu'il se passa tout simplement un fait héroïque : le zouave Oremus descendit dans ce caveau, et, au risque de rester asphyxié, en quelques

brassées il éparpilla vers les coins les cadavres et
revint, sain et sauf, à l'air libre. Nous empruntons
au même témoin le récit suivant :

« Un soir, nous allions, Le Treut et moi, prendre
nos postes de nuit, lui auprès des malades de l'hôpital, moi auprès de ceux du collège Nazzareno, où
j'avais de nombreux amis parmi les Pères des Écoles
pies qui le dirigeaient, lorsque, dans une rue parallèle
au Corso, nous voyons de loin, dans le silence de la
nuit qui venait à peine de tomber et dans l'horreur
de la solitude, des torches qui nous suivaient. Nous
ralentissons le pas, et nous sommes bientôt rejoints
par un groupe de trois ou quatre paysans, dont deux
portaient le cadavre d'une jeune fille, encore belle
dans la mort qui l'avait surprise. Ils s'étaient servis,
en guise de bière, d'un simple châssis carré où l'on
met les *bigonci* remplis de raisins au moment des vendanges, de sorte que la tête et les pieds pendaient
presque jusqu'à terre. Voyant les deux gradés, qui
pour le moment étaient considérés comme des autorités,
ils déposèrent ce pauvre corps à nos pieds, et, comme
pour s'excuser de le porter eux-mêmes au cimetière à
cette heure, le vieux père nous dit :

-- « C'est ma fille ! »

« C'était navrant, mais c'était beau de la part de ce
père à côté de l'abandon général. »

A la même heure, le pauvre Résimont, exténué,
s'endormait pendant son souper, et tombait la tête
sur son bifteck ; et Desclée, soignant une jeune mère,
donnait le biberon à son poupon.

Au bout du cinquième jour, le fléau se calma.

Les trois morts d'Albano ne furent pas les seuls zouaves victimes du choléra. Deux mois auparavant, le 10 juin, le soldat Tuffier avait succombé à Rome. Il était entré à l'hôpital du Saint-Esprit avec une congestion cérébrale, à la suite d'une chute dans le Tibre. Il achevait de se remettre, lorsqu'il fut atteint par l'épidémie et emporté en quelques heures. Tuffier était très aimé. Allet et Charette, avec tous les zouaves présents à Rome, accompagnèrent à sa dernière demeure ce simple soldat, qui occupait ses heures de repos à visiter les familles pauvres pour leur porter son argent.

Un Maltais, Fennech, depuis longtemps exempté de service à cause de sa santé languissante, mourut, décharné et patient, quelques jours après Tuffier.

Le lendemain, ce fut le tour du jeune Martin, qui était engagé depuis dix jours seulement. Boussaud, entré à l'hôpital comme fiévreux, finit aussi en cholérique. Raoul Terrasse succomba à force d'avoir voulu continuer son service, malgré les germes du mal. Au moment de mourir il était si changé, que l'aumônier ne le reconnut pas.

« Courage! vous allez mieux, lui disait la religieuse qui le soignait.

— Oh! non, ma Sœur, répondit-il. Et puis, à présent mon sacrifice est fait; c'est mieux pour moi de mourir, il faudrait recommencer une autre fois. »

Grossin souffrit beaucoup. Aussitôt que l'aumônier apprit qu'il était gravement atteint, il courut à son chevet.

« Déjà le lieutenant Joubert l'avait préparé, dit ce prêtre. Admirable petite armée, où les officiers apprenaient aux soldats à affronter courageusement la mort sur le lit de douleur comme sur le champ de bataille, et exhortaient et assistaient les patients, comme aurait fait l'aumônier. »

Fernantzen, de Lozé, de Lépertière, Van Melis, furent emportés dans le courant de juillet.

Le choléra avait disparu complètement d'Albano à la fin d'août; mais il continua à faire des victimes à Rome. Les zouaves Christiaens, Bonnefoy, Auffray, Quehé, Bertrand, y succombèrent en septembre.

Les volontaires fournirent donc un douloureux tribut à la terrible épidémie. Pas un seul ne manqua à son devoir de dévouement et de discipline. Désormais les pires épreuves pouvaient les atteindre. L'heure allait sonner où leur héroïsme inébranlable pourrait se manifester dans des événements plus célèbres et plus glorieux.

XI

LES PREMIÈRES CHEMISES-ROUGES

L'automne de l'année 1867 va mettre en pleine lumière la phalange des zouaves pontificaux, dont la renommée ne s'était pas encore répandue dans le monde autant que le méritaient leurs actes. Nous avons vu germer le noyau dans la caserne de la Cimarra et au camp de Terni, en 1860. De là, sous la conduite du général de Pimodan, la petite colonne serpente dans les raidillons de l'Apennin pour rejoindre La Moricière au pied de la ville de Lorette. Harassée de fatigue, elle assaille les Piémontais retranchés à Castelfidardo et lutte avec la vigueur de troupes fraîches solidement aguerries. Après la défaite, après les souffrances et les injures stoïquement endurées, elle se reforme avec un nouvel enthousiasme autour du Vatican, guerroie contre les brigands, se repose de temps à autre pour se mêler à la vie de Rome, sans cesser de payer un large tribut aux fièvres, puis au choléra. Maintenant l'ancien bataillon des Franco-Belges, devenu celui des zouaves pontificaux, se transforme en un régiment de plus de deux mille hommes et va prendre part aux grands événements de l'Histoire.

Depuis le 1er janvier, ce régiment, placé nominativement sous les ordres du colonel Allet, avait été divisé en deux groupes. Charette, promu au grade de lieutenant-colonel, commandait le deuxième groupe, aidé de deux capitaines-majors, de Lambilly et de Troussures. Le cadre des officiers avait été considérablement augmenté. La troupe se composait de huit cents Hollandais, six cents Français, quatre cents Belges. Bientôt viendront se joindre les volontaires d'autres nationalités. Dans la suite on verra accourir cent trente-cinq Canadiens, sous la conduite du colosse Taillefer; leur arrivée fera une grande impression à Rome.

« Que l'on me donne dix mille Canadiens comme ceux-ci, dira le colonel Allet en les voyant à l'œuvre, et je balaye l'Italie du nord au sud! »

Entre temps, les événements politiques se précipitaient en dehors des États romains et sur ses frontières. D'après la convention du 15 septembre 1864, Napoléon avait rappelé, en décembre 1866, le corps expéditionnaire qui gardait Rome depuis la révolution de 1848. Il en résulta qu'à l'accalmie apparente des deux années précédentes, succédèrent les agissements de plus en plus osés des révolutionnaires. Quant au Gouvernement italien, il ne se déclarait pas encore pour une agression violente; il le fera seulement quand la France sera écrasée par l'Allemagne. En attendant, il ne peut jeter le masque; car la légion d'Antibes est toujours là, avec ses Français officiellement constitués par l'empereur; et puis, le général

Fleury, grand écuyer et confident de Napoléon, a formellement déclaré à Florence que « la cessation d'une occupation, temporaire par sa nature, était seulement une modification dans le mode de protection accordée au Saint-Siège et n'impliquait nullement l'abandon de cette protection ». Bon gré mal gré. l'empereur a dû donner cette satisfaction à son Corps législatif, nettement dévoué à la cour pontificale. Mais si le Gouvernement italien ne tentera rien à ciel ouvert durant trois années encore, il ne cessera pas un seul instant de miner le terrain, en favorisant le garibaldisme et en envoyant ses soldats se déguiser sous les chemises rouges.

Les annexions italiennes de 1860, qui réduisaient l'État pontifical à un lambeau du territoire, avaient fait de Rome une place très exposée, parce que la proximité des frontières permettait aux envahisseurs de la surprendre. En quelques heures, des milliers d'hommes pouvaient être amenés tout à coup sous ses murs.

L'armée pontificale, fortement reconstituée par le général Kanzler, se répartit de manière à parer aux éventualités : les zouaves furent chargés de veiller à Rome et dans les environs ; la légion d'Antibes et la gendarmerie, dans le reste de l'État.

Lorsque, le 11 décembre, les derniers régiments français s'étaient embarqués à Civita-Vecchia, toute l'Italie révolutionnaire et unioniste avait trépigné de joie en voyant sa proie réduite à ses propres forces. Désormais sa tactique consistera à tenter de soulever le peuple romain en sa faveur. Une fois la Ville éternelle envahie, quelle nation interviendrait ? La Prusse protestante était l'alliée de l'Italie unitaire ; la Russie schismatique venait de se brouiller avec le Pape, qui soutenait la malheureuse Pologne ; l'Espagne reculait devant la défense d'intervenir que lui lançait le ministre Ricasoli ; l'Angleterre avait toujours été hostile au Saint-Siège. Restait la France. Évidemment, il n'était pas question de broncher devant elle à l'heure actuelle ; mais la politique de l'empereur était si oscillante, que d'un instant à l'autre son attitude changerait.

La grande majorité du peuple romain restait fidèlement attachée au gouvernement pontifical. Non seulement il ne songeait pas à se soulever, mais il acclamait Pie IX dans toutes les occasions où il se trouvait en sa présence. Quand le Pape passait dans les rues, tout le monde se prosternait devant ce vieillard rayonnant de bonté, le même que la presse révolutionnaire qualifiait de « tyran avide et cruel ». Mais il y avait dans la ville des comités occultes qui se livraient à une polémique outrancière, n'hésitant pas à faire publier des proclamations les plus ampoulées. Ce sont les baïonnettes des étrangers, y disait-on, qui empêchent seules le peuple de laisser échapper « ses cris de douleur, de secouer le joug des prêtres qui le tiennent en esclavage, de balayer les mercenaires ». Dans cette offensive indirecte, les bandes garibaldiennes qui se massaient sur la frontière étaient appelées « le parti d'action ». Le 22 mars, Garibaldi formait un centre d'insurrection, « pour secourir les frères qui *gémissaient* sous le gouvernement des prêtres. » Sa prêtrophobie était alors parvenue à la fureur. De cette époque date la décroissance de son crédit chez les

Italiens sérieux. Jusque-là, son rôle avait eu de la grandeur : ce reître qui, avec une poignée de partisans, conquérait le royaume de Naples, se rendait en fiacre au palais des Bourbons pour le remettre au roi d'Italie et s'en retourner modestement dans son île de Caprera, aurait fait accepter par l'histoire sa réputation de héros. Il rentrait pauvre à son foyer, après avoir dédaigné les titres et les honneurs, lui qui aurait pu s'enrichir comme l'ont fait un certain nombre de ses partisans. La haine du prêtre l'étourdit et l'entraîna dans une polémique où il tomba dans l'odieux et le grotesque.

Dès le 15 mai, il donnait l'ordre à son fils Menotti de franchir la frontière pontificale. Le Gouvernement français intervint. M. de Malaret rappela à Rattazzi les engagements de la convention, et le ministre italien l'assura de sa volonté de les respecter. Il promit de s'opposer énergiquement aux menées garibaldiennes. Garibaldi y répondit en lançant une circulaire aux puissances, revendiquant le titre de gouverneur de Rome sous prétexte qu'il lui avait été conféré par la constitution de 1848. Il était, disait-il, le seul pouvoir romain légitime.

C'était une déclaration de guerre catégoriquement formulée. Elle fut appuyée d'une concentration des bandes près de Terni, qui furent arrêtées par Rattazzi, sur les réclamations du ministère français. En outre, deux cents chemises-rouges envahirent la province de Viterbe, mais furent repoussées par les zouaves et les gendarmes jusqu'à la frontière, où l'Italie dut les désarmer.

Vers cette époque, c'est-à-dire au mois de juin, les

fêtes du centenaire de saint Pierre amenaient à Rome des milliers de pèlerins. L'enthousiasme redoubla chez les Romains devant ces cérémonies grandioses. Après la revue du général Kanzler à la villa Borghèse, l'impression fut si grande, que, le soir même, une foule d'indigènes s'engagèrent. Le prince Borghèse, le prince Rospigliosi, les marquis Teodoli, Macchi et d'autres jeunes gens de l'aristocratie revêtirent l'uniforme de simple soldat. Un album, recouvert de quinze cents signatures des délégués de cent villes d'Italie, fut offert à Pie IX en manière de protestation contre Garibaldi.

Alors celui-ci parcourut la péninsule, pérorant avec une véhémence inouïe, répétant à chaque discours son fameux : *Roma o morte !*

La complicité du Gouvernement italien devint évidente lorsqu'il autorisa le libre commerce des armes, qui facilitait l'armement des bandes garibaldiennes. En même temps, les sectes de Rome se démenaient pour débaucher les troupes pontificales. Elles échouèrent chez les zouaves et les carabiniers, mais réussirent chez quelques Italiens. Il y eut même des désertions de soldats français de la légion d'Antibes, et le général Dumont fut envoyé pour sévir. Le Gouvernement italien feignit d'y voir une violation de la convention de septembre, et du rôle d'accusé il passa à celui d'accusateur. Dès lors, Rattazzi ne chercha plus qu'un prétexte à s'immiscer directement dans les affaires pontificales.

A Genève, au fameux Congrès de la paix, où l'on parla surtout de guerre, Garibaldi était accouru pour jeter ses menaces. Il le fit sur un ton qui révolta la

ville de Calvin. Il annonça sa volonté de marcher sur
Rome, pour « renverser l'institution *pestilentielle* de
la Papauté, pour donner le dernier coup au *monstre*,
et détruire à jamais l'asile de *l'idolâtrie* et du *men-
songe* ». Il faillit être écharpé par les Génevois indignés.

L'humiliation qu'il subit en Suisse exigeait un coup
d'éclat pour le relever. Garibaldi travailla avec plus
d'acharnement que jamais à ses préparatifs d'invasion.
Le 16 septembre, il lançait aux Romains une proclamation leur promettant son concours et les engageant
à se révolter. Aussitôt une flotte française se tint prête
à Toulon pour transporter des troupes à Rome ; et
Rattazzi, réduit à sévir, fit arrêter Garibaldi, qu'on
interna dans la citadelle d'Alexandrie. Mais, dès le
lendemain, on lui offrait d'ouvrir les portes de sa prison sur la simple formalité qu'il s'engagerait à rentrer dans Caprera. Il refusa et lança une nouvelle proclamation aux Romains le 25 septembre, tandis qu'on
le conduisait sous escorte dans son île. Il n'allait pas
tarder à en sortir pour prendre le commandement de
ses bandes.

A cette date, l'effectif nominal des troupes pontificales était de 12 981 hommes.

Mais, en réalité, cet effectif ne se montait pas à un
chiffre si élevé. Ainsi que le déclara le général Kanzler
dans son rapport : « En défalquant les personnels
administratif, judiciaire et sanitaire, les sédentaires,
les invalides, les auxiliaires et beaucoup de malades et
de convalescents des corps actifs, qui pour la plupart
étaient allés en congé se rétablir dans leur patrie, le
véritable chiffre des combattants à cette époque attei-
gnait à peine huit mille hommes. »

Les troupes françaises évacuent le fort Saint - Ange, à Rome.

(D'après une gravure de l'époque.)

Ces troupes étaient bien instruites. Le pénible apprentissage dans les guerrillas contre les brigands garantissait l'endurance de l'armée de Pie IX. Comme on s'attendait à l'invasion garibaldienne, tout était préparé pour la recevoir. Aux premières menaces, Kanzler partagea son effectif en deux divisons, sous les ordres des généraux de Courten et Zappi. Courten dut surveiller les quatre zones de la province : *Viterbe*, où le colonel Azzanese avait, avec ses gendarmes et ses dragons, deux compagnies de zouaves pontificaux ; *Civita-Vecchia*, où le colonel Serra, outre ses soldats indigènes, commandait à quatre compagnies de la légion d'Antibes ; *Tivoli,* sous les ordres du lieutenant-colonel de Charette, qui gardait le poste le plus exposé avec quatre compagnies de ses zouaves, trois de la légion et des soldats indigènes ; enfin *Velletri et Frosinone,* défendus par le lieutenant-colonel Giorgi. Le chef de cette division devait résider à Rome, prêt à se porter sur le point où les événements exigeraient sa présence. En cas d'alarme, chaque zone enverrait des colonnes de secours à la zone menacée.

Dans Rome, le général Zappi, commandant au reste de l'armée pontificale, dont faisaient partie dix compagnies de zouaves et trois de la légion, était chargé de comprimer les émeutes des sectaires et de garder la ville contre les attaques inopinées du dehors.

« Le général Kanzler, dit le baron de Mévius, dont la prévoyance et la sollicitude s'étendaient également à toutes parties du service, avait formé dans chaque centre de zone des dépôts abondants de munitions, de vivres et de fourrages. Les ambulances étaient également préparées, avec un personnel nombreux

d'aumôniers, de médecins et d'infirmiers. Le service
religieux avait naturellement été l'objet de soins particuliers, sous la direction de l'évêque de Nisibe, Mgr Tiz-
zani, qui, quoique aveugle, fit preuve d'un zèle vraiment apostolique. Comme les troupes étaient fort dis-
séminées et composées, en outre, de soldats parlant
des langues diverses, ce prélat joignit aux dix-huit
aumôniers de l'armée des aumôniers volontaires parlant plusieurs langues. Dans toutes les rencontres, ces
prêtres feront preuve d'un courage vraiment héroïque,
allant au milieu du feu exercer leur ministère sacré et
faisant l'admiration de leurs soldats, des Français
et des garibaldiens eux-mêmes. Grâce à leur zèle,
presque aucun soldat pontifical ne mourut sans avoir
reçu les consolations religieuses. Beaucoup de garibaldiens même, émus de leur charité, touchés de tant
de dévouement, comprirent avant de mourir toute la
grandeur de cette religion et de cette Église qu'ils
avaient méconnues et combattues. Que de scènes
émouvantes, de drames poignants se passèrent ainsi,
soit au milieu du tumulte des combats, soit dans le
silence lugubre des nuits qui les suivaient ! »

Le premier acte de guerre eut lieu dans la nuit
du 28 septembre. Tout au fond de la province de
Viterbe, quelques gendarmes dormaient dans leur
petite caserne de San Stephano, lorsqu'ils furent surpris et désarmés par une bande garibaldienne qui marchait sous les ordres d'un Toscan nommé Galiani.
L'ennemi s'empara de l'argent des gendarmes et de
leurs effets et renouvela le même exploit, le lendemain,
à Bomarzo. De là, Galiani conduisit ses hommes à
Soriano, où la ville fut mise à contribution et le gouver-

neur menacé de mort. Mais, le 1ᵉʳ ocobre, il se heur-
tait au détachement du capitaine Patta, envoyé par le
colonel Azzanese ; et sa bande se sauva en laissant dix
prisonniers, tandis qu'Azzanese mettait lui-même en
déroute une autre bande près de Montefiascone et que
le major Traustini chassait les envahisseurs de Viterbe.

Cela se passait au sud-ouest de la province. Au nord,
une bande plus nombreuse, groupée à Torre-Alfina,
sur la frontière, envahissait la région du lac Bolsena.

Le capitaine Burdo, alors sous-lieutenant, a laissé
une précieuse relation de la période préliminaire, à
laquelle il a pris part. Le 19 septembre, sa compagnie,
en garnison à Viterbe, avait reçu l'ordre de partir
pour Montefiascone. A mi-route, elle trouva les poteaux
télégraphiques renversés sur une longueur de deux kilomètres : un orage, qui avait duré quelques minutes,
s'était abattu là, et les dégâts étaient l'œuvre de la
foudre. C'est bon augure pour nous, se dirent les
zouaves en songeant à ce qu'ils seraient devenus s'ils
avaient passé dans cet endroit quelques instants
plus tôt.

Le 20 septembre, les zouaves occupèrent Bolsena
et Valentano, situées chacune sur des collines qui
dominent le lac.

Les combats de Valentano et de Bagnorea purgeaient
l'intérieur de la province de Viterbe ; mais l'ennemi
se tenait toujours sur la frontière. Il avait réoccupé
Acquapendente. Le 11 octobre, le capitaine d'état-
major de La Guiche arriva de Rome à Valentino et
prit le commandement des forces pour attaquer Acquapendente. A mi-chemin, les pontificaux aperçurent
des personnes habillées de costumes où le rouge domi-

nait. Ils courent sur eux et les voient venir à leur rencontre.

« Sont-ils courageux, ceux-là ! » se disent-ils.

Bientôt des mouchoirs blancs s'agitent.

« Abaissez les armes ! » crient les officiers de zouaves.

C'était une belle noce de villageois, des gens en
fête qui portaient le brillant costume régional, où le
corsage rouge est de rigueur.

Quelques instants après on arrête une chemise-
rouge véritable, un capitaine. Il apprend au commandant de la colonne que les garibaldiens viennent de
s'enfuir d'Acquapendente en apercevant les pontificaux. En effet, les soldats de La Guiche entrèrent
dans une ville déserte ; en revanche, ils trouvèrent à
la caserne de la soupe, du macaroni, de la viande,
tout cela encore chaud. La fuite avait été si rapide,
qu'il avait fallu laisser tout, comme si le repas avait
été préparé pour les successeurs. Cependant on
empêcha tout d'abord les hommes d'y toucher, par
crainte que les garibaldiens eussent empoisonné les
mets. On ne leur permit de satisfaire leur faim que
lorsque des expériences faites avec des chiens eurent
prouvé qu'il n'y avait rien à craindre.

Le 19 octobre, le capitaine de La Guiche, ayant
appris qu'une bande nouvelle occupait les abords de
la petite ville de Farnèse, y envoya deux détachements : l'un pour explorer du côté qui regarde Ischia,
l'autre pour explorer le côté opposé. Burdo demandait à commander le premier, lorsqu'un de ses camarades, le sous-lieutenant Emmanuel Dufournel, l'inter-
rompit :

« Je t'en prie, j'arrive, interrompant mon congé en France, pour faire ici le coup de feu, et je n'ai pas encore vu un garibaldien. Laisse-moi commander cette reconnaissance. »

Il fut exaucé.

Les frères Adéodat et Emmanuel Dufournel ont été deux des plus belles figures des zouaves pontificaux. Rien ne leur a manqué, pas même l'auréole du martyre.

Adéodat, l'aîné, s'était engagé en 1860 et avait fait la campagne de Castelfidardo. Emmanuel, moins âgé de deux ans, avait rejoint son frère en 1861. Fils de député, riches, ils étaient l'un et l'autre d'une grande piété. Adéodat, en ce moment à Rome, écrivait à un de ses amis :

« Tu montes peut-être en ce moment ma jument, et tu te dis que je serais plus heureux de cavalcader comme toi que de traîner mes bottes sur le pavé de Rome. Je pense comme toi ; mais je crois aussi que Dieu nous indique, par la voix de la conscience, le chemin que nous devons suivre, et je crois être dans ce chemin en menant en Italie l'existence monotone qu'entraîne la vie de garnison. Il y a, parmi nous, beaucoup d'hommes mûrs et raisonnables qui ont quitté leur position et leur famille, sans coup de tête, pour venir faire ici ce qu'ils croient être leur devoir. »

A ceux qui lui parlaient de mariage et lui proposaient de brillants partis, il répondit : « Il ne faut pas se marier avec des arrière-pensées de combat. Je suis un peu don Quichotte, m'avez-vous dit. Croyez-vous que don Quichotte eût fait un bon mari ? S'il était passé en voiture avec Dulcinée près d'un beau moulin à vent, il se serait désespéré de ne pas être à

13

cheval et de ne pas pouvoir transpercer ce cruel géant.
Pour moi, qui ne rêve comme intérieur qu'une tente
sur les montagnes, la veille d'un combat avec les Piémontais, laissez-moi espérer encore un Castelfidardo. »

Le Chauff a dit d'Adéodat : « Il est le gentilhomme
chrétien et l'officier pontifical par excellence. Chez
lui, la distinction des manières, la bonté et la simplicité s'allient merveilleusement à une fermeté peu
commune, à une piété vive et à une instruction solide.
Le physique ne le cède en rien au moral, et quand
on le voit marcher à la tête de sa compagnie, on
s'exclame malgré soi : « Le bel officier ! » Bref, il y a
du héros dans cette nature. »

Dans le carnet d'Adéodat, on trouve, à la date du
18 juin, cette note : « Le bon Dieu devrait bien m'accorder une bonne mort, pour récompense de mes pauvres
services. »

Son jeune frère Emmanuel était son portrait vivant.
Il avait assisté à l'affaire de Correse, le 25 janvier 1861 ;
mais les fièvres romaines le terrassèrent à plusieurs
reprises. On dut le renvoyer en convalescence ; il
revint toujours de France avant l'expiration du congé.
Le capitaine de Couessin, son chef, qui a reçu son
dernier soupir, a écrit le récit de l'affaire de Farnèse.

« 24 *octobre*. — Le vendredi dans l'après-midi, dit-
il, nous était arrivé le Père de Gerlache. Emmanuel
était allé le trouver et lui avait fait une confession
générale. Le samedi matin, il communiait à la messe
du Père, à côté de moi et de plusieurs autres de nos
camarades. A 11 heures, il partait à la tête de vingt
zouaves avec le capitaine de ligne Sparacanna, qui

avait une trentaine d'hommes, pour Farnèse, où, d'après nos renseignements, nous croyions qu'il devait y avoir une soixantaine de garibaldiens. Moi, je partais en même temps, pour leur couper la retraite au Voltone. En passant à Ischia, ils apprirent que les garibaldiens devaient être trois cents à Farnèse, et Emmanuel insista pour marcher quand même. Il prend la tête de la colonne avec ses hommes, et, arrivés à un kilomètre de Farnèse, à un endroit où la route fait un coude, ils reçoivent tout à coup une décharge de coups de fusil partis d'une maison. Alors Emmannuel tire son sabre, fait le signe de croix avec la lame en disant :

« — Au nom du Père, et du Fils et du Saint-Esprit, en avant[1] ! »

« Au bout d'un instant, les avant-postes des garibaldiens sont refoulés et délogés d'une grande maison qu'ils occupaient à côté de la route, au coin d'une vigne, en avant et au-dessous du couvent des capucins. Emmanuel fait faire halte dans cette maison, pour se concerter sur ce qu'il y avait à faire ; mais bientôt il voit une colonne de deux cents garibaldiens au moins sortant de la ville et marchant sur eux.

« Il n'y a plus de temps à perdre, ils barricadent comme ils peuvent la porte de la maison et attendent de pied ferme. Malheureusement la maison n'avait point de fenêtre du côté qui regarde vers Farnèse, en sorte que les garibaldiens pouvaient leur dissimuler une partie de leur manœuvre. Une quarantaine des

---

[1] Auparavant il avait mis ses gants d'uniforme et ajusté son képi, avec le sourire aux lèvres.

plus hardis arrivent donc, presque sans être vus, jusque auprès de la maison et l'entourent.

« Alors Emmanuel s'écrie :

« — Chassons-les à la baïonnette ! »

« Et, en même temps, il coupe d'un coup de sabre une corde avec laquelle ils avaient attaché le haut d'une vieille porte qui fermait la barricade. Malheureusement cette porte ne tombe qu'à moitié et juste assez pour donner passage à un homme. Emmanuel se précipite le premier, sabre au poing, et frappe à la tête un garibaldien si vigoureusement, que sa lame se casse en deux et lui échappe de la main ; une douzaine de ces misérables se jettent sur lui et le frappent de coups de baïonnette. Le caporal Baubeau, qui était sorti le premier derrière lui, tombe aussi frappé d'un coup de feu au bras et trois blessures à la poitrine.

« Cependant Ferdinand de Charette, du Chêne, de Jerphanion et quelques autres s'étaient précipités sur les garibaldiens, qui, terrifiés de leur audace, battirent en retraite. Emmanuel avait eu encore assez de force pour se relever et rentrer dans la maison. On y trouva un matelas, sur lequel on l'étendit ; il était souriant et ne poussait aucune plainte.

« — J'ai toutes mes blessures par devant, » dit-il.

« Il voulut empêcher qu'on s'occupât de lui, renvoyant les autres se battre et les encourageant encore.

« Lorsque j'arrivai, deux heures plus tard, je le trouvai là étendu, l'air rayonnant. Je l'embrassai.

« — Je suis couvert de blessures, dit-il ; vous direz à mon frère qu'il peut être content de moi. »

« Nous trouvâmes, près de la maison, une petite

charrette. J'y fis placer des matelas, que Burdo était allé chercher au couvent des capucins, et nous le déposâmes là-dessus.

« Les garibaldiens étaient en pleine déroute ; ils nous avaient laissés complètement maîtres du terrain, qui était couvert de leurs morts et de leurs blessés. La nuit venait, et nous prîmes avec les nôtres la route de Valentano.

« Le pauvre Emmanuel souffrait horriblement des secousses de la voiture. Il faisait un temps épouvantable, je crus qu'il allait succomber en route. Je fis arrêter, et j'envoyai Burdo à Ischia pour faire préparer un brancard. Le blessé ne proférait pas de plainte ; il nous disait de temps en temps :

« — Je sens que je suis perdu, je ne pourrai même pas voir mon frère ; j'aurais cependant bien aimé le voir avant de mourir. »

« Au bout d'une heure, le brancard arriva, et il put continuer la route avec moins de souffrance, porté ainsi sur les épaules des zouaves. A Valentano, le médecin examina ses blessures. Il en avait sept dans la poitrine et une dans la tête.

« — Eh bien ! docteur, dit-il en souriant, combien d'heures puis-je encore vivre ? »

« Le docteur hésitait.

« — Vous pouvez me le dire, je vois bien que c'est fini ; mais je n'ai pas peur de la mort. »

« Le pansement dura plus d'une heure, et, pendant tout ce temps, il causait avec nous et ne poussait pas une plainte. De plus en plus la respiration devenait difficile, et nous étions obligés de le changer de position sans cesse.

« — Pardon de la peine que je vous donne, mes bons amis, nous disait-il ; mais il n'y en a pas pour longtemps, je sens que je m'en vais. »

« Vers 1 heure, je trouvai qu'il baissait, il souffrait davantage... L'archiprêtre lui apporta la bénédiction papale.

« — Maintenant, dit-il, il ne me manque plus rien, je puis m'en aller. »

« Il était très calme. Vers 5 heures, nous vîmes bien que la fin était proche, le pouls baissait.

« — C'est fini, nous dit-il, au revoir ! au revoir ! »

« A 6 heures, il rendait son âme à Dieu, un bras passé au coup de Burdo, tandis que Martini et moi le soutenions de l'autre côté. »

Pendant que ces événements se passaient aux frontières de la province de Viterbe, d'autres bandes garibaldiennes traversaient la Sabine et envahissaient la province de la Commarca, par Terni et Nérola. C'était la région confiée aux soldats de Charette. Nous allons les voir à l'œuvre.

XII

MONTE-LIBRETTI ET NÉROLA

Les garibaldiens, battus autour du lac Bolsena, étaient venus par les frontières de Toscane. Une autre concentration s'était formée, dès les premiers jours d'octobre, sur les frontières de l'Ombrie. Par la Sabine, elle se rapprocha de la ligne Monte-Maggiore-Monte-Libretti-Nérola-Moricorne, parallèle à la ligne Monte-Rotondo-Tivoli, où s'échelonnaient les détachements du colonel de Charette.

Le 4, une avant-garde de chemises-rouges fit son apparition à Moricorne; mais elle se déroba presque aussitôt dans un vallon voisin, où les *squadrilleri* envoyés par Charette les dispersèrent; des armes et des munitions, un drapeau et surtout des papiers fort intéressants tombèrent entre les mains des soldats romains. Mais, en même temps, Menotti Garibaldi, sous les yeux des troupes italiennes, qui lui laissaient toute liberté, occupait Monte-Libretti et Nérola avec six cents hommes. Aussitôt, de Tivoli, le capitaine de gendarmerie Celli marcha sur lui avec soixante-dix hommes seulement et attaqua le détachement de

Monte-Libretti, commandé par Menotti en personne. Il défit les chemises-rouges, deux fois plus nombreuses, en tua cinq et fit des prisonniers, dont un officier. La déroute fut si rapide, que le fils de Garibaldi, malgré sa bravoure, dut s'enfuir au grand galop. Son cheval, blessé, le porta hors d'atteinte, puis tomba mort à ses pieds.

De Monte-Rotondo, le lieutenant Crozes se porta, avec un détachement de la légion d'Antibes, sur Monte-Maggiore, village qui se dresse sur la colline la plus élevée de toute la ligne, ainsi que son nom l'indique. C'était une position importante, parce qu'elle commandait le terminus de la voie ferrée qui reliait Rome aux postes-frontière. Les garibaldiens n'attendirent pas l'attaque et se retirèrent précipitamment.

Le lendemain, 8 octobre, Charette s'avança sur Nérola et Monte-Libretti avec une colonne de zouaves et de gendarmes. L'ennemi se retira encore.

Les meneurs de la révolution avaient si bien catéchisé leurs volontaires, que ceux-ci s'attendaient à voir les populations se soulever avec eux. Grande fut la stupéfaction des enrôlés en constatant une tout autre attitude chez les indigènes ; les hommes de Charette furent accueillis au cri de : « Vive Pie IX ! »

Les troupes pontificales ayant continué leur marche en avant, Menotti se retira derrière la frontière, sans doute pour attendre des renforts. Là, un danger menaçait les soldats du Pape : celui de fouler par mégarde quelque point du sol italien, pendant les marches et contre-marches qu'ils étaient obligés de faire pour repousser l'invasion. Ils savaient que deux compagnies régulières de Victor-Emmanuel se tenaient

ostensiblement sur la limite, se disant chargés de surveiller les garibaldiens ; qu'elles laissaient Menotti
agir sur leur territoire, et qu'elles n'avaient probablement pas d'autre but que de surprendre une violation des pontificaux pour courir sur eux.

Charette flaira le piège. Domptant son ardeur belliqueuse, il se soumit à la prudence que lui imposait
sa responsabilité et se contenta de rester à Monte-
Maggiore. « Ce fut pour lui et pour les siens, dit
Mévius, une victoire plus difficile à remporter sur
eux-mêmes que ne l'eût été celle à obtenir sur leurs
ennemis. »

Un troisième centre d'invasion se déclara dans la
haute vallée du Teverone. Là, sous les ordres du
comte Blénio, une nouvelle bande occupa Subiaco.
Quelques gendarmes seulement gardaient la place ;
mais, solidement retranchés dans les bâtiments de la
Rocca, ils refusent de se rendre. Blénio, officier de
l'armée régulière italienne, use de modération et se
contente de faire surveiller la petite forteresse. Quelques jours auparavant, le lieutenant Desclée avait
séjourné à Subiaco avec trente zouaves ; il en était
reparti pour courir sus à la bande de Blénio, qu'on
lui signalait ; mais il la cherchait sur une autre route
que celle par laquelle elle arriva. De son côté, le
chef garibaldien croyait que ces zouaves s'étaient
enfuis à son approche. Il les craignait d'ailleurs fort
peu, à cause de leur petit nombre. Aussi, après avoir
établi quelques postes réglementaires, Blénio laisse
ses hommes aller déjeuner en ville et s'attable lui-
même avec ses officiers à l'hôtel de la Perdrix.

Desclée et son sergent Guérin, étonnés de ne pas

rencontrer l'ennemi, finissent par apprendre que celui-ci est à Subiaco. Le détachement de zouaves se met aussitôt en marche sur la ville. Desclée, grand, élégant, avec sa grosse moustache blonde et ses yeux bleus, vrai type gaulois, contrastait avec son sergent, plus petit, large, musclé, vrai type breton ; mais le même cœur battait dans les deux hommes. On devine avec quelle vivacité ils entraînèrent leurs zouaves pour enlever le poste ennemi. Puis les trente assaillants se répandent en ville et attaquent à la baïonnette les révolutionnaires dispersés. Quelques-uns de ceux-ci sont tués, d'autres sont faits prisonniers.

Mais le sergent Guérin, courant dans une rue, aperçoit tout à coup son lieutenant aux prises avec le chef Blénio. A ce moment, Desclée tirait un coup de revolver sur le capitaine garibaldien, qui tombait en criant à son second, Giorgis : « *Aiuda mi, diavolo!* » Emporté par son élan, Desclée heurte le corps de son adversaire et roule sur le pavé. Giorgis saute sur lui et lève son poignard. Le sergent Guérin arrive comme l'éclair pour percer Giorgis ; mais une troisième chemise-rouge l'attaque à la baïonnette. Un duel épique se livre alors entre le petit Breton et le garibaldien, qui est un soldat piémontais, adroit et courageux. Adossé à une muraille, l'Italien pare adroitement les attaques furieuses de Guérin, et les coups de pointe de celui-ci criblent le mur. C'est un duel à mort ; il dure de longues minutes. Enfin, le garibaldien commet la faute de passer son fusil dans la main gauche pour saisir de la droite la baïonnette de son adversaire. Guérin retire vite son arme, pointe de nouveau, et, l'autre ne pouvant plus parer, il le perce en pleine poitrine. Le vaincu ouvre la bouche, sa figure se convulse, il tombe pour ne plus se relever.

Pendant ce temps, Giorgis, qui avait tout d'abord vu se dresser contre lui l'intrépide sergent de zouaves, s'efforçait de tuer Desclée ; mais, sentant que Guérin va revenir sur lui, il frappe trop hâtivement, et les coups de poignard, portant sur le cuir de la visière du képi, ne font pas de blessures mortelles. Desclée, baigné dans son sang, s'est évanoui. Le lieutenant garibaldien, le croyant mort, voyant son capitaine Blénio succomber à sa blessure et son soldat transpercé par Guérin, se préparait sans doute à battre en retraite, quand d'autres zouaves surviennent et le capturent. En dix minutes, la bande garibaldienne avait disparu, laissant deux morts, cinq blessés et dix-sept prisonniers, que l'évêque fit généreusement mettre en liberté. A lui seul, le Breton Pierre Guérin avait tué un ennemi, blessé deux autres et fait quatre prisonniers. Quelques jours après, il devait tomber à Mentana, frappé en plein cœur.

Menotti, dont le quartier général était à Montorio-Romano, menaçait toujours Monte-Maggiore. Il fallut mettre cette place à l'abri d'un coup de main, et les pontificaux, déjà harassés de fatigue par leurs marches continuelles, durent s'imposer des travaux de fortification. Pendant qu'ils s'occupaient à cette besogne, les garibaldiens firent irruption à Monte-Libretti pour s'y livrer à de grosses réquisitions de vivres. Charette, averti pendant la nuit, expédia un émissaire au capitaine de Vaux, qu'il avait envoyé la veille à Nérola, lui enjoignant de se diriger sur

Monte-Libretti. Puis il partit à franc-étrier à Monte-Rotondo chercher du renfort.

C'était le dimanche 13 octobre.

La garnison, qui venait de faire de longues et pénibles reconnaissances pendant les journées précédentes, comptait sur un repos nécessaire. « La messe entendue, raconte le zouave Kervyn, les soldats se répandirent par la ville, qui fêtait en grand'pompe et bruyamment, à l'italienne, la Madone du Rosaire. Sous les arcs de verdure, où venait de passer la longue procession embaumée d'encens, ils goûtaient de saines heures de loisir égayées par la douce chaleur du muscat, lorsqu'un officier, au type martial bien connu, déboucha tout à coup sur la place, le cheval écumant. C'était le colonel de Charette. Il fit appeler le commandant des zouaves. Bientôt une sonnerie de clairon jetait aux murs les notes alarmées de la marche du bataillon.

« Une heure après, la compagnie avait mangé la soupe, laissée un poste à Monte-Rotondo, et elle disparaissait dans un nuage de poussière sur le chemin de la frontière. »

Cette colonne comptait quatre-vingt-dix zouaves, sous les ordres du lieutenant Guillemin et du sous-lieutenant de Quélen. Guillemin, ancien volontaire de Castelfidardo, était un des officiers les plus audacieux du régiment.

De retour à Monte-Maggiore, Charette lança un troisième détachement de soixante hommes, qui devait se joindre à Guillemin et au capitaine de Vaux. L'objectif consistait à entrer dans Monte-Libretti, qu'il fût encore occupé ou non. Après avoir délogé

l'ennemi, s'il y avait lieu, on s'y établirait solidement.
Mais, pour cela, il fallait que les trois colonnes arri-
vassent à peu près en même temps et pussent se
rallier entre elles. C'était difficile dans un pays accidenté, où les mouvements ne peuvent s'effectuer avec
une exactitude rigoureuse. D'autre part, le concours
du capitaine de Vaux n'était rien moins qu'assuré, le
contre-ordre de la nuit pouvant ne pas lui parvenir.
Si l'une des colonnes se trouvait seule en face de
l'ennemi, tout était à craindre de la part de soldats
et d'officiers aussi témérairement intrépides.

« Les quatre-vingt-dix zouaves, sac au dos, continue Kervyn, marchèrent d'un pas allègre sur deux
files, de chaque côté de la voie qui serpentait, blan-
châtre et rocailleuse, sur un terrain accidenté. Dans
l'ombre des chemins creux, le gris des uniformes se
confondait avec la teinte des rochers ; en plein soleil
apparaissait le rouge des ceintures et le blanc des
guêtres. Une raie lumineuse glissait sur l'acier des
carabines jetées en travers des sacs.

« Le mois d'octobre, en Italie, est une fête de la
nature. Les brûlantes chaleurs sont passées ; l'azur
du ciel est plus profond, le bleu des montagnes plus
intense, les ombres deviennent laquées ; les bourgades
sordides du lointain prennent des tons de craie pure.

« C'est l'époque des vendanges. Dès l'aube, la com-
plainte monotone des paysans nonchalamment assis
sur leurs ânes se fait entendre sur le sentier des
vignobles fourmillants ; mais aujourd'hui, à cause du
dimanche, et aussi du temps de guerre, les gens restaient chez eux. Loin des villages, on ne rencontrait
que de rares passants.

« La colonne avançait. De temps à autre, l'avertissement bref et bon enfant d'un sous-officier dominait les conversations qui voltigeaient en langue variée. Il tombait aussi de longs silences. Ordinairement, des chants entonnés avec un fol entrain faisaient oublier la fatigue des étapes ; ici, un ressort nouveau, le voisinage de l'ennemi, soutenait les forces. Quelques-uns, plus graves, pressentaient l'approche de l'éternel au delà. A certains détours du chemin, au bout des montées, quand la campagne montueuse, ravinée, coupée de bois, se déployait jusqu'aux frontières, les regards se fixaient attentifs. Dans cette troupe, il n'en était pas un, sauf les officiers, qui eût vu le feu. L'engagement de la plupart datait au plus d'un an. Sous le képi, visière au vent, où la cornette de chasseur pointait son étincelle, l'aspect militaire et le hâle du midi absorbaient, sans le détruire, le type des nationalités diverses.

« En tête des rangs, au milieu du chemin, la ligne écarlate des cabans roulés en sautoir indiquait la place des officiers, tous deux d'une jeunesse mâle. Ils étaient de moyenne taille et d'allure dégagée. La crânerie du képi français, les bottes molles et le sabre imprimaient une élégance guerrière à la coupe orientale de leur costume azuré, soutaché de soie noire et galonné aux manches d'arabesques d'or.

« On s'attendait à rencontrer l'ennemi, au plus tard, le lendemain. Guillemin, radieux, disait :

« — J'ai idée que nous aurons les garibaldiens à distance de mon sabre. »

De temps en temps il se retournait. Pas un traînard ! A mesure qu'on se rapprochait, le lieutenant cher-

chait à se bien pénétrer de ses instructions. Celles-ci
l'obligeaient à opérer sa jonction avec une compagnie
de la légion d'Antibes et un détachement de zouaves ;
ces forces combinées paraissaient suffisantes pour
s'emparer de Monte-Libretti et pour s'y maintenir
avec avantage. Mais la réussite de ce mouvement
dépendait de l'arrivée simultanée des trois colonnes
au point de concentration.

Disons tout de suite qu'aucune des deux autres
colonnes ne se trouva au rendez-vous quand celle de
Guillemin y arriva. Celle-ci toute seule allait avoir
affaire à douze cents hommes de Menotti, déjà fortement retranchés dans la bourgade.

Monte-Libretti, l'antique *Mons Brilius*, se dresse sur
une colline rocheuse. C'est une agglomération en rec-
tangle, qu'entourent de vieux remparts. En dehors
de l'enceinte, un très ancien manoir forme l'une des
façades d'un boulevard aboutissant à la porte de la
bourgade. Pour faciliter la défense, une tour faisait
saillie sur les murs du château fort et supprimait les
angles morts, si profitables aux assaillants. Depuis
longtemps ce vestige de la féodalité restait vide, et
l'herbe recouvrait ses cours.

« Les zouaves en étaient à leur cinquième lieue. La
sueur trempait leurs ceintures enroulées. A chaque
halte de quelques minutes, un soupir de soulagement,
un repos sur la carabine arc-boutée contre le sac,
puis en route !

« On parlait peu. Dans les haies de figuier, le merle
battait son briquet du soir. La mélopée traînante d'un
pâtre allait se perdant dans l'éloignement. Sous bois,
de vagues bruissements de feuillage. Le jour décli-

nait. Une lueur chaude brûlait les murs des cassines et mordait la teinte grise des oliviers. A l'horizon, le bleu des montagnes, veiné de rose par le lit des torrents, se baignait dans un ciel d'or. »

Tout à coup Monte-Libretti apparaît. Un feu flambait sur le versant de l'âpre colline. Bientôt un « Qui vive ? » retentit. Guillemin croit que c'est la légion d'Antibes, déjà arrivée, et répond : « Troupe pontificale ! » Aussitôt des coups de feu partent de la colline. « *All'armi ! All'armi !* » crie-t-on là-bas, autour du bûcher, devant lequel des ombres s'agitent.

« Les deux officiers ont tiré l'épée, donné un ordre. D'un seul mouvement, les sabres-baïonnettes sautent du fourreau et se fixent sur le canon des carabines. « En avant ! » dit Guillemin. De quatre-vingt-dix poitrines s'échappe le cri de guerre habituel : « Vive Pie IX ! » Et les zouaves s'élancent sur l'ennemi déjà hors d'atteinte. Ils étaient tombés sur un avant-poste garibaldien, dont les coups de fusil mal dirigés, — plutôt signal que défense, — n'avaient atteint personne. Impossible d'évaluer les forces de l'ennemi. La prudence conseillait de se replier, mais la bravoure détermina l'attaque.

« Guillemin mesure de l'œil la position. Devant lui, une route taillée dans le rocher serpente longuement jusqu'au château, qui, de ses vitres incendiées par les rayons du couchant, semble les regarder, terrible.

« — Mes amis, dit-il, ne comptez pas les ennemis ! »

« Et il fait mettre les sacs à terre. Débouclés avec agitation, ils sont jetés en tas. Les hommes allégés respirent ; les gibernes glissent à portée de la main, on tâte les munitions, vite on s'assure que la baïonnette est bien emboîtée, la carabine amorcée, car le moment est solennel. »

Urbain de Quélen, chargé de tourner l'ennemi à la tête d'une section, déploie ses zouaves sur la gauche, monte résolument à travers les plants de vignes et des clôtures de jardin, tandis que Guillemin entraîne le reste de son monde sur la route. Aussitôt des jets de fumée jaillissent de la verdure; le feu s'engage, peu nourri, roulant en échos prolongés dans le calme du soir. »

Un Hollandais et un Napolitain sont atteints. La route, trop découverte, ne permet pas de s'attarder; on monte droit vers le village. Guillemin encourage ses zouaves. La marche est si rapide, que ses hommes dépassent la ligne des petits postes avant que ceux-ci aient eu le temps de se replier.

« Cet assaut inattendu, ce bond par-dessus leurs avant-postes, déconcertent les garibaldiens, qui gagnent le village en poussant de grands cris. Les zouaves achèvent de gravir la hauteur; devant eux semblent monter en même temps les murailles du château, et quand se découvrent ses croisées, celles des maisons, sa massive terrasse, sa grosse tour à mâchicoulis, la fusillade éclate.

« Essoufflés, ruisselants de sueur, les assaillants apparaissent à l'entrée du faubourg, sur une petite place gazonnée. On tire sur eux d'en haut, on tire sur eux de face. Guillemin ordonne à son clairon de sonner la charge; mais le clairon se tait tout d'un coup. Une balle lui a brisé les doigts. Le lieutenant lui dit :

14

« — Ce n'est rien. Crie : « Vive Pie IX ! » et tu
pourras sonner encore. »

« Le clairon, surmontant sa souffrance, saisit son
instrument de la main gauche, recommence à sonner
la charge. Tout à coup les files subissent un mouvement d'arrêt ; Guillemin a chancelé entre les bras de
ses hommes ; le bleu de sa manche se macule de rouge.
Une balle vient de lui fracasser l'épaule. Sa figure,
tout à l'heure échauffée, pâlit ; il regarde les siens
d'un œil terni, et de sa gorge sort ce cri rauque :
« Vive Pie IX !... En avant ! » Ce dernier mot fut coupé ;
une deuxième balle lui brisait la figure, éclaboussant
ses compagnons de son sang. Et il acheva de tomber
sur le sol herbeux ; on le vit croiser les bras sur la
poitrine dans un mouvement suprême d'agonisant, et,
la face tournée vers le ciel, il râla son dernier soupir
dans l'attitude de ces chevaliers couchés sur leur
sépulcre.

« Maintenant le soleil disparaissait. Un grand tumulte régnait dans le bourg, où Menotti mettait tout
son monde sur pied. Toutefois il lui parut invraisem-
blable que moins de cent hommes osassent l'attaquer.
Il crut avoir affaire à l'avant-garde d'une colonne et
voulut se hâter de la balayer. »

Le major garibaldien Fazzari entraîne son bataillon.
Il est blessé, ainsi que son cheval, et roule sous sa
bête, dont les ruades d'agonie frappent la muraille.
Alors chemises-rouges et vestes-bleues, lancées les
unes sur les autres, entrent dans un corps à corps
très serré.

« La plupart des zouaves n'avaient pas vu tomber
leur lieutenant. Les terribles distractions de la lutte.

l'imminence du coup de foudre qui lance en pleine
éternité, absorbaient l'attention et surexcitaient la
force. Quélen n'avait pas encore paru, et, suivant
l'impulsion initiale de Guillemin, ses hommes engagèrent contre des forces dix fois supérieures une lutte
devenue rare dans les guerres modernes. Une balle
ennemie, partie des fenêtres du château, fit sauter la
cervelle d'un garibaldien qu'un zouave tirait par les
cheveux. Une fois les fusils déchargés, on n'avait plus
le loisir de retirer les baguettes. On frappait de la
crosse. Des coups de revolver, un incessant cliquetis
dans une clameur furieuse traversée de cris douloureux, remplaçaient, plus lugubres encore, le crépitement du feu à volonté. Il arrivait qu'un sabre-baïonnette, lancé d'un bras vigoureux, perforait une poitrine et se plantait dans l'épine dorsale, de sorte que
le soldat, un instant désarmé par un cadavre, faisait
anxieusement des efforts brutaux pour dégager son
arme.

« Le Hollandais Jong, de haute stature, ayant perdu
sa baïonnette, tenait son arme par le canon, à deux
mains, et la faisait tournoyer comme une massue
des âges primitifs. Puis, à bout de force, il est massacré.

« En ce moment, la section de Quélen débouchait
et se mêlait aux combattants. Sous cette nouvelle poussée, l'ennemi, trompé sans doute sur le nombre des
assaillants, se replia à la débandade vers l'intérieur
du bourg, entraînant derrière lui les zouaves dans un
courant de victoire. Seul, un grand gaillard de garibaldien, dédaignant de fuir, remontait la rue sans se
presser. Le sergent de La Bégassière le rejoint :

« — Rends-toi, lui dit-il, je ne te tuerai pas, tu es un brave. »

« L'homme à la chemise rouge lui lance une imprécation. Mais, avant qu'il ait pu faire usage de son arme, le chevaleresque sergent, qui avait aussi la poigne solide, le saisit à la gorge, le renverse et le maintient au sol.

« — Que fais-tu là, Bégasse ? lui crie Quélen en passant.

« — Je veux qu'il se rende.

« — Rends-toi ! » fait l'officier en appliquant sur le front du vaincu le bout de son revolver.

« Une bordée de blasphèmes jaillit de la bouche du soldat de Garibaldi. Quélen presse la détente et lui casse la tête ; puis, le sabre haut, il franchit la porte de Monte-Libretti. La Bégassière s'était à peine relevé, qu'il tombait, le bras cassé et l'artère entamée par une balle.

« Les fenêtres, la tour du château et la crête du mur d'enceinte s'illuminèrent d'éclairs. La fusillade recommençait. Quélen s'arrête, la main sur la poitrine, d'où s'échappe un filet de sang.

« — Je crois que j'ai mon compte, » dit-il au sergent Bach en trébuchant.

« Mais sa blessure lui laisse encore assez de force, et il se rue à l'assaut de la porte.

« Au centre de la place, Menotti invectivait les hésitants :

« — Dehors ! clamait-il, dehors ! »

« Sous la poussée de ses menaces, une troupe se précipite au-devant des assaillants. Un capitaine garibaldien, nommé Rossini, se fait tuer sur le seuil. »

L'obscurité naissante absorbait les fumées de la
poudre. Vive et claire, la flamme bondissait des fusils,
jetant des incandescences soudaines. Quélen et ses
gradés s'acharnent à pénétrer dans la ville, où des barricades ferment l'accès des rues. Une balle broie la
hanche de l'officier ; huit autres le frappent sans le
tuer, et il s'affaisse contre un battant de la porte, qui
se referme sous le poids de son corps. Près de lui,
Lalande, un Breton, le sternum traversé, se relevait,
perçait deux garibaldiens de sa baïonnette, et retom-
bait sous les coups.

« La nuit est venue ; les zouaves se jettent avec leurs
blessés dans une masure qui sert d'abattoir, à vingt
pas de l'enceinte, et continuent le feu. Trois d'entre
eux, Colingridge, Mercier, de Baillon, le premier
Anglais, le second Belge, le troisième Français,
revinrent à la charge malgré les ténèbres. Leurs carabines dégouttaient de sang, l'Anglais avait sa baïonnette tordue. Ils poussent la porte avec effort et aper-
çoivent derrière elle Quélen, pitoyablement accroupi
et sans mouvement. Mais, avant qu'ils n'aient pu lui
adresser la parole, une volée de coups de fusil, tirés à
bout portant, les accueille. Colingridge se tord, mourant, sur le sol. Mercier, blessé, se traîne hors de la
porte. De Baillon restait seul. C'était un grand garçon
musculeux, aux traits énergiques.

« — Courage !... » lui dit faiblement Quélen.

« Sa baïonnette rougie et son caban réduit en haillons par les balles témoignaient que les garibaldiens
avaient en présence un solide compagnon. Il reculait
pied à pied en se défendant. Tout à coup il se souvient que sa carabine est chargée ; il lâche la détente

et foudroie celui qui le serrait de·plus près. Deux
coups de pointe lui labourent les reins ; mais, rassem-
blant toutes ses forces, il cloue son sabre-baïonnette
dans le ventre d'un agresseur et franchit le seuil avant
d'être atteint une troisième fois. Un splendide clair de
lune blanchissait la route et les façades du faubourg.
En longeant une maison, Baillon entendit parler à
l'intérieur, reconnut les voix, entra et vit La Bégassière pâle et souffrant au milieu de quelques zouaves. »

Après la disparition de Guillemin et de Quélen, le
commandement revenait au sergent-major Bach. Celui-
ci estima que, si la compagnie de la légion d'Antibes
ou le détachement de Monte-Maggiore arrivait, on
pourrait reprendre l'attaque. Il resta donc dans la
masure, à deux pas de l'ennemi, qui pouvait venir
l'exterminer d'une minute à l'autre. Dans l'obscurité,
on entendait des gémissements et des cris de douleur.
On distinguait vaguement des êtres couchés isolément
ou par tas. D'un coin partait le chant d'un cantique
flamand ; ailleurs s'élevaient des voix rauques appe-
lant au secours.

On n'a jamais su le chiffre exact des blessés garibaldiens, qui fut certainement très élevé. Ils eurent
soixante-dix tués. Quant aux zouaves, la moitié était
hors de combat, avec plus de morts que de blessés.

La Bégassière et ses hommes, ne voyant ni Quélen,
ni Bach, commencèrent la retraite, que le sergent
dirigea, malgré la douleur, en pleine nuit. Mais La
Bégassière était trop grièvement blessé. On dut s'arrêter sous un bosquet d'oliviers pour le panser. Le
silence régnait partout dans l'obscurité. On vit une
ombre s'approcher. C'était un zouave italien qui

n'avait pas voulu s'en aller sans revoir son lieutenant
et rapportait la sacoche de cuir et les décorations de
Guillemin. Puis la marche reprit sur Monte-Rotondo.
A Monte-Libretti, le sergent-major Bach, séparé des
compagnons de La Bégassière et perdant tout espoir
de renfort, se retira vers 4 heures du matin avec tous
ses blessés. Il dut cependant en laisser un, le caporal
d'ordinaire Mercier, trop gravement atteint. Le caporal, voulant remplir jusqu'au bout ses fonctions, rendit compte au sergent-major de l'argent dépensé pour
les vivres pendant cette journée du 13 octobre. Et
Mercier, après avoir serré la main à ses camarades,
mourut seul, sans se douter qu'il avait été sublime.

Menotti, qui avait passé toute la nuit à rallier son
monde, évacua le village, mais après avoir fait enterrer les morts et soigner les blessés indistinctement. Le
pauvre Quélen vivait encore. Le fils de Garibaldi le
traita avec les plus grands égards. Plus tard, de
Caprera, il rendra officiellement hommage à la valeur
de Guillemin. Il eut souvent d'ailleurs une attitude
chevaleresque. En cette occasion, il fut parfait : il
envoya à Charette divers objets qui pouvaient servir
de pieuses reliques aux parents des zouaves tués.

La colonne qui avait été expédiée de Monte-Maggiore était arrivée devant Monte-Libretti avant les
zouaves ; ne les voyant pas paraître, elle s'était repliée
vers Moricone. Elle entendit les coups de feu, revint
sur ses pas ; mais la fusillade avait cessé, et la nuit était
venue. Elle n'insista pas. Il est indiscutable que son
chef se tint dans une inaction coupable.

Quant au capitaine de Vaux, il ne reçut le contre-
ordre de Charette que le soir, à Palombara. On

s'explique qu'il ne put arriver à temps à Monte-Libretti ; mais il y accourut à marche forcée. Il trouva la ville évacuée par l'ennemi. Quélen vivait toujours, malgré ses nombreuses blessures mortelles. On essaya de le ramener à Palombara sur une civière ; il expira pendant la marche.

Trois ans après, un autre garibaldien devait faire l'éloge des assaillants de Monte-Libretti. C'était à Milan, sur le quai de la gare, où quelques zouaves prisonniers attendaient le train qui devait les emmener hors d'Italie. La populace les insultait. Un homme sort de la foule.

« Y en a-t-il parmi vous qui aient combattu à Monte-Libretti ? »

Et, avant qu'on lui réponde, il ajoute :

« *Ecco i primi soldati del mondo !* »

Cet homme était le major garibaldien Nottagi, qui avait fait le coup de feu à Monte-Libretti et qui avait eu ensuite son cheval tué à Mentana. Il tint à accompagner les prisonniers jusqu'à Côme pour causer avec eux de cette « folle attaque », qui avait entraîné la mort de tant de braves et de *quei due poveri ufficiali*.

Tandis que ces événements se passaient sur la ligne Correse-Nérola, l'État pontifical était attaqué aussi sur les frontières méridionales.

Sous les ordres du député Nicotera, des bandes garibaldiennes envahirent la province de Frosinone. Elles se montrèrent particulièrement oppressives pour les habitants, qui n'avaient pas pour elles l'enthousiasme qu'elles en attendaient. Le jour même où se livrait le combat de Monte-Libretti, elles pillaient

Falvaterra, aux confins napolitains. De Terracino à Ceprano, la terreur était grande chez les malheureux indigènes, que les envahisseurs maltraitaient violemment ; les prêtres surtout et les employés subissaient les outrages et les menaces.

Aux premières nouvelles, le général de Courten courut à Frosinone et posta le capitaine Lucidi à Vallecorsa avec soixante-dix gendarmes. C'était l'avant-garde d'une troupe commandée par le colonel Giorgi et composée de deux compagnies de chasseurs, avec une compagnie de la légion d'Antibes.

Malgré leur supériorité numérique, les garibaldiens évacuaient systématiquement les places après les avoir surprises et réquisitionnées, sans doute parce qu'ils se méfiaient de la population. Ils abandonnèrent donc Falvatera et se retirèrent au mont Tivoletti, entre Valle-Corse et Falvaterra.

Lucidi arrivait à peine de Vallecorsa, qu'il fut attaqué le 14, vers 9 heures du matin, par une forte bande, apparue inopinément. Les chemises-rouges pénétrèrent jusqu'à la demeure du gouverneur ; mais les gendarmes les assaillirent à la baïonnette, et l'ennemi se sauva, en laissant un bon nombre des siens sur le pavé. Cette action, qui n'avait duré que quelques minutes, coûta aux pontificaux trois morts. Les gendarmes, pressentant que l'ennemi, revenu de sa surprise, attaquerait de nouveau, se mirent en posture de le recevoir ; ils se barricadèrent dans des maisons habilement choisies, dans l'église et son campanile. Il était temps : les garibaldiens revinrent à l'assaut, mais sans succès ; la fusillade des défenseurs les obligea à se replier encore. Ayant inutilement fait sommer le capitaine Lucidi de se rendre, ils tentèrent une troisième attaque à 3 heures de l'après-midi. En fin de compte, ils durent se retirer, laissant quatre morts et six prisonniers. On les vit emporter de nombreux blessés.

Pendant ce temps, la colonne Giorgi marchait en plusieurs détachements sur Vallecorsa. Son avant-garde attaqua aussitôt l'ennemi et lui prit six officiers, dont le chef de la bande. Assaillis de trois côtés à la fois, les garibaldiens se débandèrent, laissant quarante-six prisonniers et six morts.

Presque au même moment, les volontaires de Garibaldi refaisaient leur apparition dans la région de Bolsena, qu'on croyait purgée pour une plus longue durée. Ils surprirent les gendarmes à San Lorenzo, dans la nuit du 15 au 16. Les pontificaux se trouvèrent séparés en trois tronçons. L'un des tronçons, celui du lieutenant Barbantini, gagna Valentano. Le reste, adroitement reconstitué par le lieutenant Vizzardelli, se retrancha dans une caserne. Ces quarante-quatre hommes résistèrent de 1 heure du matin jusqu'au jour. Ivres de colère, les chemises-rouges s'emparèrent alors du curé et du vicaire, les placèrent devant eux et leur signifièrent qu'on allait les fusiller si les gendarmes ne se rendaient pas. Trois sommations furent ainsi faites aux pontificaux, qui répondirent par un refus catégorique. A l'aurore, les assaillants, désespérant d'en venir à bout, battirent en retraite, poursuivis un instant par ceux qu'ils avaient inutilement attaqués. Mais les hommes de Vizzardelli n'avaient plus de munitions, ils étaient harassés de fatigue, et, une nouvelle attaque devant se produire incessamment dans des conditions trop défavorables pour eux, ils se retirèrent à Bolsena.

Deux jours après, autre alerte à Orte. Cette ville, au bord du Tibre, était une station de la voie ferrée. Un major italien, nommé Ghirelli, l'occupa avec une bande qu'il intitulait pompeusement la *légion romaine*. Ghirelli proclama à Orte la présidence de Garibaldi et décréta un prélèvement de vingt-cinq mille francs sur les biens ecclésiastiques. Il avait quatre cents hommes. Dès qu'il apprit l'approche du lieutenant Lallemand avec cinquante zouaves, il s'empressa de retourner sur le territoire italien, où il se trouvait en toute sécurité. Il avait eu soin d'emmener triomphalement avec lui des prêtres et des religieux.

Ainsi, en quinze jours. presque tous les points de la frontière avaient été violés, à peu près simultanément du nord au sud. Partout les garibaldiens avaient été repoussés, mais leur nombre grossissait dans de sensibles proportions. Toutes ces menées étaient le résultat d'un plan d'ensemble. Trois groupes de bandes devaient opérer dans un accord étroit : le premier. sous les ordres du général Acerbi, partait de la frontière de Toscane ; le second, sous les ordres du général député Nicotera, entrait par la frontière napolitaine ; le troisième, de beaucoup le plus fort, se tenait entre Correse et Nérola, sous les ordres de Menotti, remplaçant Garibaldi, qui était attendu de Caprera. Les mouvements étaient savamment projetés : Acerbi au nord et Nicotera au sud devaient épuiser les troupes pontificales, en les forçant à de continuelles manœuvres ; ils devaient en outre s'efforcer d'attirer

les troupes vers eux, c'est-à-dire le plus loin possible
de la capitale. Quand ces résultats seraient obtenus, le
troisième groupe porterait le coup décisif en s'élançant sur Rome, où il arriverait en une seule étape.

Quelqu'un, dans l'armée pontificale, avait fort bien
deviné ce plan : c'était le lieutenant-colonel de Charette. Il en avait fait part au général Kanzler et lui
avait confié ses inquiétudes au sujet de l'éparpillement
des forces de Pie IX. Le proto-ministre jugea ces
observations très judicieuses en ce que le danger était
réel ; mais comment concentrer sur Rome l'armée de
la province? Il aurait fallu, pour cela, livrer cette
province à l'ennemi, c'est-à-dire l'exposer aux pillages et aux exactions de hordes indisciplinées, alors
que la population rurale était restée si fidèle à son
souverain. Concentrer les forces sur la ville, n'était-ce
pas aussi avouer à l'adversaire qu'on n'était pas en
mesure de lutter avec lui en rase campagne, par con-
séquent qu'on le craignait? Enfin ne restait-il pas
l'espoir que la Chambre législative française obligerait Napoléon III à intervenir prochainement? Kanzler
ne se résolut donc pas à masser son armée dans Rome ;
mais les renforts continuels que les garibaldiens recevaient le décidèrent à frapper un coup décisif contre
le groupe principal. Dans la soirée du 15 octobre, il
tint un conseil de guerre, et une attaque vigoureuse
fut décidée contre Nérola, où Menotti venait de s'établir.

Les forces principales de la zone dévolue à Charette
étaient groupées à Monte-Rotondo, parce que ce point
protégeait le cours du Tibre et la voie ferrée Rome-

Corrèse. Ces forces se composaient de deux compagnies de zouaves, quatre compagnies de la légion d'Antibes, trois compagnies de carabiniers, d'une compagnie de gendarmes et d'un escadron de dragons avec une section d'artillerie et une section du génie ; au total, neuf cent soixante-dix hommes. Ce fut cette colonne qui reçut la mission de pousser une pointe énergique contre Menotti.

Elle quitta Monte-Rotondo, le 17, à 6 heures du matin, la place restant à la garde de quatre compagnies de carabiniers, sous les ordres de Fœderer. En tête, marchaient les zouaves avec l'escadron de dragons et les gendarmes ; au centre, les carabiniers et la légion d'Antibes ; l'artillerie, composée d'une seule pièce et d'un seul caisson à cause du mauvais état des chemins, fermait la marche. Jamais atmosphère d'automne n'avait été aussi pure. Les hommes trépignaient de joie à la pensée du châtiment qu'ils allaient infliger aux ennemis de l'Église. Les zouaves flamands et hollandais chantaient des psaumes, tandis que la légion d'Antibes improvisait des refrains guerriers sur l'air de *Malbrough*, et les carabiniers allemands murmuraient des *lieder* du sol natal.

On employa sept heures et demie à gagner Monte-Libretti, d'où les garibaldiens avaient disparu depuis la veille. Il y eut là une touchante cérémonie : à l'endroit où Guillemin et Quélen avaient été frappés, toute la troupe s'agenouilla sur le pavé encore taché de sang et, d'une seule voix, entonna le *De profundis*. Deux protestants, un Américain et son consul, qui suivaient l'armée en spectateurs, se sentirent tellement émus par cette scène, qu'ils se vouèrent depuis lors à défendre les pontificaux contre les calomnies de la presse étrangère. On les verra se tenir en tête des combattants.

La colonne de Charette se divise en deux, le lendemain, pour marcher sur Nérola. Celle de droite, composée de la légion d'Antibes, des gendarmes et des carabiniers, sous les ordres du commandant Cirlot, prit les sentiers de la montagne qui conduisaient directement au point d'attaque; celle de gauche, composée des zouaves et de l'artillerie, sous les ordres du major de Troussures, suivit la voie carrossable. Une lieue seulement sépare Nérola de Monte-Libretti; mais les chemins étaient si pitoyables, qu'il fallut trois heures entières pour la franchir.

Nérola était une véritable place forte; non qu'elle eût une enceinte, mais le château des princes Colonna, juché sur un piton isolé, la rendait facile à défendre.

Menotti avait avec lui trois mille hommes. Malgré son écrasante supériorité numérique, il ne voulait pas entamer d'actions décisives avant l'arrivée de son père. Il évacua donc la ville avec le gros de ses forces, laissant dans le château Colonna le major Valentini, avec ordre de résister à outrance. L'armée papale, assurait-il, n'a point de canon, et, si Nérola courait quelque danger, il reviendrait de Montorio-Romano à son secours. On verra qu'il n'osa pas le faire.

Tout d'abord, le colonel de Charette lança les deux compagnies de carabiniers des capitaines Meyer et Epp sur une hauteur boisée, pour surveiller la route de Montorio-Romano et couvrir le flanc de l'armée pour le cas où Menotti se livrerait à un retour offensif. Il garda avec lui la légion d'Antibes, qui n'avait encore eu aucune occasion de se battre depuis le début de la campagne, voulant lui réserver l'honneur du principal effort. A 10 heures et demie, le commandant Cirlot, qui devait faire manœuvrer directement ses légionnaires, déploya, en tirailleurs deux de ses compagnies et les fit renforcer peu après par deux autres. Les garibaldiens abandonnèrent devant elles toutes les positions qu'ils occupaient autour du château et s'enfermèrent dans ce bâtiment. De là, ils ouvrirent un feu violent contre les assaillants, qui s'abritaient derrière les murs et les plis de terrain, de sorte que les balles firent peu de victimes en proportion des coups de feu tirés. Mais, pour atteindre la porte de Nérola, il fallait franchir un espace découvert, sous le feu plongeant du château. Plusieurs pontificaux furent atteints à cet endroit, entre autres le capitaine Celli et le lieutenant Echeman. Charette y eut son cheval tué sous lui.

A ce moment, les zouaves, qui avaient occupé un côté de la ville, s'efforçaient de venir à la rencontre de leurs frères d'armes ; mais la fusillade du château menaçait de faire de très nombreuses victimes. Ce fut alors que Charette fit pointer le canon, qui tira avec une remarquable justesse. Très surpris de constater la présence d'une arme à longue portée, beaucoup de chemises-rouges se sauvèrent par le seul côté qui restait libre, celui du nord. Le combat, qui avait duré une heure et quart, coûta à l'armée pontificale deux morts et douze blessés, dont deux moururent quelques heures après. La bande Valentini eut un mort et dix blessés ; elle laissa cent trente prisonniers entre les mains du vainqueur. La légion d'Antibes, qui recevait là le baptême du sang, fut admirable d'entrain et de discipline, sous la conduite du vaillant commandant Cirlot.

« Comme toujours, dit Mévius, le lieutenant-colonel de Charette, dans son rapport sur le combat de Nérola, rend justice à chacun et n'oublie que soi-même. Et pourtant il fit l'admiration de tous les siens par son intrépidité et son sang-froid. Toujours au milieu du feu, il se montrait le type de cette bravoure calme qui fait le véritable homme de guerre. »

Charette se proposait d'attaquer Menotti dès le lendemain ; mais, le soir, un ordre de Rome lui parvint, lui enjoignant de rentrer en toute hâte dans la capitale, parce qu'on y prévoyait de graves événements. La colonne revint donc le 19 à Monte-Rotondo, où un train lui était préparé pour la conduire à Rome. Le capitaine Coste fut laissé à Monte-Rotondo avec deux compagnies de la légion d'Antibes, une compagnie de carabiniers, les dragons et la section d'artillerie du lieutenant de Quatrebarbes. Le reste de la colonne de Charette rentra dans la capitale.

XIII

L'INSURRECTION DE ROME

La situation des troupes pontificales avait été désavantageuse dès le début, parce qu'elles se trouvaient en présence d'un ennemi à qui la complicité de l'Italie permettait de se réfugier derrière des frontières inviolables. Les petites armées d'Azzanese et de Charette avaient beau refouler les garibaldiens chaque fois qu'ils tentaient des attaques, il leur était absolument impossible de frapper le coup décisif qui mettrait un terme à l'état de guerre.

Malgré les victoires remportées sur toute la ligne, du Bolsena à l'Apennin, cette situation des soldats de Pie IX avait empiré progressivement pendant le mois d'octobre; l'ennemi s'était accru en nombre considérable dans les trois centres de Torre-Alfina (frontière toscane), de Montorio-Romano (frontière ombrienne) et de Falvaterra (frontière napolitaine), et son audace croissante avait obligé les défenseurs des États de l'Église à d'incessants efforts qui les épuisaient, sans espoir d'en finir. Il en résultait en outre un éparpillement des forces loin de Rome, qui laissait la capitale

15

insuffisamment protégée contre les ennemis qui se glissaient à l'intérieur.

En effet, le Gouvernement italien, agissant en sousmain, organisait le soulèvement de Rome. Comme la grande majorité de la population ne se prêtait pas à ses vues, il envoya de nombreux délégués des sectes révolutionnaires tenter des explosions de révolte qu'on devait chaque fois mettre sur le compte des habitants. Il faisait aussi de grands sacrifices d'argent, distribué par le député Cucchi, qui s'affublait du titre de *général de l'insurrection romaine*. Une somme de trois millions cinq cent mille francs fut ainsi dépensée, comme l'a prouvé le procès des auteurs de l'attentat Serristori.

L'empereur Napoléon, toujours indécis, n'avait encore rien fait ni rien dit qui laissât craindre aux révolutionnaires le retour d'une armée française; mais le cabinet de Florence connaissait la puissance du parti catholique en France, et l'apparition d'une flotte impériale devant Civita-Vecchia pouvait se produire d'un matin à l'autre. Victor-Emmanuel jugeait donc que, plus que jamais, il fallait agir rapidement, *far presto;* d'où toute cette complicité d'enrôlement de soldats réguliers dans les bandes garibaldiennes, de protection activement donnée à ces bandes, d'émissaires et d'argent semé autour du Vatican.

Cependant les défenseurs de Pie IX ne se laissaient pas abattre. Ils pensaient que Napoléon interviendrait bon gré mal gré. Cette confiance entretenait chez eux la résolution d'une résistance acharnée. Ils avaient d'ailleurs à leur tête un chef auquel ils se fiaient complètement et qui mérita plus que jamais, dans ces circonstances, la mission dont il était chargé. Le général

Kanzler agit avec une activité prodigieuse et une intelligence supérieure.

Pour mettre la capitale à l'abri d'un coup de main, il fit énergiquement arrêter tous les émissaires révolutionnaires qui lui étaient connus; il rechercha et saisit les dépôts d'armes et de bombes; il fortifia les rives du Tibre, en amont et en aval de Rome, de manière à couler toute tentative de pénétration fluviale; des bateaux à vapeur coururent de Ponte-Molle au Testaccio, pour surprendre les bateaux chargés d'armes et de munitions. Kanzler ferma les portes de la ville qui n'étaient pas indispensables à la circulation journalière; devant les autres, il construisit des redoutes extérieures; il surveilla l'entrée du chemin de fer au moyen d'une batterie complète; il inonda les fossés du château Saint-Ange, où des vivres furent amassés en abondance; il couronna de sacs de terre la crête des murs d'enceinte, et perça de meurtrières le pied de ces murailles. On sait que le Teverone, barrière naturelle dont le fossé constituait la suprême ligne de défense en rase campagne du côté du nord, est franchi par les trois routes qu'on appelle Via Salaria, Via Nomentana et Via Tiburtina; le proto-ministre fit miner les trois ponts Salario, Nomentano et Mamolo, sur lesquels ces routes franchissaient le gros affluent du Tibre.

Mais la ville de Rome avait alors une étendue beaucoup trop grande pour sa population. Comme nous avons eu l'occasion de le dire, de nombreux et vastes terrains cultivés, et même en friche, se trouvaient englobés dans une enceinte de près de vingt kilomètres. A peine trois mille hommes en composaient la garnison, tandis que l'armée de province luttait au nord. A cause des événements qui se précipitaient à Florence et dans l'intérieur des murs romains, le général Kanzler dut se décider à mettre la capitale en état de résister jusqu'à l'arrivée des troupes françaises.

Le château Saint-Ange et la cité Léonine, qui comprend la basilique de Saint-Pierre et le palais du Vatican, constituèrent le réduit naturel. Il fut confié au colonel Allet. Les forces pontificales, divisées en trois groupes, reçurent des instructions précises sur la partie du périmètre que chaque groupe avait à défendre, ses jonctions avec les deux autres groupes, ses lignes de retraite, etc.

Le colonel d'Argy eut à fortifier et défendre Civita-Vecchia, pour assurer les communications avec la flotte française, toujours attendue. Ainsi, les deux postes principaux étaient dévolus au chef des zouaves et à celui de la légion d'Antibes.

Toutes ces dispositions durent être soumises, le 20 octobre, à un nouvel arrivé qui les approuva. C'était le général français Prudon, expédié par l'empereur. L'intervention de la France était désormais acquise, et le corps expéditionnaire du général de Failly s'apprêtait à s'embarquer à Toulon. Jusqu'à son arrivée, la lutte allait s'engager à outrance entre les assaillants, dont l'espoir ne résidait plus qu'en une victoire immédiate, et les défenseurs, prêts à se laisser exterminer jusqu'au dernier plutôt que de céder d'une semelle.

Comment s'était décidée cette intervention française?

Il faut se rappeler qu'à cette époque, l'Europe, excitée par la presse des deux partis, avait toute son attention tournée sur la *question romaine*.

Elle entendait les révolutionnaires italiens hurler aux oreilles de Victor-Emmanuel l'ordre de jeter bas le masque et de sommer le Gouvernement français de refuser son appui au Pape. En France, les journaux de l'opposition faisaient chorus avec leurs confrères de la péninsule et répétaient leurs calomnies. Et ces calomnies, savamment perfides, transformaient les attentats des émissaires en prétendues révoltes du peuple romain.

Le 4 octobre, le diplomate Nigra, ayant rejoint la cour impériale à Biarritz, lui annonça que l'Italie se voyait obligée d'intervenir pour sauver l'ordre public à Rome, où elle était appelée par la population. Mais, le 5, le Gouvernement français n'en transmettait pas moins à Florence ses protestations au sujet des violations garibaldiennes. Comme il n'en fut pas tenu compte, M. de Moustier les réitéra, le 9, en énumérant avec précision les griefs. Il expédia à Rattazzi une dépêche qui se terminait ainsi : « Quant aux assertions qu'on s'efforce de répandre sur les dispositions romaines, elle sont hautement démenties par les faits ; le mouvement n'a aujourd'hui, comme au début, que le caractère d'une invasion et nullement celui d'une insurrection, et, en dépit de tous les efforts pour donner le change à cet égard, l'opinion publique ne s'y méprend pas. »

C'était parler en bonne langue française, claire et catégorique.

Nigra paya d'audace. Il déclara à l'empereur que le

cabinet de Florence ne pouvait éviter d'occuper le
territoire pontifical, que c'était une nécessité absolue
imposée par l'état des esprits. Ainsi le dernier fard,
qui cachait la véritable physionomie du visage italien,
s'effaçait. La France, qui avait scrupuleusement
observé le traité de son côté, ne pouvait tolérer
pareille attitude. Elle avait aussi à protéger les nombreux Français de la légion d'Antibes et du régiment
des zouaves contre la fureur des sectaires de la révolution italienne. Le 16, l'empereur fit expédier à Rome
le célèbre télégramme : « Que le Gouvernement pontifical continue à se défendre énergiquement; l'assistance de la France ne lui fera pas défaut. »

Aussitôt un corps d'armée fut réuni à Toulon, en
même temps que le Gouvernement français signifiait
à Victor-Emmanuel sa volonté formelle de ne consen-
tir à l'occupation d'aucun point du territoire pontifical par les troupes italiennes; il sommait l'Italie de
« mettre fin au mouvement garibaldien, déclarant que,
si elle n'y parvenait point, la France s'en chargerait,
sinon sans regret, *du moins sans hésitation* ».

Rattazzi, vaincu mais furieux, essaya de lancer son
pays dans une guerre contre la France. Il alla jusqu'à
offrir à la Prusse son alliance et à lui demander une
diversion immédiate sur le Rhin. Mais, à cette époque,
Bismark avait à ménager les catholiques d'Allemagne,
et il était trop habile politique pour tenter ce qui
pouvait compromettre l'unité allemande à laquelle son
génie travaillait. Il refusa, et le cabinet Rattazzi tomba,
mais en portant son coup de Jarnac, c'est-à-dire en
lâchant la bride à Garibaldi. Les sept bâtiments de
guerre qui cernaient jour et nuit l'îlot de Caprera

eurent l'ordre de ne pas le voir passer en canot au milieu d'eux et s'embarquer tranquillement à bord d'un navire américain qui l'attendait. Le célèbre condottiere gagna ainsi Livourne, le 19.

C'était un soufflet à la France, qui intima au successeur de Rattazzi l'ordre d'arrêter Garibaldi. Victor-Emmanuel signa le décret d'arrestation ; mais au même moment une locomotive était mise sous pression à la gare de Florence, et un train spécial emmenait à Terni le grand chef des chemises-rouges. M. de Villastreux, notre ministre plénipotentiaire à Florence, exigea qu'on arrêtât le voyageur en cours de route ; mais le préfet de Pérouse reçut des instructions pour *poursuivre Garibaldi de façon à ne pas le rejoindre*. En apprenant que le grand chef des révolutionnaires venait de paraître devant Monte-Rotondo, à vingt kilomètres de Rome, Napoléon fit enfin à notre flotte le signal de mettre le cap sur Civita-Vecchia. Arriverait-elle à temps ?

Du côté garibaldien, le député Cucchi et son lieutenant Guerzoni n'avaient plus une minute à perdre pour que l'Italie pût invoquer le fait accompli, c'est-à-dire pour que Rome se trouvât occupée par la révolution quand les Français apparaîtraient. Le 22, ils donnèrent les dernières instructions à leurs affiliés cachés dans Rome pour agir le jour même. Voici quel était le plan de l'attaque qui devait se produire sur divers points simultanément à la tombée de la nuit : un groupe de conspirateurs devait s'emparer de l'usine à gaz et plonger la ville dans l'obscurité ; l'explosion de la caserne Serristori, occupée par les zouaves et préalablement minée par des complices du comité des insurgés, serait le signal de toutes les autres tentatives : contre la porte Saint-Paul, contre la maison du proto-ministre, contre le Capitole, où s'installerait le gouvernement insurrectionnel ; enfin, deux bandes garibaldiennes, sous les ordres des frères Caïroli, s'introduiraient dans Rome par le Tibre et le port de Ripetta.

Mais toutes les ruses de Cucchi échouèrent devant l'adresse de Kanzler.

Dès l'après-midi, le colonel Eligi se porta avec ses gendarmes et la compagnie de zouaves du capitaine du Réau sur la *Vigna Matteini* (à une lieue de la porte Saint-Paul), parce qu'on venait d'apprendre que des armes y étaient accumulées. Le détachement arriva, à la chute du jour, devant le dépôt clandestin et reçut une vive fusillade. Il enleva d'assaut la villa, où il s'empara de deux cents fusils et de huit caisses de munitions. Un nommé Quaroni, qui commandait les gardiens du dépôt, essaya de se défendre avec acharnement ; il reçut une blessure mortelle, et ses hommes se rendirent après une courte résistance. Lorsque Eligi s'en revint vers Rome avec ses prisonniers et quatre charrettes d'armes, il se heurta à une nouvelle bande, que les gendarmes chargèrent et mirent en fuite.

A la même heure, des bruits de fusillade et de bombes éclataient sur divers points de Rome. Sur la place Colonna, tandis que le capitaine de zouaves de Fumel arpentait le pavé avec le colonel Evangelisti, un individu jetait entre eux une bombe qui, heureusement, n'atteignit personne. L'attaque de la porte Saint-

Paul, de l'usine à gaz et du Capitole se déchaînait aussitôt. Quelques minutes après, une formidable détonation annonçait aux insurgés que la caserne Serristori venait de sauter. Ailleurs, des assassinats isolés se produisirent dans les rues : deux gendarmes tombaient au Forum, un autre au Pont de fer, un troisième à la Longara ; un soldat de la ligne fut transpercé rue Argentina.

Le Capitole, à cause de sa position, était l'objectif principal de Cucchi. Il devait s'en emparer avec l'aide des volontaires de Caïroli ; mais ceux-ci, comme nous le verrons, ne purent descendre le Tibre, et le député se vit réduit à agir seul. Il donna l'assaut par la place de l'Ara-Cœli. Le poste de l'ancienne citadelle romaine n'était gardé que par quatorze gendarmes et douze chasseurs. L'assaillant chercha à obliger le lieutenant Marchi, qui commandait ce poste, à faire une sortie, pendant laquelle d'autres garibaldiens surgiraient par la prison Mamertine et Monte-Capriano. Mais le général de Courten, avec un fort détachement de carabiniers, et le lieutenant-colonel Jeannerat, avec son bataillon de la caserne Ravenna, accoururent et balayèrent les abords de la place, portant le coup mortel à la tentative révolutionnaire.

Pendant ce temps, les garibaldiens qui s'étaient dirigés vers la porte Saint-Paul se glissaient dans l'obscurité jusqu'au poste de l'octroi. Leur chef, Guerzoni, affaiblit leur affectif en envoyant une partie de ses hommes chercher les armes de la Vigna Matteini, que le colonel Eligi avait déjà enlevées depuis trois heures. Lorsque les révolutionnaires attaquèrent l'octroi, il s'y trouvait huit grenadiers, qui leur tuèrent deux

hommes, en blessèrent trois et ne se rendirent
qu'après avoir énergiquement résisté. Aussitôt le général Zappi envoya vers le point menacé un détachement
qui rencontra en route un parti d'insurgés, qu'il mit
en débandade. Il en fut de même à la porte Saint-Paul,
où le lieutenant de Buttet enleva à la baïonnette la
barricade prise auparavant par l'ennemi ; mais, alors
quelques-uns des garibaldiens culbutés s'enfermèrent
dans une maison et tentèrent d'y résister, tant ils
étaient sûrs de la victoire des leurs sur les autres
points attaqués. Les carabiniers enfoncèrent les portes
à coups de crosse et pénétrèrent, baïonnette croisée,
dans les chambres, où les chemises-rouges demandèrent grâce en invoquant le nom de Pie IX. On en
prit trente-cinq, et d'autres fuyards furent capturés
dans le reste de la nuit.

La tentative contre l'usine à gaz échoua plus lamentablement encore : le lieutenant Vannutelli n'eut qu'à
ordonner le feu à une de ses escouades pour mettre
les agresseurs en déroute.

Il suffit de la résistance des infirmiers pour sauver
l'hôpital du Saint-Esprit.

Le crime seul devait réussir dans l'entreprise du
22 octobre, celui de la caserne Serristori. Partout
battus par les pontificaux, dans les combats d'hommes
contre hommes, les volontaires de Garibaldi n'obtinrent qu'un succès bien inutile, celui qu'ils durent à
une bombe, sournoisement allumée dans une mine.

A cette heure crépusculaire, le peuple romain semblait pressentir un malheur. Il avait évacué les rues et
s'était retiré dans les maisons, portes et fenêtres closes.

Par contre, des hommes à l'accent piémontais apparaissaient de tous côtés, se réunissaient dans les cabarets et repartaient en groupes. L'un de ces détachements alla s'embusquer dans les maisons qui avoisinent la caserne Serristori.

Ce bâtiment était habité par les zouaves pontificaux. Depuis quelques jours, trois conjurés se tenaient cachés dans la maison qui touche à la caserne : c'étaient l'ingénieur Bossi, avec Monti et Tognetti, auxquels se joignirent ensuite Piotti, Aiani et Perfetti. Sur les indications de l'ingénieur, ces hommes pratiquèrent une galerie souterraine jusque sous l'ancien palais ; mais, par inexpérience ou faute de temps, ils n'atteignirent qu'un des angles. Arrivés là, ils y déposèrent un fourneau de mine chargé d'une énorme quantité de poudre et y adaptèrent l'extrémité d'un long cordon d'amadou.

Le 22, à 7 heures du soir, une détonation effroyable ébranla la ville. L'angle oriental de la caserne venait de sauter. L'explosion avait en même temps plongé tout le quartier dans les ténèbres, en coupant les conduites de gaz. Ce fut une stupeur générale, et les Romains, terrifiés, se blottirent jusque dans les caves.

Les garibaldiens cachés dans les maisons environnantes sortirent pour traquer les zouaves qui auraient échappé au désastre. Ils se trouvèrent en présence de l'adjudant de Bellevue, qui avait rapidement réuni les rescapés et allumé des torches. L'apparition de cette poignée de soldats tout fumants, qui se préparaient à bondir sur eux, leur fit une telle peur, qu'ils s'enfuirent à toutes jambes.

Les survivants se mirent aussitôt à l'œuvre pour secourir leurs infortunés camarades.

Au dehors, des soldats et des ecclésiastiques s'étaient précipités dans la direction de la détonation. Ce fut Mgr de Mérode qui arriva le premier; il entrevit un monceau de décombres, d'où sortait une épaisse fumée.

Peu après survinrent également le colonel Allet et ceux de ses officiers que le service retenait près de là, les aumôniers Daniel et de Woelmont, le docteur Vincenti, le diplomate belge Reusens. On entendait des cris de douleur, des plaintes étouffées, des appels au secours qui sortaient de la montagne de débris. La scène était horrible.

Prêtres et officiers se mirent aussitôt à aider Bellevue et ses hommes; ils furent peu à peu rejoints par les pompiers et par des auxiliaires de bonne volonté.

Grâce aux torches qu'on alluma de tous côtés, la douloureuse besogne put être faite aussi rapidement qu'en plein jour.

Les auteurs de ces souffrances et de ces horreurs n'avaient cependant obtenu qu'une faible partie des résultats qu'ils attendaient. Par bonheur, presque tous les zouaves étaient, à l'heure de l'explosion, retenus hors de la caserne par leur service. Il n'y restait que quelques hommes, surtout des jeunes Romains, qui composaient la musique du régiment. Les conjurés avaient voulu détruire toute la caserne, qu'ils croyaient pleine de soldats; mais ils n'avaient pas poussé la mine assez loin, et ils avaient mal chargé le fourneau, de sorte que la destruction fut partielle. Il y eut vingt-cinq morts et neuf blessés. On frémit à la

pensée du nombre de victimes qu'il y aurait eu si la
garnison s'était trouvée toute là et si le vieux palais
Serristori avait sauté en entier !

L'explosion de cette caserne n'avait été qu'un détail
du plan de destruction des révolutionnaires. Bien
d'autres bâtiments étaient destinés par eux au même
sort : les quartiers des zouaves à Saint-Calixte, aux
Zoccolette, à Saint-Augustin ; ceux de la légion
d'Antibes à la Cimarra ; celui de l'artillerie à Macao ;
ceux des carabiniers à Borgo-Angelico et à Sainte-
Marie-Majeure. La chute de Rattazzi, en précipitant
les événements, ne laissa pas le temps à Cucchi et à
ses complices de réaliser ces projets, qui allaient jusqu'à mettre des fourneaux de mine sous les apparte-
ments du Pape.

Pour le château Saint-Ange, dont il était impossible
d'atteindre le sous-sol par des mines, les sectaires s'y
étaient pris autrement. A force d'argent, ils s'étaient
assuré la trahison de cinq pontificaux, les seuls dans
toute l'armée de Pie IX qui aient failli à leur devoir.
Ces malheureux s'étaient chargés d'enclouer les canons,
puis de mettre le feu à la poudrière de ce fort, qui
était la clef de Rome et qui contenait seize mille kilo-
grammes de poudre. Si le complot avait réussi, toute
la cité Léonine sautait. Tout fut sauvé par le dévouement d'un simple soldat, qui eut vent de la trahison
de ses camarades, feignit d'entrer dans la conjuration,
en découvrit tous les fils et prévint l'autorité. Les sectaires furent arrêtés. L'insurrection échoua donc sur
toute la ligne, et Kanzler put télégraphier aux provinces : « Ridicule tentative de soulèvement à Rome
réprimée immédiatement. »

Le lendemain 23, en dehors de la ville, un dernier échec mit fin à la déroute garibaldienne. Le lecteur se souvient qu'une colonne de chemises-rouges devait arriver dans Rome en descendant le Tibre. Cette colonne se tenait au confluent du Teverone, près de la fontaine d'Acquacetosa, qui donne une eau acidulée très estimée des hygiénistes. Elle était commandée par les deux frères Caïroli. Caïroli ! ce nom est comme une fraîche oasis dans les étapes que nous parcourons parmi le monde garibaldien. Enrico et Giovanni Caïroli sont deux nobles figures de patriotes italiens ; il ne manque rien à leur gloire légitime. Courageux, instruits, ils s'étaient dévoués à la cause de l'unité par patriotisme ardent. Deux de leurs frères avaient déjà été tués dans les rangs garibaldiens. Leur mère, éprise de patriotisme jusqu'à la frénésie, avait élevé dans son amour de l'unité ses cinq fils, dont quatre devaient périr pour cette cause. La vie de cette femme fut un long martyre, où elle se consacra au culte de ses héroïques enfants, sans jamais ressentir le moindre regret du sacrifice qu'elle avait fait. A vingt-sept ans, Enrico était déjà connu comme député. Plus jeune de deux ans, Giovanni était capitaine dans l'artillerie italienne. Tous deux avaient formé une troupe de soixante-seize volontaires, triés parmi la classe aisée.

« J'espère faire mon devoir, leur dit Enrico ; mais si je faiblis, chacun de vous est maître de me brûler la cervelle. J'en ferais autant au premier qui faiblirait. »

Le détachement des Caïroli put traverser aisément la Commarca inoccupée et parvenir à l'Acquacetosa.

où il attendit le convoi d'armes que le député Fabrizi
avait promis à Cucchi. Les armes avaient bien été
expédiées ; mais Ghirelli, le chef de la fausse *légion
romaine*, que nous avons déjà vu si incapable et si
pusillanime à Orte, avait stupidement coupé la voie
ferrée. Dans la suite, les révolutionnaires accuseront
Rattazzi de les avoir trahis en expédiant des ordres
secrets à Ghirelli.

Les frères Caïroli trouvent, au confluent du Teverone, une sorte de bateau garde-port, *le Santa Teresa*,
et s'en emparent. Puis ils passent la nuit sur les berges,
guettant toujours l'arrivée du vapeur attendu. Au lever
du jour, ne voyant rien venir, ils prennent position
dans la villa Glori, sur les monts Parioli. Il y avait là
une ferme entourée de vignobles ; les soixante-seize
volontaires s'y retranchent avec Enrico, pendant que
Giovanni, travesti en civil, se rend à Rome pour
savoir à quel moment il faudra combiner l'attaque de
la porte du Peuple avec celle des autres points de la
ville. Giovanni revient aux monts Parioli et annonce
à ses camarades les échecs de la veille. Comme à son
retour il était escorté de quelques révolutionnaires,
ce groupe éveilla les soupçons du colonel Evangelisti,
qui en donna avis.

Averti, le général Zappi expédia contre la villa
Glori une section de carabiniers et quelques dragons,
sous les ordres du capitaine Meyer.

L'officier pontifical n'avait avec lui que vingt-deux
hommes, et il ignorait les forces de l'ennemi : il marcha droit devant lui, pour attaquer coûte que coûte.
A son apparition, les garibaldiens voulurent battre en
retraite ; mais ils avaient oublié de garder le *Santa*

Teresa, et, lorsqu'ils revinrent aux rives du Teverone, ils virent le bateau entraîné au large par ses deux matelots. Enrico se décida alors à une résistance opiniâtre : il plaça des volontaires en tirailleurs devant le bâtiment de la ferme et les confia à son frère Giovanni. Le jour baissait. Le capitaine Meyer, ayant fait avancer son détachement avec les précautions d'usage, commanda l'assaut. Les carabiniers s'élancèrent au cri de : « Vive Pie IX ! » Les chemises-rouges soutinrent le choc avec bravoure, au cri de : « Vive Garibaldi ! » Mais, menacés d'être pris entre deux feux par les hommes du lieutenant Favre, qui les tournait, ils se replièrent sur la ferme, qu'ils durent abandonner presque aussitôt. A son tour, Enrico avec sa réserve tomba sur la gauche des pontificaux ,qui se trouvèrent alors cernés par un ennemi trois fois plus nombreux.

« Pour la première fois depuis le début de la campagne, remarque Mévius, les garibaldiens attaquèrent eux-mêmes les pontificaux à l'arme blanche. Le feu cessa, et le combat s'engagea à la baïonnette. Henri Caïroli, qui se battait le fusil à la main comme un simple soldat, marcha droit sur le capitaine Meyer, déjà atteint de trois blessures au bras droit et qui, ne pouvant plus se servir de son revolver, saisit la carabine du trompette tombé à ses côtés. Après quelques instants de lutte, le bras blessé du capitaine Meyer ne put supporter le poids de l'arme, qui lui échappa, et, parant de son bras gauche un coup de baïonnette que lui portait Caïroli, le capitaine saisit son adversaire corps à corps. Tous les deux roulèrent enlacés sur le sol. Les garibaldiens accoururent au secours de Caïroli, et au même moment arriva au pas de charge le peloton du lieutenant Favre, dont la marche avait été retardée par les difficultés du terrain. Le combat redoubla donc autour des deux chefs, qui se débattaient à terre. Le capitaine Meyer reçut dans la mêlée cinq coups de baïonnette et perdit connaissance. Caïroli, dégagé de son étreinte, se relevait pour combattre, lorsque le sergent Hoffstatter le cloua au sol d'un coup de baïonnette. Un instant après, Jean Caïroli tombait à son tour, blessé à la tête. En voyant tomber leurs deux chefs, les garibaldiens lâchèrent pied et disparurent dans l'obscurité, au milieu des vignes et des arbres. Les pontificaux renoncèrent alors à les poursuivre et se retirèrent en emportant leurs blessés. Le capitaine avait repris connaissance, et, malgré ses huit blessures, on put le hisser sur un cheval pour le ramener à Rome. En route, les carabiniers rencontrèrent un détachement de zouaves qui venaient à leur rencontre ; mais la nuit était venue, l'on ne pouvait songer à recommencer la lutte au milieu des ténèbres. Carabiniers et zouaves rentrèrent donc en ville.

« Pendant ce temps, les garibaldiens attendaient vainement une nouvelle attaque, et, n'entendant plus aucun bruit, ils se décidèrent à revenir pour recueillir leurs blessés. Henri Caïroli venait d'expirer dans les bras de son frère ; deux autres garibaldiens étaient morts, et sept blessés. Jean Caïroli, quoique atteint lui-même, rallia sa troupe, garda quelques hommes pour soigner les blessés, qu'il fit transporter dans la villa, et congédia les autres. »

Jean Caïroli mourut des suites de sa blessure. Le lendemain, lorsqu'une colonne de zouaves et de gen-

16

darmes arriva à la villa Glori, elle n'y trouva que les
cadavres et les blessés, qui reçurent ensuite les soins
les plus empressés à l'hôpital du Saint-Esprit.

Tel fut l'épisode des monts Parioli, assurément
glorieuse pour les infortunés qui y succombèrent,
mais bien différente de ce que Garibaldi la raconta
dans un message du 2 novembre.

Il en faisait une *éclatante victoire* remportée sur
deux compagnies de zouaves et de la légion d'Antibes.
Les journaux révolutionnaires amplifièrent ces men-
songes et portèrent l'effectif pontifical à cinq cents
hommes, « que les garibaldiens, *armés seulement de
leurs revolvers,* défirent en *leur prenant toute leur artillerie.* »

L'échec des monts Parioli empêcha les révolutionnaires de faire sauter la Cimarra, comme ils avaient
fait de Serristori. Le même Monti s'apprêtait à y allumer la poudre d'une mine, le 25, à 7 heures du soir,
lorsque Cucchi renonça à cet acte désormais inutile.

Il y eut dans Rome quelques assassinats de pontificaux, surpris isolément, entre autres celui du zouave
Foucault des Bigottières. Ayant quarante ans, il avait
passé l'âge du service militaire et s'était enrôlé quand
même. On le tua tandis qu'il portait des gamelles à un
poste.

Le dépit qu'éprouvèrent les sicaires de Garibaldi
prouve à quel point ils s'étaient trompés en comptant sur la collaboration de la population romaine.
Leurs journaux ne tarirent pas d'imprécations contre
ces *abrutis,* ces *poltrons,* ces *perruques.* Cette population répondit en s'enrôlant dans la garde palatine, où
sept cents Romains s'engagèrent dans la seule journée

du 23. Les étrangers eux-mêmes se groupèrent en armes autour du comte de Christen, où l'on vit se ranger les ducs de Lorges et de Luynes, le comte de Sabran-Pontevès et plusieurs personnes âgées de la colonie hivernante. Le duc de Luynes avait soixante-dix ans.

C'est ainsi que les Romains et le monde catholique firent cause commune avec les troupes de Pie IX, en cette heure menaçante où des milliers de garibaldiens marchaient sur Monte-Rotondo, où Victor-Emmanuel promenait son escadre devant Civita-Vecchia, tandis que les troupes promises par Napoléon n'apparaissaient pas.

De nombreuses arrestations s'étaient produites au cours des événements qui précèdent, et les prisonniers avaient été enfermés dans le château Saint-Ange.

On nomme ainsi, depuis que Rome est chrétienne, l'immense et formidable massif de remparts et de tours que les païens appelaient le môle d'Adrien. Le château Saint-Ange est de forme ronde ; une enceinte quadrangulaire l'entoure. Élevé pour servir de tombeau à l'empereur Adrien, il était autrefois revêtu de marbre de Paros sur toute sa surface ; des statues d'hommes et de chevaux se dressaient sur la plate-forme. Il n'en reste que les pierres de taille, solidement superposées. Un oratoire à saint Michel s'élève au sommet, que surmonte une statue de saint Michel. Le Pape saint Grégoire le Grand a fait donner à cette statue l'attitude dans laquelle il a vu apparaître l'archange au moment où cessait la peste de Rome : saint Michel remet son épée au fourreau. A l'époque d'Honorius, le château Saint-Ange se transforma en citadelle pour protéger la cité Léonine, c'est-à-dire le seul quartier de Rome qui se trouve sur la rive droite du Tibre. Dans la suite, il devint la prison de la capitale et renferma des captifs célèbres. L'empereur Napoléon III y avait été retenu, après son équipée de *carbonaro* en 1836. On put lire longtemps, sur le mur de sa chambre, une inscription de sa propre main. Le fameux brigand Bernardone y fut prisonnier sous le pontificat de Grégoire XVI.

A la fin d'octobre 1867, la grande prison romaine regorgeait de monde. Pie IX, qui s'était montré si courageux devant les dangers dont il était menacé, voulut faire une visite aux captifs pour se rendre compte de la manière dont ils étaient traités. Son apparition au milieu des révolutionnaires produisit une vive impression. Ceux-ci, pour la plupart, s'imaginaient le Pape sous la forme d'ogre ou de vampire que lui donnaient tous les manifestes de leurs chefs. Ils virent un vieillard aux traits nobles, qui leur adressait d'une voix très douce les reproches les plus paternels. Leur émotion fut telle, qu'ils tombèrent à genoux et implorèrent leur pardon. Pie IX leur fit donner des vêtements dont ils avaient le plus grand besoin et s'occupa de tous les détails qui pouvaient soulager leur misère.

On pense que tant de mansuétude envers les coupables aurait dû désarmer leur parti. Il n'en fut rien, et deux autres échauffourées sanglantes eurent encore lieu dans Rome, voici de quelle manière.

Un fabricant de draps, nommé Aïani, était établi au Transtevère, rue Lungaretta. C'était un des complices de Monti et de Tognetti. Sa fabrique était devenue un dépôt clandestin d'armes et de munitions. Cuc-

chi l'avait choisie à cause de sa situation. Isolée des
autres maisons, elle était facile à défendre ; percée de
huit portes de sortie, elle facilitait les allées et venues
des conspirateurs. Elle devait servir de réduit le jour
où le quartier circumvoisin serait transformé en camp
retranché.

Les révolutionnaires qui avaient échappé aux razzias
du 22 se réunissaient là, préparant de nouveaux coups
de main, destinés à retenir dans la ville les forces pontificales que Kanzler pourrait envoyer contre Garibaldi.

Le 25, la police, qui avait déjà des soupçons, fut
informée que les principaux conjurés se trouvaient
réunis dans la maison d'Aïani. Cet avis venait sous
forme de lettre anonyme, où l'on reconnaissait une
écriture qui avait déjà rendu des services du même
genre. Quel était l'auteur de cette lettre ? On ne le sut
jamais. Il faut y voir probablement quelque vengeance
particulière. Quoi qu'il en soit, les détails sur le
dépôt d'armes étaient indiqués avec une telle précision,
que le doute n'était pas permis. On résolut d'y faire
immédiatement une perquisition ; une reconnaissance
de vingt zouaves et de six gendarmes en fut chargée.
Malheureusement on ne pouvait prévoir que juste à
ce moment-là les conjurés étaient réunis en grand
nombre.

Les hôtes d'Aïani devaient dîner ensemble, puis
sortir pour se livrer à leurs tentatives de diversions.
Ils allaient se mettre à table, lorsqu'ils s'aperçurent
de l'approche des pontificaux, qui venaient par la rue
Lungaretta. Au même instant un des leurs, le jeune
Arquati, posté en sentinelle, jetait sur la petite troupe
une bombe Orsini, qui blessait plusieurs zouaves et le

brigadier de gendarmerie. Rassurés par le petit nombre des soldats, les conjurés payèrent d'audace ; ils coururent à leurs armes et se barricadèrent. On dit que quelques-uns cependant profitèrent du premier moment de désarroi pour disparaître, et que Cucchi passe pour avoir été du nombre.

Ainsi retranchés, les révolutionnaires firent feu. Au bruit de la première décharge, Aïani sortit d'une maison voisine, où il était allé chercher le père du petit Arquati pour le repas, et s'élança vers sa demeure ; mais le brigadier Testa, quoique blessé, le terrassa et le fit prisonnier. La fusillade partait si vive des fenêtres de la fabrique, que le détachement pontifical dut attendre du renfort. Abrité aux angles des rues adjacentes et derrière des portes, il tira comme il put. Puis arrivèrent quarante zouaves du quartier de Saint-Calixte ; leur chef, le capitaine Vinay, investit savamment le repaire, de manière à empêcher la fuite des révoltés. Les zouaves commencèrent alors un feu si violent sur les fenêtres, que les défenseurs se sauvèrent sur la terrasse qui recouvrait le bâtiment.

Les conjurés se livrèrent alors à une supercherie criminelle qui aurait révolté de vaillants cœurs comme ceux des Caïroli. Ils hissèrent le drapeau blanc, et, lorsque les zouaves s'avancèrent pour parlementer, ils décochèrent sur eux une pluie de balles, dont l'une tua le sergent espagnol Ruiz de Tor-Alba. Exaspérés par cette félonie, les pontificaux bondirent sur les portes, les enfoncèrent et assaillirent les escaliers à la baïonnette.

« Par une coïncidence curieuse, observe Mévius,

parmi ces assaillants, on voit au premier rang les représentants des divers peuples catholiques de l'Europe. En tête, se trouvent deux Français, le sergent Arnaud et le caporal de Chapus ; puis le brigadier italien Testa, le fourrier hollandais Rutten, l'Espagnol Tolsma, les Belges Deren et Verhoeven.

« La maison est vide jusqu'au second étage ; mais là commence une lutte terrible et sanglante. En un instant toutes les portes barricadées volent en éclats, la mêlée s'engage, et huit garibaldiens qui occupent l'étage sont tués ou mis hors de combat. De là on s'élance au troisième, où deux garibaldiens se défendent avec l'énergie du désespoir et tombent sous les baïonnettes des zouaves. Reste la terrasse, où s'étaient réfugiés la plupart des ennemis ; les soldats y montent en courant pour y achever leur œuvre. Mais la terrasse est vide ; les garibaldiens se sont échappés en traversant un atelier occupé par des tisseuses, jeunes filles pour la plupart, et, réfugiés dans un bâtiment au fond de la cour, ils recommencent le feu sur les pontificaux. Les zouaves traversent à leur tour l'atelier, où les jeunes filles épouvantées se jettent à genoux en implorant leur merci. Le capitaine de Saisy les rassure et les fait conduire à l'abri du danger.

« Acculés dans leur dernier réduit, les garibaldiens refusent de se rendre et s'obstinent dans une résistance désespérée. Le combat recommence acharné, furieux, sans merci. Parmi les garibaldiens se trouve toute la famille Arquati, père, mère et fils. La mère, Judith Arquati, véritable furie, excite ses compagnons au combat, et décharge avec une rage maladroite tous

les coups de son revolver sur les zouaves, avant que
ceux-ci puissent se décider à la clouer au plancher
d'un coup de baïonnette, entre son mari et son fils
expirants. D'autres conjurés tombent à leurs côtés;
mais une trentaine d'entre eux parviennent à se sauver par les toits, au moyen d'une planche jetée sur la
fenêtre d'une maison voisine. Là aussi ils sont cernés,
et, renonçant enfin à une lutte sans espoir, ils mettent
bas les armes et sortent un à un de la maison.

« La maison Aïani offrait un spectacle affreux; partout on y voyait les traces du plus furieux combat.
Les cadavres de seize garibaldiens y gisaient dans des
mares de sang, avec toutes les contorsions de la fureur
et de l'agonie, et les plaintes de nombreux blessés ne
cessaient d'y retentir. »

Les vingt-cinq prisonniers furent liés deux à deux
et emmenés à la prison Saint-Michel, tandis que les
habitants du Transtevère acclamaient les zouaves. Ce
combat ne coûta aux pontificaux qu'un mort et quatre
blessés, selon l'habituelle disproportion; comme toujours, la discipline, l'adresse au tir, la rapidité de
l'attaque, avaient épargné les assaillants à découvert,
beaucoup plus que l'abri n'avait protégé les assaillis.

On pense si la presse révolutionnaire déchaîna sa
fureur! Elle publia les récits les plus mensongers sur
les atrocités que les *mille* pontificaux commirent sur
cinquante courageux patriotes *transtévérins à peine
armés*; sur le massacre de femmes et d'enfants; dans
la *fureur de l'ivresse*, on avait assassiné la femme
Arquati allaitant un enfant, on avait mis à mort toutes
les jeunes filles de l'atelier.

« Rien de tout cela, réfute notre historien, n'a

l'ombre de la réalité. La femme Arquati n'avait point
d'enfant en bas âge ; elle fut tuée à la dernière extrémité, parce qu'elle combattait avec rage et qu'on ne
réussissait pas à la désarmer. Une des jeunes filles
fut légèrement atteinte par une balle perdue, venue
on ne sait d'où ; toutes furent traitées avec la plus
grande douceur. La plus jeune des victimes fut Antonio Arquati, âgé de seize ans, qui s'était battu avec
autant d'archarnement qu'aucun homme fait. On épar-
gna tous ceux qui se rendirent, les blessés reçurent
tous les soins imaginables, la plupart des prisonniers
furent remis en liberté sans jugement, après Mentana.
Les Romains seuls furent jugés, et aucun ne fut con-
damné à mort, pas même leur chef Aïani, qui avait
prêté sa demeure pour l'exécution du complot. »

Le deuxième attentat ne se produisit qu'après le
combat de Monte-Rotondo ; mais nous le plaçons ici,
parce qu'il fait partie de la lutte garibaldienne dans
les murs de Rome, à laquelle est consacré ce chapitre.

Le 30 au soir, un avis parvint au capitaine Filippani,
qui commandait le poste du Vatican : on l'informait
que les conspirateurs étaient groupés dans une auberge
aux abords de la villa de Cecchini, près de la caserne
Serristori. Il en fit aussitôt part au colonel Allet, qui
envoya immédiatement le capitaine Adéodat Dufournel avec quelques zouaves.

La veille, celui qui écrit ces lignes jouait au Pincio
avec une bande d'enfants, et Adéodat Dufournel s'était
joint à eux pour les amuser. Avec quelle bonté il se
prêtait aux ébats de ses petits compatriotes ! Ceux-ci,
qui tous vivent encore, ne l'ont pas oublié. Le jeune

officier était radieux : dans son brillant uniforme bleu,
il sautait avec nous les buissons et les bancs, qui figu-
raient les obstacles de la guerre. Quelques heures
après, il devait trouver la mort dans des circonstances
où son héroïsme fut égal à celui de son frère, tué à
Farnèse.

Par bonheur, nous avons le récit d'un zouave qui
était à ses côtés quand il tomba :

« Je me trouvai, dit M. de Clisson, sur la place
Saint-Pierre avec quarante hommes de ma compagnie,
lorsque le capitaine Dufournel vint et dit à M. Le Dieu,
notre lieutenant :

« — Rassemblez vos hommes, nous allons aller tout
près d'ici voir une villa où l'on prétend qu'il y a des
garibaldiens. »

« Il nous fait diviser en bandes de huit hommes,
conduites chacune par un gradé chargé de les placer
autour de la maison et de diriger le feu. Il était
5 heures et demie environ, et la nuit était déjà descen-
due. Nous eûmes bientôt atteint la porte de la villa
que nous devions visiter. A peine le premier groupe
avait-il gravi les deux ou trois marches de l'entrée,
que des hommes se précipitèrent pour sortir du jardin. M. Dufournel ordonna de les arrêter, et au même
instant on commença à tirer sur nous des fenêtres.
M. Dufournel s'élança en nous criant : « En avant! »
et c'est en ce moment qu'il fut atteint par une balle.
Je commandais le second groupe. Voyant quelqu'un
tomber, j'étendis le bras, et ce n'est qu'alors que je
reconnus celui que j'avais dans mes bras. Aidé d'un
homme de ma compagnie, je le transportai dans la
rue, et, m'étant assis par terre, je l'appuyai sur mes

genoux. Il ouvrit alors les yeux, qu'il avait fermés un moment, et me dit en me pressant la main :

« — C'est fini, je suis mort ! »

« Je voulais l'empêcher de parler; j'entendais le sang qui peu à peu emplissait sa poitrine, de grosses gouttes de sueur couvraient son front. Je l'embrassai en les essuyant; il me pressait la main avec reconnaissance. Il avait envoyé chercher un prêtre pour lui donner l'absolution; voyant qu'il n'en venait pas, je lui offris de réciter quelques prières. Il accepta et répéta les prières que je lui suggérais, en me serrant de temps en temps la main pour me faire répéter les passages qu'il goûtait le plus. Voyant qu'il s'affaissait un peu, je lui demandai s'il n'avait pas quelque désir à me communiquer. Nous dîmes encore quelques prières, et, le brancard étant arrivé, je l'y déposai avec son sabre, qu'il voulut garder près de lui. Je l'embrassai et lui dis un dernier adieu. »

Le 5 novembre, il rendit le dernier soupir, après une agonie de six jours.

Les corps des deux frères reposent à Rome, dans le cimetière Saint-Laurent, où leur famille a fait élever un riche monument.

XIV

MONTE-ROTONDO

Tandis que les défenseurs du Saint-Siège, en attendant l'arrivée de l'armée française, repoussaient les attaques révolutionnaires dans l'intérieur de Rome, d'autres attaques beaucoup plus graves se produisaient à l'extérieur.

Nous avons vu le lieutenant-colonel de Charette rappelé avec son armée dans la capitale menacée, de sorte que les principales forces garibaldiennes, celles de la frontière ombrienne, trouvaient le champ libre devant elles. Mais les autres armées pontificales, plus éloignées, mirent nécessairement plus de temps à se concentrer pour secourir la ville.

L'armée d'Azzanese, pour quitter ses positions du Bolsena et se grouper à Viterbe, eut à lutter contre le chef garibaldien Ghirolli, homme honnête, mais impuissant contre ses deux chefs de bataillon Broglio et Gulmanelli; ceux-ci se livraient à des concussions et des brutalités qui déchiraient le cœur de Pie IX. Le 21 octobre, cent cinquante chemises-rouges de cette bande rencontrèrent à Borghetto un détachement de

quarante pontificaux, qui les chargèrent à la baïonnette et les poursuivirent jusqu'au pont du Tibre. Là,
les fuyards passèrent sur le sol italien, devant les
troupiers de Victor-Emmanuel, qui leur criaient de
résister.

Pendant ce temps, le chef révolutionnaire Acerbi
dirigeait le gros de ses bandes sur Viterbe, où le
colonel Azzanese achevait la concentration de ses
troupes pontificales. Le principal combattant garibaldien de cet épisode, Sgarallino, qui commnadait *la
banda del naufragio*[1], a laissé un rapport que nous
reproduisons ici.

« Notre général Acerbi, qui s'était retiré vers
Acquapendente après le combat de Farnèse, m'invita
à se joindre à lui, m'annonçant que des événements
importants se préparaient. J'aurais préféré agir isolément jusqu'au moment où il m'aurait été possible de
rejoindre Menotti Garibaldi; mais, le général Acerbi
réitérant sa demande et me pressant d'entrer dans sa
brigade, je le rejoignis à Acquapendente.

« Le lendemain, tout le détachement partait pour
San Lorenzino, d'où, après une journée de repos,
nous nous remîmes en marche. Où allions-nous? quel
était le but de l'expédition? J'étais dans l'ignorance la
plus complète. Celui-ci faisait une supposition, celui-
là en faisait une autre.

« Ce qu'il y a de certain, c'est que nous marchions
du côté de Bagnorea, occupé par trois cents zouaves.
Nous étions environ un millier.

[1] Ainsi appelée parce qu'elle avait été recueillie en mer, le
6 octobre, tandis qu'elle se rendait aux frontières des États
de l'Église.

« Nous approchions de Bagnorea, persuadés d'arriver jusqu'à cette ville; mais bientôt, tournant à gauche, nous laissâmes l'ennemi derrière nous.

« A environ un mille de distance, tandis qu'on faisait halte et qu'on distribuait les vivres, arrivèrent quatre habitants de Viterbe, qui se déclarèrent membres du comité national et qui promirent au général Acerbi de faire soulever la ville et de l'en faire maître. La proposition parut certaine au général Acerbi. Ma bande, que je voulais voir la première au danger, fut désignée pour entrer dans Viterbe par une porte secrète, s'emparer des deux pièces de canon et faire l'assaut de la caserne des papalins, tandis que le reste de la brigade, contournant les murs, serait entré dans la ville, quand les portes auraient été ouvertes par nous ou par les habitants insurgés. C'était le plan du général Acerbi, après les assurances données par les quatre Viterbiens, et l'on partit pleins d'enthousiasme pour l'exécuter.

« Nous étions à la distance d'un mille à peu près de Viterbe, que déjà la nuit arrivait. C'est alors que le général Acerbi me communiqua que, d'après le plan arrêté, j'aurais trouvé à peu de distance les guides qui devaient me conduire à la porte secrète. La troupe se mit en rangs, et, compacts et silencieux, tous se mirent en route; mais nous avions à peine fait un demi-mille, qu'en fait de guide, nous trouvions les avant-postes pontificaux, qui firent feu sur nous.

« Les nôtres ripostèrent avec courage. Un dragon fut tué, et les autres prirent la fuite. Ce fut pour nous une surprise, mais cela ne nous empêcha pas de marcher en avant. Arrivés au débouché d'un vaste terrain

découvert qui s'étendait vers la porte Fiorentina,
nous fûmes assaillis par une violente fusillade. Sans
nous arrêter, nous atteignîmes la porte, qui était fermée, et l'ennemi, par les meurtrières et du haut d'une
tour qui dominait les murs, continuait à tirer sur
nous. On tenta de démolir le bois de la porte et
d'arracher les ferrures, mais ce fut inutilement. Je
pensai alors à me diriger du côté opposé et à entrer
par une autre porte. Je fis le tour des murailles et
trouvai toutes les portes barricadées. Que faire? La
pensée me vint que nous avions été trompés et trahis,
et je crus opportun de prendre une position en arrière,
afin d'attendre le lever du jour.

« J'allai trouver le général Acerbi et lui fis part de
mon projet, qu'il approuva. Nous nous retirâmes donc
au couvent del Paradiso, à une portée de fusil de la
ville.

« Nous étions à peine installés à ce poste, que le
général Acerbi me fit savoir que la porte de la Verita
était en flammes, et que par là on pourrait entrer
dans la ville. Nous y marchâmes, et, en effet, la porte
était en feu et tombait peu à peu en morceaux. Il était
environ 11 heures du soir. Un certain découragement
régnait dans toutes les bandes de volontaires, car on
voyait une trahison dans tout ce qui venait de se passer. Un parlementaire, envoyé au commandant de la
troupe pontificale pour l'engager à se rendre, fut
reçu à coups de fusil sur la porte même. Le major de
Franchis, s'élançant pour enlever la porte, fut tué par
la fusillade des soldats qui occupaient toutes les maisons voisines de l'entrée.

« Pendant ce temps, descendu de cheval, j'allais

me précipiter dans cet ouragan de feu, quand je fus arrêté par les miens, me montrant que ce serait un sacrifice bien inutile, puisque personne ne me suivait. Une heure après, le général lui-même ordonna aux deux bandes restées, c'est-à-dire la mienne et celle de Proveggi, de se retirer et de prendre position en arrière. Je me retirai de nouveau au couvent del Paradiso, attendant le lendemain de nouveaux ordres d'Acerbi. J'appris qu'il était parti sans prendre la moindre disposition. Alors je crus bien faire en rejoignant Menotti Garibaldi. »

Ce que ne dit pas Sgarallino, c'est que les garibaldiens maltraitèrent violemment les moines des couvents Paradiso et Verita, où leurs bandes bivouaquaient. « On entendait, dit Mévius, les gémissements des pauvres religieux accablés de coups et d'outrages. Les assaillants obligèrent les deux supérieurs des couvents à servir de parlementaires et les poussèrent, la baïonnette au dos, à travers les flammes de la porte, pour qu'ils portassent au colonel la sommation de livrer la place, sous peine de voir fusiller sur-le-champ tous leurs moines. »

Sgarallino ne dit pas non plus que de Franchis, en s'élançant à l'assaut, « se faisait un bouclier d'un malheureux religieux qu'il tenait dans ses bras. A ce spectacle, les pontificaux hésitèrent un instant; mais le lieutenant Ramarini commanda le feu d'une voix impérieuse. Une décharge générale eut lieu, suivi d'un feu à volonté. Tous les garibaldiens qui faisaient tête de colonne tombèrent; le reste recula de nouveau au delà de ce seuil qu'embrasaient les flammes et qu'inondait le sang. De Franchis était tombé mort sous une balle du zouave Arthur Gustin, tenant encore dans ses bras inanimés le pauvre religieux mortellement blessé lui-même. »

En pleine nuit, les mille hommes d'Acerbi battirent en retraite devant les quatre cents pontificaux d'Azzanese, tandis que la population de Viterbe faisait preuve du plus grand dévouement envers les troupes de Pie IX. Si, par exception, il y eut quelques sectaires indigènes, l'attitude de leurs compatriotes les retint dans l'inaction.

Non content d'avoir vigoureusement repoussé les garibaldiens, Azzanese les poursuivit. Dès la pointe du jour, il marcha sur eux, en s'efforçant de les rejeter sur un de ses détachements qui devait lui arriver de Montefiascone. Les vaincus fuyaient en trois colonnes sur Soriano, sur San Stefano et sur Bagnorea. Malgré l'avance qu'ils avaient sur leurs vainqueurs, plusieurs d'entre eux furent capturés. Trente-sept hommes et trois officiers tombèrent entre les mains des pontificaux à Castaguti. Il y eut d'autres captures dans les autres directions. On recueillit aussi une ambulance et des objets d'équipement, des munitions, des armes, des vivres, le tout jeté en abondance pour fuir plus rapidement.

Le combat de Viterbe coûta beaucoup de sang aux révolutionnaires. On ne peut évaluer le nombre de leurs blessés qui s'évadèrent. Quelques-uns furent repris, entre autres à Castaguti. Devant l'enceinte de la ville, on en trouva quinze, avec cinq morts. Quant aux pontificaux, ils n'eurent qu'un seul blessé, le zouave Naets.

Le résultat de la nuit du 24 et de la journée du 25 fut de purger la province de Viterbe des garibaldiens

17

qui, depuis un mois, tentaient de l'occuper. Acerbi
se retira derrière la frontière toscane, tandis qu'une
partie des bandes allait grossir l'armée de Garibaldi
au pied de la Sabine.

Pendant ce temps, la concentration pontificale du
sud ne se faisait pas non plus sans coup férir. On se
rappelle que, le 15 octobre, le lieutenant-colonel
Giorgi avait battu les garibaldiens à Vallecorsa. Le
chef des bandes, Nicotera, revint à la charge dix jours
après et occupa Monte-San-Giovanni avec plus de
mille volontaires. Nous empruntons encore à Mévius,
pour dire ce qu'étaient ces bandes.

« Le mouvement de concentration (du général de
Courten) vers Rome était alors déjà commencé, et,
sans abandonner entièrement les provinces, les troupes
se rapprochaient de la capitale. Les troupes de Nicotera s'étaient montrées si misérables à Subiaco et à
Vallecorsa, que l'état-major pontifical avait conçu
pour *l'aile gauche* de l'armée garibaldienne le plus
méprisant dédain, et que le proto-ministre avait même
fait entrer à Rome, non seulement la compagnie de
carabiniers qu'il avait envoyée au général de Courten,
mais encore la majeure partie des troupes chargées
de la garde de la zone, c'est-à-dire la section d'artillerie, le peloton de dragons et six des huit compagnies de chasseurs. » Le général Kanzler télégraphiait
à Courten : « Rassemblez les détachements que vous
avez sous la main ; songez que cent des nôtres doivent
battre cinq cents de ces brigands. Que Lauri fasse
une diversion sur leurs derrières. L'attaque repoussée,
que l'on prenne l'offensive. »

Avant que la dépêche arrivât au quartier général, le commandant de gendarmerie Lauri avait entrepris ses reconnaissances avec soixante-dix-sept hommes. Arrivé devant San Giovanni, que Nicotera occupait avec le très gros effectif que nous connaissons, le commandant fit savoir au général de Courten qu'il attaquerait l'ennemi le lendemain et le pria de lui envoyer du renfort. Mais Courten n'était plus à Frosinone. Le proto-ministre l'avait appelé en toute hâte pour marcher à Garibaldi, qui investissait Monte-Rotondo avec dix mille hommes. Courten, rejoint en cours de route par l'estafette de Lauri, détacha une centaine d'hommes pour les lui donner, avec ordre de rétrograder sur Rome. Lorsque cet ordre parvint, les soixante-dix-sept soldats de Lauri occupaient déjà San Giovanni, que les mille volontaires de Nicotera avaient abandonné en voyant arriver les pontificaux.

Cependant un autre bataillon garibaldien, commandé par le major Benedetto, apparut dans l'après-midi. Il s'avançait avec la tranquillité et l'insouciance d'une troupe qui ignore la présence de l'ennemi. Grand fut son étonnement en recevant une première décharge de fusils. Mais Benedetto était brave, et sa troupe bien choisie. Les garibaldiens se déployèrent en tirailleurs et montèrent à l'assaut. La vive résistance des pontificaux rendit inutiles tous les efforts de Benedetto et de quelques-uns de ses officiers pour soutenir l'élan. Les assaillants battirent en retraite, et cette retraite se convertit en déroute devant la poursuite vigoureuse du commandant Lauri.

L'intrépide Benedetto ne pouvait croire que son chef Nicotera resterait dans l'inaction, et il se jeta dans la ferme Valentini, à six cents mètres de San Giovanni, pour amortir la poursuite des pontificaux et donner au gros des forces garibaldiennes le temps d'accourir. Il avait avec lui un capitaine de l'armée italienne, Bernardini, et une trentaine d'hommes. Lauri l'attaqua en ouvrant sur la ferme le feu de son détachement, abrité derrière des meules. Puis il le somma de se rendre. Benedetto refusa, et le combat continua jusqu'à la chute du jour. Un sergent pontifical tenta inutilement de jeter à bas la porte, que Lauri fit alors incendier. Au moment où ce passage devenait libre, les garibaldiens se sauvèrent en sautant par les fenêtres de derrière. Poursuivis à la baïonnette, ils se défendirent courageusement; le combat ne dura que quelques minutes, mais il fut acharné. Un clairon de la légion d'Antibes, le soldat Allard, brisa la tête de Benedetto, qui mourut en véritable gentilhomme sicilien. Le capitaine piémontais Bernardini fut tué également, avec cinq de ses volontaires. Le reste échappa, grâce à l'obscurité. Sept blessés garibaldiens tombèrent entre les mains des vainqueurs. De leur côté, les hommes du commandant Lauri avaient sept des leurs hors de combat. Mévius raconte qu'un des blessés garibaldiens, pendant qu'on le transportait à San Giovanni, essaya d'assassiner d'un coup de poignard le soldat de la légion d'Antibes qui le soignait. Un gendarme arrêta l'arme juste à temps, et brûla la cervelle au traître.

Avec ses mille hommes, Nicotera avait laissé, durant quatre heures, l'infortuné Benedetto résister héroïquement, sans lui porter le moindre secours. « Il a prétendu, pour sa justification, n'avoir pas pu quitter lui-même Casauari (qu'on pillait en ce moment) et n'avoir pas trouvé un seul officier qui consentît à conduire ses hommes au feu. La conduite de Nicotera dans cette journée le couvrit de ridicule. »

Nous arrivons maintenant à la première des deux batailles livrées par Garibaldi en personne, celle de Monte-Rotondo.

Le célèbre condottiere, après son évasion de l'île de Caprera, avait gagné Gênes, d'où il accourut à Florence, fort bien accueilli par le ministre Rattazzi et son associé Crispi. Le 22, à 2 heures et demie de l'après-midi, la locomotive d'un train spécial chauffait ostensiblement dans la gare de la nouvelle capitale italienne. Ce train était préparé par le gouvernement de Victor-Emmanuel pour le grand chef de la révolution anticléricale, qui se mit ainsi en route pour Terni.

Nous savons que M. de La Villestreux exigea son arrestation à la frontière et que le préfet de Pérouse, M. Gadda, reçut de Rattazzi l'ordre de poursuivre Garibaldi *de façon à ne pas le rejoindre*. Même après sa chute, le chef du cabinet italien intercepta tous les services télégraphiques de manière à les mettre à la seule disposition des révolutionnaires. L'ordre d'arrestation ne parvint à Pérouse que vingt heures après que Garibaldi en était reparti. Celui-ci atteignit Rieti le 23, sans le moindre encombre. Là, les volontaires dételèrent sa voiture pour la traîner eux-mêmes, et la frénésie de leur enthousiasme alla jusqu'à l'empêcher de dîner tranquillement. Il dut, sans discontinuer, donner à baiser ses mains, munies de la fourchette et de la cuiller.

Après ce bizarre dîner, le condottiere se porta sur Correse, et alors seulement apparut à Rieti l'inspecteur de police italienne chargé de lui mettre la main au collet. Le préfet de la province de Rieti employa beaucoup de zèle à lancer des gendarmes contre l'inculpé; mais, dit-il dans son rapport, par un *hasard malheureux*, ces gendarmes prirent une direction opposée à celle du général.

A Correse, dès la soirée du 23, Garibaldi prenait le commandement de toutes les troupes réunies par son fils Menotti. Ces troupes comptaient plus de dix mille hommes.

On se rappelle que l'armée garibaldienne n'avait plus, à ce moment-là, entre elle et Rome, que la faible garnison du capitaine Costes dans Monte-Rotondo. Cette garnison se composait de deux compagnies de la légion d'Antibes, d'une compagnie de carabiniers, d'un peloton de gendarmerie, d'un peloton de dragons et de deux pièces d'artillerie (un canon rayé et un obusier); en tout, trois cent vingt-trois hommes.

Monte-Rotondo, juché sur une colline escarpée, est bien défendu par la nature; mais il ne possédait pas d'enceinte continue, et les quinze cents mètres de sa bordure étaient bien longs pour une si faible garnison. La muraille, qui ne se dressait que sur le tiers du périmètre, était mince, délabrée, sans aucun angle saillant. Les trois portes *Canonica*, *Ducale* et *Romana*, dépourvues de toutes fortifications, étaient dominées par les bâtiments des faubourgs extérieurs. Bref, Monte-Rotondo n'avait comme défense que l'escarpement de sa colline.

La porte Ducale tire son nom de sa proximité du

palais de la famille Piombino. Ce palais, immense et solide massif carré à trois étages, possède une vaste cour intérieure : un donjon le couronne. L'ancienne demeure seigneuriale constitue le réduit de la place.

Dans la soirée qui suivit l'arrivée de Garibaldi à Correse, le capitaine Costes, étant monté au sommet du donjon du château, contempla tout à coup un spectacle significatif : tout l'horizon était illuminé par d'innombrables feux de bivouac dans la direction du Monte-Maggiore. En même temps il apprenait qu'une avant-garde garibaldienne venait de faire main basse sur la gare de Monte-Rotondo, à moins de trois kilomètres de la place. Ignorant les forces de l'ennemi, il se garda d'envoyer une reconnaissance et fit prévenir le proto-ministre des armes de ce qu'il venait de constater.

L'attaque générale se dessinait donc sur Monte-Rotondo. Mais le général Kanzler avait à prendre ses dispositions pour assurer la défense de Rome, car Garibaldi simulait peut-être la marche sur Monte-Rotondo pour cacher une véritable marche sur la capitale. Il ne voulut pas dégarnir la garnison déjà trop faible pour faire face aux émeutes intérieures et n'envoya aucun renfort au dehors. Le capitaine Costes reçut l'ordre de « tenir à outrance contre les garibaldiens, quel que fût leur nombre, mais de se replier sur Rome si les troupes italiennes s'avançaient contre lui ». Dans sa position extrêmement critique, le commandant de la garnison de Monte-Rotondo se prépara à sa tâche.

Il confia les fonction de major de la place au capitaine Fœderer, auquel il adjoignit le sous-lieutenant

Ringard. Une section de la légion d'Antibes eut la garde
de la porte Romana, sous les ordres du lieutenant
Crozes. A la porte Canonica veillait une autre section
de la même arme, commandée par le capitaine Car-
lhian. La porte Ducale fut occupée par le sergent-
major Cammaerts, qui remplaçait le lieutenant Eche-
mann, blessé à Nérola ; il avait avec lui sa section et
quinze carabiniers. Sur la partie du pourtour qui ne
possédait pas de murailles, Costes mit : 1º douze carabiniers avec le caporal Banzi ; 2º une demi-section de
la même arme avec le sous-lieutenant Pool ; 3º six
gendarmes et quinze hommes de la légion, avec le
caporal Godefroy ; 4º une section de la légion à
l'auberge del Vapore, avec le sous-lieutenant Lair.

Chacun de ces fragments était posté de manière à
pouvoir porter secours aux fragments voisins, et il n'y
avait aucune solution de continuité dans la ligne de
défense. En outre, une réserve de carabiniers se tenait
dans la cour du château ; tout ce qui restait de carabiniers était juché dans le donjon. Les dragons gardaient le bâtiment du municipio, non loin de l'auberge
del Vapore. Le lieutenant de Quatrebarbes, à qui était
confiée l'artillerie, plaça son canon à la porte Ducale
et son obusier à la porte Romana.

Tous les efforts devaient tendre à retarder la marche
de Garibaldi sur Rome, pour donner aux Français le
temps d'y arriver. Cette marche se trouvait déjà gênée
par la destruction de la voie ferrée, que Kanzler avait
habilement fait exécuter au nord de Monte-Rotondo.
La garnison allait faire le reste.

Le 25 octobre, Garibaldi ébranla ses colonnes : il
dirigea Menotti, avec quatre mille hommes, sur Monte-

Rotondo et s'établit à la station du chemin de fer, de manière à protéger son fils contre les éventuelles sorties des pontificaux de Rome. La matinée, succédant à des journées de pluies torrentielles, était radieuse ; mais l'intérieur de la ville, raconte le Père Vannutelli, était lugubre : « Toutes les portes des maisons étaient closes, et c'est à peine si quelques habitants hasardaient des regards furtifs par les fenêtres. Je les encourageais en passant. Je ne rencontrai dans les rues que quelques officiers donnant des ordres et les dragons à cheval qui les transmettaient aux différents postes. Quand j'arrivai au château, le feu commençait à être très vif. »

C'étaient deux colonnes garibaldiennes qui attaquaient les portes de Monte-Rotondo. Chacune de ces colonnes se montait à six cents hommes, c'est-à-dire à peu près au double de tous les défenseurs de la place. La première arrivait par le faubourg Saint-Roque pour assaillir la porte Romana ; la seconde, par le cimetière, s'en prenait aux portes Canonica et Ducale. Cédons la parole au Père Ligier.

« Celle-ci (la colonne contre les portes Ducale et Canonica) marchait bannière déployée et musique en tête, jouant l'hymne de Garibaldi. Ils s'en allaient comme à la noce. La colonne de droite franchit d'un pas rapide les quelques cent mètres du chemin qui va du couvent (Sainte-Marie) au faubourg de la ville, et déjà les chefs de file, aux cris de : « Vive Garibaldi ! » battaient à coups de crosse la poterne entr'ouverte à la porte Romana, quand soudain une terrible décharge, partie de tous les points en vue du mur d'enceinte, du haut de la porte et des fenêtres des maisons, arrête

tout court les assaillants. Surpris, ahuris, ils hésitent
et restent un instant immobiles ; puis, décimés par les
balles, ils se jettent, les uns en arrière dans les sentiers des vignes, les autres à droite et à gauche dans
les maisons du faubourg et derrière les haies des
enclos. C'était le lieutenant Crozes qui saluait ainsi
l'ennemi et le forçait d'y mettre plus de façons.

« Pendant que la première colonne d'attaque subissait cet échec à la porte Romana, la seconde s'était
avancée à couvert jusqu'au pied de l'escarpement que
couronne l'esplanade sur laquelle s'entr'ouvrent les
portes Ducale et Canonica. Mais à peine se démas-
qua-t-elle pour gravir cette rampe, que les feux plon-
geants des défenseurs de la porte Ducale et du château
l'obligèrent de se rejeter bien vite à gauche, vers le
fond du ravin, pour gagner, sur le flanc du coteau
opposé, les enclos et le couvent des Capucins. Les
garibaldiens s'y embusquèrent et se mirent à riposter,
à bonne portée, au feu de la place.

« Alors le lieutenant de Quatrebarbes fit sortir en
avant de la porte Ducale sa pièce rayée, flanquée à
droite et à gauche d'un cordon de tirailleurs, et, en
quatre coups bien pointés, il obligea toute cette bande
à se réfugier derrière les bâtiments et à cesser le
feu. »

Puis il tourna le canon vers la gauche, sur la bifur-
cation des deux routes par où d'incessants renforts
arrivaient à chacune des colonnes d'attaque.

A ce moment, c'était contre la porte Romana que
les assaillants portaient leur plus grand effort, sans
doute parce que l'accès leur en semblait plus facile :
ils ignoraient qu'elle était aussi la mieux fortifiée.

Après un premier échec pour l'enlever, ils se massèrent, à couvert, dans l'église Saint-Roch, et revinrent
à la charge en s'abritant derrière tout ce qu'ils avaient
trouvé, des bancs, des confessionnaux, des prie-Dieu,
des portes. Ils arrivèrent ainsi jusque sous la porte,
c'est-à-dire dans l'angle mort, où ils se trouvaient abrités des feux de l'enceinte, sauf d'un poste qui formait
l'angle saillant. Pour se couvrir de ce poste, ils dres-
sèrent une barricade en travers de la route qui longe
l'enceinte.

Il fallait les déloger de là.

Le lieutenant de Quatrebarbes, qui pointait lui-
même, venait d'envoyer avec une précision admirable
un boulet sur un groupe de buveurs, dans la métairie
Romanini, à trois kilomètres de la place, lorsque le
commandant lui fit rentrer sa pièce, pour venir
manœuvrer l'obusier de la porte Romana.

« Tout chargé à l'avance, l'obusier est de suite conduit en avant de la porte, mis en position et pointé
contre la barricade ennemie. Trois fois le feu est commandé, et trois fois la capsule éclate sans que le coup
parte. Force fut bien de rentrer la pièce au plus vite ;
car, malgré la fusillade de l'escorte, une troupe ennemie accourait du fond du vallon, enhardie par le
mutisme de la pièce. L'obusier fut déchargé, et l'on
trouva au fond de la culasse le tampon de bois qui aurait
dû n'être que sur le sachet de poudre ! Un servant,
par mégarde, dans la précipitation de la manœuvre
de charge, avait introduit à rebours la cartouche
dans le canon. Rechargée dans les règles, la pièce
prend de nouveau la position et tire dans différentes
directions trois coups meurtriers contre les masses

ennemies qu'elle déloge. Un quatrième coup est chargé, et le maréchal des logis Massei se baisse pour le pointer, quand il sent une balle lui effleurer le cou ; il continue sa manœuvre ; mais, au moment où il se retire pour éviter le recul de la pièce qui part, une seconde balle lui brise les dents et, par le fond de la bouche, lui traverse la nuque. Le sang jaillit, le sous-officier s'affaisse. Au même instant le capitaine Car-lhian reçoit en pleine poitrine une balle qui perce les quinze plis de son manteau roulé en bandoulière et qui vient s'amortir sur un bouton de sa tunique. Il relève le pauvre Massei et le transporte, aidé de ses hommes, tandis que les autres rentrent la pièce. Le blessé n'est pas plus tôt déposé à l'autre bout de la place, qu'il expire à l'ombre de l'église. »

Pendant ce temps, quelques blessés tombaient dans les rangs des défenseurs.

Durant les trois heures que dura cette première phase de la bataille, les garibaldiens subirent de grosses pertes. On les voyait, aux moments où la fusil-lade des défenseurs se calmait un peu, courir à travers les vignes pour relever leurs blessés. Les abords de la porte Romana étaient couverts d'assaillants hors de combat, que leurs camarades emportaient dans l'église Saint-Roch. Le couvent des Capucins, transformé en ambulance principale par les soldats de Menotti, fut bientôt rempli de morts et de mourants. Là, les bandes révolutionnaires se livrèrent à de telles profanations, qu'un capitaine milanais voulut les empêcher. Il s'écrie :

« Qu'est-ce ceci ? Sommes-nous venus faire la guerre aux ciboires ? »

Les forcenés le couchent en joue :

« Ah ! c'est cela ! répond-il. Eh bien ! je brise mon épée et ne veux plus avoir rien de commun avec de semblables canailles ! »

Un seul des moines s'était laissé surprendre dans le couvent ; il s'occupa de soigner les blessés.

« Des scènes non moins affreuses, continue le Père Ligier, se passèrent à la chapelle Saint-Roch. Quand les garibaldiens y pénétrèrent, un pauvre jeune prêtre était à l'autel. L'assistance fuit, et lui consomme à grand'peine le divin sacrifice. Rentré à la sacristie, il se voit arracher les ornements sacrés par des gens armés qui l'insultent et le maltraitent indignement, tandis que d'autres dévalisent l'autel et le tabernacle. Le châtiment suivit de près l'offense. Deux chefs garibaldiens, voulant se faire un jeu cruel de l'effroi du malheureux jeune prêtre, l'entraînent à une fenêtre de la chapellerie, lui mettent par force un fusil dans les mains, et lui font prendre la position pour tirer, quand soudain ils tombent raides à ses côtés, frappés l'un à la tête, l'autre à la poitrine, chacun d'un coup mortel. Une troisième balle déchire la soutane du prêtre pour venir casser la jambe à un autre mauvais sujet qui le tenait par les épaules.

« A Saint-Roch, comme à Sainte-Marie des Pères conventuels, les caveaux de sépulture ne suffisent bientôt plus à contenir les cadavres qu'on y traîne de toutes parts, et qu'on y jette pêle-mêle encore tout palpitants. Un bon nombre d'entre les morts étaient des plus insignes parmi les chefs de ces bandes sacrilèges ; car nos soldats, qui avaient l'ordre, tout en soutenant un feu serré, de ménager les munitions et

de ne tirer qu'à coup sûr, se faisaient un jeu de viser
aux chemises les plus écarlates et du meilleur teint,
et leurs terribles carabines les atteignaient de loin
comme de près avec une effrayante précision.

« Il faut bien dire que de si bonnes armes étaient
dans d'aussi bonnes mains, et que les meilleurs tireurs
faisaient feu, des créneaux à mesure que d'autres,
moins habiles, chargeaient. Du train qu'ils y allaient,
les carabines furent bientôt encrassées, et la charge
ne pouvait plus qu'à grand'peine se bourrer jusqu'au
fond du canon. Que faire en un si pressant besoin?
Tout le monde est au feu, et il ne s'y trouve ni un
homme, ni une arme de trop pour tenir tête à des
assaillants toujours plus nombreux. Pourtant il devint
urgent de laver les armes, et l'on n'a pas d'eau sous
la main, car elle est rare à Monte-Rotondo. Alors se
révélèrent les ressources du soldat français aux prises
avec la nécessité. La plupart des chargeurs mâchent
des bourres pour les imbiber de salive, afin qu'elles
ramollissent et entraînent avec elles la crasse du canon ;
mais ils n'arrivent guère à d'autre résultat qu'à augmenter la soif qui déjà les dévore. »

Durant les trois heures que durèrent ces attaques,
Garibaldi s'était rapproché lentement. Au lieu de vainqueurs à suivre dans les rues de la place prise, il
trouva des fuyards qui l'appelaient au secours. Il va
s'installer dans la métairie Vitali, à l'ouest de Monte-
Rotondo. De là, il ordonne un nouveau mouvement
contre la place. Sans se laisser déconcerter, le capitaine Costes riposte par une fusillade très vive. On
voyait Garibaldi, de la métairie de la colline Sainte-
Anne, crier et gesticuler pour exciter sa nouvelle

attaque, qui s'élançait de la route de la gare. Le sous-lieutenant Lair, qui, de son poste, n'avait guère eu encore l'occasion de tirer, reçut les assaillants de telle sorte, qu'ils s'arrêtèrent pour s'abriter. Il garda inébranlablement sa zone découverte durant toute la bataille, sans avoir été aidé une seule fois par le canon. Il en fut de même sur toute la ligne sud.

Garibaldi, s'efforçant de réparer l'échec de son fils, commanda l'assaut général. Il était un peu plus de 10 heures. Devant la porte Romana, les révolutionnaires sont refoulés comme la première fois. Devant la porte Ducale, même insuccès : le colonel garibaldien Mosto y est frappé par un éclat de mitraille ; son second, le major Giovagnoli, est coupé en deux par un boulet.

A ce moment, une troisième colonne se massait dans la petite église de Notre-Dame-de-Lorette. Le canon de Quatrebarbes fait voler en éclats les vieux murs du sanctuaire, et les débris écrasent ceux qui s'y rassemblaient ; les survivants prennent la fuite, criblés par les feux de l'enceinte.

Cependant les garibaldiens, trente fois plus nombreux que leurs adversaires, ne se rebutaient pas. Ils finirent par investir la place dans un étroit cordon, occupant toutes les bâtisses et tous les replis de terrain en se rapprochant peu à peu.

Le canon de Quatrebarbes tirait sans relâche. On le porta de la porte Ducale à une meurtrière qu'on ouvrit exprès entre la porte Canonica et la porte Romana. De là, il délogea les assaillants disséminés dans le faubourg Saint-Roch. Alors l'obusier fut traîné dans ce quartier et pointé sur le couvent Sainte-Marie, où l'ennemi s'était replié. L'engin fonctionna mal, et Quatrebarbes dut employer un long moment pour le remettre en état. Les garibaldiens du couvent en profitèrent pour se rapprocher en grand nombre et ouvrirent une vive fusillade sur les artilleurs et leur soutien.

Le Père Ligier poursuit ainsi : « Déjà blessé à un doigt de la main droite sans qu'il en ait cure, le vicomte de Quatrebarbes porte vivement cette main à l'avant-bras gauche, en poussant un petit cri douloureux : une balle l'avait labouré depuis le poignet jusqu'au coude. L'intrépide jeune homme tient bon : il commande une nouvelle charge contre l'ennemi, qui s'avance toujours; mais il a la douleur de voir les servants lâcher pied, en abandonnant leur pièce.

« — Des Français ne la laisseraient pas! » fit-il d'un accent profondément triste.

« A ces mots, un caporal se jette sur l'obusier avec les quatre tirailleurs qu'il commande, et à grand'-peine il pousse la pièce en dedans de la porte sur les pas du pauvre blessé, que le capitaine Carlhian entraîne et soutient. Admirable jeune homme, digne rejeton des croisés, ses ancêtres, et dont je ne puis faire de plus bel éloge que celui que j'ai recueilli des lèvres de son père, le lendemain du jour où le guerrier de Castelfidardo, de Nérola et de Monte-Rotondo, après avoir mis le sceau par de longues souffrances à tant de titres de gloire et de mérites conquis au service de l'Église, avait été appelé à l'éternelle récompense. Ce père, digne d'un tel fils, me disait à travers ses sanglots :

« — Voilà le premier chagrin que ce cher enfant

me cause!... Mais, du jour qu'il m'a demandé de voler au secours du Saint-Père, j'en avais fait le sacrifice à Dieu! »

« Le coup qui frappa ce brave assombrit tous les fronts et perça tous les cœurs dans la petite garnison, où ses qualités lui avaient fait de ses égaux autant d'amis, et de ses inférieurs autant d'admirateurs électrisés par le courageux sang-froid avec lequel ils le voyaient, sans armes, affronter la fusillade ennemie, qui s'adressait surtout à lui dès qu'il paraissait à découvert avec sa redoutable pièce. Mais, en donnant une larme à une pareille perte, chacun se sent animé à le venger, et la fusillade redouble de vigueur pour suppléer au défaut du canon. Elle dure sur ce ton depuis plus de trois heures; il est midi passé, et les colonnes garibaldiennes, repoussées de toutes parts pour la seconde fois, s'embusquent de nouveau pour ne plus tirailler qu'à couvert et à distance. »

A ce deuxième assaut, les garibaldiens avaient subi des pertes plus cruelles encore. Il y avait tant de morts et de blessés devant la porte Romana, que l'ennemi demanda à les relever, et le lieutenant Crozes le leur accorda. Le feu cessa durant ce lugubre travail.

Puis il reprit de plus belle. Le capitaine Costes fit porter le canon sur la place de l'Église; de cette position dominante, la pièce pouvait tirer en tous sens. Elle fit d'abord des ravages au couvent Sainte-Marie, d'où les garibaldiens hissèrent le pavillon des ambulances. Elle se détourna alors de ce but pour continuer ailleurs; mais la colonne du couvent rouvrit son feu, se croyant en droit de tirer alors qu'on ne tirait plus

18

sur elle. La pièce, pointée de nouveau contre les faux ambulanciers, châtia la félonie. Le feu du couvent fut réduit au silence.

Incapable de forcer la zone fortifiée, Garibaldi s'attaqua à la zone ouverte. Mais, arrêtés par des salves nourries, ses hommes ne dépassèrent pas le fossé du Carapone, et la nuit mit fin au combat.

Dans Monte-Rotondo, les pontificaux étaient épuisés de fatigue. Forcés de se multiplier à cause de leur petit nombre, ils n'avaient pas eu une minute de répit depuis 5 heures du matin. Leurs munitions d'artillerie étaient presque épuisées. Se frayer un chemin dans la nuit leur était chose assez facile ; mais la consigne était là. Il fallut « résister à outrance, quel que soit le nombre des garibaldiens ». Il ne restait cependant plus d'espoir de sauver la place.

Un sergent de carabiniers, habillé en *contadino*, essaya de franchir les lignes pour informer le proto-ministre ; il n'y parvint pas. Costes, en voyant des clartés du côté de la gare, espéra un instant que c'était du renfort ; mais ce n'étaient que les feux de joie de l'ennemi.

En s'acharnant contre Monte-Rotondo au lieu de marcher sur Rome pour y arriver avant les Français, Garibaldi prouvait combien il était manœuvrier peu habile. Il aurait pu être dans la capitale dès le 25 et mettre les Français dans la même position qu'en l'année 1848. Il avait cru probablement que la prise de Monte-Rotondo lui demanderait moins de temps. Furieux, il s'écria :

« Il faut vaincre cette nuit même, ou bien Monte-Rotondo nous coûtera Rome ! »

Alors il fit exécuter une diversion sur la porte
Ducale, vers 9 heures, puis lança le grand effort
contre la porte Romana, en y roulant une charrette de
fagots imbibés de pétrole. Malgré l'obscurité, la plupart de ceux qui traînaient la charrette furent tués ou
blessés. Cependant, vers 10 heures, les révolutionnaires parvinrent à la buter contre la porte et à y
mettre le feu. Une terrible colonne de flammes s'éleva,
qui embrasa les boiseries des battants. Le capitaine
Costes profita de ce que l'incendie s'opposait encore
au passage de l'assaillant pour dresser trois hâtives
barricades. En même temps, pour préparer la défense
de rue à rue, il força les habitants à mettre des
lumières à toutes les fenêtres et à se réfugier dans le
château.

« Une heure après minuit, les garibaldiens parvinrent à entrer. Durant deux heures, le capitaine
Costes leur disputa chaque rue. Enfin Garibaldi, con-
duisant lui-même un bataillon génois, arriva devant le
château, où se préparait la suprême résistance ; mais
il attendit le jour pour donner l'assaut contre le palais
Piombino.

« Malgré, raconte Mévius, les supplications des
habitants réfugiés dans le château, qui craignaient
qu'une résistance plus longue n'exaspérât les garibaldiens et ne les poussât au dernier excès, le capitaine
Costes prenait des dispositions nécessaires pour prolonger de quelques heures encore un combat désormais sans espoir. Ces malheureux, voyant le commandant inflexible dans l'accomplissement de son devoir,
s'adressèrent à M\ Costes, qui depuis quelques jours
était venue rejoindre son mari avec son jeune fils ;

mais la noble femme, digne compagne du glorieux
défenseur de Monte-Rotondo, refusa de s'interposer
en disant :

« — Mon mari doit faire son devoir sans penser à
nous. »

« Quelques instants après, une balle passait entre
Mme Costes et son enfant. Le feu recommença avec le
jour. De tout le périmètre du château, les balles pleuvaient sur les garibaldiens, dont la fureur était au
paroxysme. L'assaillant commençait à désespérer,
lorsqu'il parvint à incendier les écuries. La destruction de ces bâtiments ouvrit la cour du palais. Les
munitions des pontificaux étaient épuisées, ainsi que
leurs forces ; les garibaldiens annonçaient qu'ils allaient
faire sauter le réduit. Costes monta une dernière fois
au sommet de la tour pour y scruter l'horizon. Rien !
Les larmes aux yeux, il fit hisser le drapeau blanc.

« Alors le major Canzio, gendre de Garibaldi, et les
deux fils du général, Menotti et Ricciotti, s'avancèrent en
parlementaires. Ils furent très courtois et adressèrent
des félicitations pour l'héroïque défense. Mais il n'en
fut pas de même des volontaires, qui insultèrent, maltraitèrent, pillèrent.

« Les malheureux prisonniers, dont la bravoure
eût dû inspirer le respect à des adversaires moins vils,
furent conduits à la cathédrale au milieu de la foule
des garibaldiens, qui les accablèrent de coups, d'injures,
de boue, de crachats, justifiant ainsi la qualification
de *lie de la canaille* que leur donnait Garibaldi lui-
même. Ils défilèrent devant le général sur la place
Lambruschini, et là, sous ses yeux, se passa un odieux
attentat contre toutes les lois de la guerre. Sans aucune

provocation de leur part, les prisonniers désarmés
essuyèrent soudain une fusillade à bout portant, qui
tua un Français de la légion et blessa trois carabiniers.
Garibaldi, ses fils, ses officiers, se jetèrent au milieu
de la foule, en criant de respecter les prisonniers, et
ils parvinrent à grand'peine à contenir ces scélérats,
dont la vue du sang et la rage d'une résistance si
meurtrière pour eux avaient éveillé tous les instincts
sanguinaires et féroces.

« Les pontificaux étaient à peine dans la cathédrale,
que Garibaldi y entra à cheval, suivi de son état-
major et de ses *aumôniers*, prêtres apostats, parmi
lesquels se trouvait le trop célèbre Pantaleo. Toujours amoureux de la mise en scène, Garibaldi avait
trouvé là une occasion qu'il ne pouvait laisser échapper. Il se mit donc à haranguer les prisonniers, les
félicitant de leur bravoure et leur annonçant qu'il
avait ordonné de fusiller celui qui avait, quelques instants auparavant, donné le signal des coups de feu
dirigés contre eux. »

Il discuta ensuite avec le commandant les détails
de le capitulation, qui furent les suivants : Le capitaine Costes rendait la place de Monte-Rotondo avec
les armes qu'elle contenait. Les officiers et la troupe
seraient conduits à la frontière nord des États de
l'Église. Arrivés là, les officiers seraient libres; mais
les soldats s'engageaient à ne plus combattre contre les
garibaldiens. Ricciotti escorta la voiture de Mme Costes,
prêt à tuer le premier qui ferait mine d'en approcher,
parmi les hordes ivres de rage qui poussaient des
cris de mort. Garibaldi proposa à l'héroïque femme
de la faire protéger jusqu'à Rome, si ses fatigues et sa

situation l'y réduisaient. Elle refusa de quitter son mari. Le lendemain, les prisonniers furent retenus à la frontière par les soldats de l'Italie, malgré les engagements formels de la capitulation.

La bataille de Monte-Rotondo avait duré vingt-sept heures. Les pertes des garibaldiens étaient d'environ cinq cents hommes ; celles des pontificaux, d'une vingtaine. Un grand avantage y avait été gagné par l'armée de Pie IX, celui de voir retarder de quarante-huit heures la marche de l'ennemi sur Rome.

De son côté, Kanzler n'était pas resté inactif. Apprenant que Monte-Rotondo était cerné, il y avait envoyé le capitaine Durostti, au moment où l'affaire de la fabrique Aïani attirait son attention dans Rome. Cette reconnaissance arriva quand tout était fini. Elle escarmoucha cependant avec vigueur et perdit neuf hommes.

Le colonel Allet partit ensuite avec une partie du bataillon de zouaves du commandant de Troussures, un bataillon de carabiniers, de dragons, quelques effectifs indigènes et quatre pièces d'artillerie. A Marsigliana, il rencontra quelques garibaldiens qu'il fit charger par les dragons. Près de Monte-Rotondo, à la tombée de la nuit, il s'empara de l'auberge de la Campanella, occupée par la bande de Salomone, tandis que le capitaine de Saisy enlevait la station de chemin de fer. Allet s'apprêtait à attaquer la place le lendemain, quand il reçut l'ordre de rentrer à Rome.

Qu'on ne s'étonne pas de cet ordre. Il était imposé par une nouvelle de la plus haute gravité. Le proto-ministre avait reçu de Tivoli, le 27, à minuit, la

dépêche suivante du colonel de Charette : « Troupes
royales entrées au Grillo. Je pars pour Rome à marches
forcées. » Ainsi l'armée régulière de Victor-Emmanuel
violait elle-même le sol pontifical. La concentration
de toute l'armée de Pie IX dans la capitale s'imposait
donc plus que jamais. Elle fut activée par des
dépêches lancées à toutes les fractions qui se trouvaient encore en rase campagne. Kanzler, avec
l'approbation du général français Prudon, prit les
dernières dispositions pour soutenir un siège en règle.

A Civita-Vecchia, tous les regards étaient fixés sur
la haute mer, cherchant à y découvrir la flotte française. La tempête qui sévissait jetait les plus douloureuses appréhensions sur le sort des navires attendus.

« Enfin, le 28, vers 5 heures du soir, raconte
l'excellent historien de l'invasion de 1867, au moment
où la nuit s'épaississait, le *Calon*, aviso de la marine
impériale, apparut devant le môle, aux acclamations
de la foule anxieuse qui y était accumulée. L'escadre
entière le suivait ; mais la violence des flots et le
tirant d'eau considérable des vaisseaux cuirassés ne
permirent pas d'opérer le débarquement au milieu de
la nuit. La flotte dut reprendre la haute mer. Le lendemain 29, à 4 heures de l'après-midi seulement, elle
put à grand'peine se rapprocher du port, et le débarquement commença. Ce fut un spectacle magnifique.
Au milieu des vagues agitées, vingt-huit vaisseaux,
dont sept grands cuirassés, que dominaient les flancs
noirs du gigantesque *Solférino*, étaient alignés avec
ordre. Des milliers d'hommes en sortaient dans des
barques, des chalands ou des petits vapeurs, et abor-
daient bientôt, au milieu des cris de joie. Avec quel

enthousiasme furent saluées ces aigles glorieuses et jusqu'alors invaincues, venant tenir la parole de la France et sauver la capitale de la chrétienté! Le colonel d'Argy, ce Français si fier de son pays et qui jusqu'au dernier moment avait, pour l'honneur de sa patrie, redouté un coupable abandon; le colonel pleurait... De grosses larmes coulaient de ses joues bronzées sur ses moustaches blanches, larmes de bonheur et de joie; car dans cette belle âme, où brillaient également et la foi religieuse et la foi patriotique, il y avait eu parfois de terribles luttes entre ces deux sentiments. La France faisait son devoir, et Rome était sauvée. »

Le lendemain 29, l'auteur du présent livre, alors tout enfant, donnait la main à sa mère et traversait le Corso. Soudain une éclatante sonnerie retentit dans la grande artère de la capitale, et les sapeurs au grand bonnet noir, au large tablier de peau blanche, apparaissaient majestueux, la hache à l'épaule, précédant les régiments de ligne, devant lesquels la foule ébahie se découvrait, comme devant un souverain. Ah! nos soldats, qu'ils étaient beaux! Et comme on ressentait de la fierté à être Français, même quand on n'avait pas encore la hauteur d'une botte de nos officiers!

XV

MENTANA

Le corps expéditionnaire français du général de
Failly se composait de deux divisions d'infanterie,
d'une brigade de cavalerie, quatre batteries d'artillerie et deux compagnies de génie. Le général Dumont
commandait la 1re division, formée des brigades Polhès et Duplessis. Le général Bataille commandait la
2e division, formée des brigades Raoul et Potier. Les
deux régiments de chasseurs à cheval étaient sous les
ordres du général de France. Tous cès chefs approu-
vèrent les dispositions prises par le proto-ministre des
armes et lui témoignèrent leur entière confiance.

Pendant que les troupes de Napoléon III arrivaient
à Rome, les garibaldiens, ne rencontrant plus d'ennemis dans les provinces, se répandaient en divers sens.
Le chef de bande Nicotera, si poltron toutes les fois
qu'il avait devant lui une poignée de pontificaux, marcha hardiment sur Velletri ; Antinori entra à Subiaco ;
Orsini occupa Valmontone, Palestrina et Genazzano.
Il y eut alors une série de déprédations qui affligea
profondément les habitants de ces contrées. En maint

endroit, le clergé fut maltraité et les églises saccagées.
Garibaldi fit tout ce qu'il put pour sauver les personnes, mais il acquiesça aux profanations des choses
saintes qu'il exécrait.

Nicotera eut le commandement de l'aile gauche
de l'armée révolutionnaire, et Acerbi celui de l'aile
droite; mais l'un et l'autre se tinrent prudemment à
l'écart. Malgré les ordres réitérés du grand chef, ils
restèrent, l'un à Viterbe et l'autre à Velletri, sans tirer
un coup de fusil pendant toutes les opérations de
Monte-Rotondo et de Mentana.

Après la prise de Monte-Rotondo, Garibaldi ne put
marcher immédiatement sur Rome; ses troupes avaient
été si maltraitées dans la bataille du 25 octobre, qu'il
dut employer la journée du 26 et la matinée du 27 à
les réorganiser. Ces quarante-huit heures furent très
pénibles pour les habitants de la bourgade, qui eurent
à souffrir les méfaits des volontaires. Les actes de
brigandage furent tels, que le député garibaldien
Guerzoni traitait ses hommes de *démons sortis de l'enfer
social;* le chef Fambri les appelait *fripons, ramassis
de canaille.*

La population de Monte-Rotondo ne fut libérée de
ses envahisseurs que le 27 après-midi. Garibaldi, voulant devancer l'arrivée de l'armée française, mit ses
troupes en marche sur Rome à 1 heure. Il prit la via
Salaria, laissant dans Monte-Rotondo et à Mentana les
deux chefs de bataillon Missori et Ciotti. Il avait avec
lui vingt bataillons.

Au lieu de pousser activement sa marche, il com-
mit une nouvelle faute, celle de s'arrêter à Santa
Colomba; son avant-garde s'établit à Marsigliana; ses

éclaireurs s'avancèrent jusqu'au Teverone. Il bivoua-
qua toute la journée du 28 dans une inaction complète. Dans la soirée seulement, il avança de sept kilomètres.

Enfin, le 29, aux premières lueurs du jour, il commença à porter ses troupes sur le Teverone pour leur
faire franchir le pont Salaro; mais les trois passages
de la rivière étaient gardés par des détachements pontificaux, prêts à les faire sauter. Une compagnie de
zouaves et une compagnie de carabiniers se tenaient
au pont Mammolo; une compagnie de la légion
d'Antibes, au pont Nomentano; une compagnie de la
ligne, au pont Salaro.

A l'apparition de Garibaldi, le pont Salaro sauta.
C'était un coup néfaste pour le grand chef révolutionnaire, qui recevait au même moment du nouveau cabinet italien l'ordre de renoncer à son invasion de
Rome. Il entra dans une grande colère, fulminant
contre tous les gouvernements, celui de Florence aussi
bien que ceux de Paris et de Rome. Sa conduite militaire fut plus étrange encore ce jour-là. Puisqu'il refu-
sait de se soumettre aux injonctions du ministère
Ménabrea, il semblait que sa fureur allait le porter
d'autant plus violemment à l'attaque de la capitale. Il
revint sur ses pas, pour camper à Castel-Giubileo. Ce
ne fut que le lendemain, 30, qu'il se décida à agir,
dans la journée même où les Français arrivaient dans
Rome. Il courut au Nomentano, dans l'espoir de le
franchir et d'enlever la ville avant l'entrée du corps
de Failly.

Une compagnie de la légion d'Antibes, sous les
ordres du capitaine de Séré, occupait le Casal dei

Pazzi, à deux kilomètres en avant du pont. Le Casal, bâti sur le flanc de la célèbre colline du Mont-Sacré, possède une tour, d'où Séré put voir l'armée garibaldienne, déployée depuis Cocchina jusqu'aux abords du pont. Il échangea quelques coups de fusil avec des éclaireurs ennemis, et revint au Teverone pour défendre le passage avec ses quatre-vingt-dix hommes.

Les troupes révolutionnaires parurent devant le pont Nomentano, qui est couvert et ressemble à un fortin jeté sur la rivière. Reçues par une vive fusillade, elles pensèrent sans doute qu'elles avaient devant elles des adversaires nombreux et se replièrent sur le Mont-Sacré. Ce fut une faute de leur part; car, quelques instants après, les trois compagnies de zouaves des capitaines de Veaux, Alain de Charette et de Traissan, venaient renforcer le capitaine de Séré. Les trois cents pontificaux bravèrent l'armée garibaldienne en se tenant sur la rive droite durant toute la journée, en présence de l'ennemi, qui n'avança pas.

« A la nuit tombante, dit Mévius, les zouaves et les légionnaires revinrent sur la rive droite et y passèrent la nuit en plein air à la garde du pont, sans vivres, sans abri, sous un vent glacé. Vers l'aube, un paysan passa près du bivouac avec quelques vaches. On en réquisitionna trois, on les abattit, on les dépeça, et les soldats purent assouvir leur faim de cette viande presque crue. Cette nuit fut particulièrement pénible pour les zouaves de Traissan et d'Alain de Charette, qui étaient exténués par leurs marches forcées dans des chemins difficiles[1], par un temps affreux, et qui

[1] Ils arrivaient de Civita-Vecchia. La compagnie de Veaux arrivait de Tivoli.

n'avaient reçu aucune espèce de vivres depuis le départ. Néanmoins ces compagnies, qui avaient été constamment engagées depuis le début des hostilités, avaient pris part à tant d'actions et supporté de si accablantes fatigues, ne montrèrent pas le moindre symptôme de lassitude ou de découragement. »

Que fit alors Garibaldi ? Craignant d'être tourné par le pont Mammolo, il rétrograda sur Cecchina, puis sur Monte-Rotondo. Beaucoup de volontaires, découragés, désertèrent durant la nuit suivante et gagnèrent la frontière.

Tandis que l'armée garibaldienne battait en retraite sur Monte-Rotondo, une colonne pontificale de trois compagnies passait le pont du chemin de fer, près du pont Salaro détruit ; une autre colonne de même force passait le pont Mammolo ; peu après, une troisième colonne, de six compagnies et une section d'artillerie, franchissait aussi le Teverone au pont Nomentano.

Garibaldi, établi à Monte-Rotondo, n'était plus, aux yeux de ses troupes, le demi-dieu dont on baisait les mains. Ses volontaires l'accusaient d'incapacité ; un grand désordre régnait parmi eux. La situation devenait critique. Acerbi à l'aile droite, Nicotera à l'aile gauche, restaient immobiles. Tout espoir de soulever le peuple romain était perdu, et les Français se trouvaient là. Soudain le grand chef révolutionnaire reprit courage : il venait d'apprendre que les troupes italiennes étaient à Frosinone et à Viterbe, et il crut enfin déclarée la guerre entre l'Italie et Napoléon III. Mais cet espoir fut de courte durée. Alors, désespérant du concours effectif de son souverain, il entra dans une fureur nouvelle et résolut de soulever l'Ita-

lie entière contre son gouvernement. Il poussa l'audace
jusqu'à constituer un gouvernement provisoire des
États romains, composé de Menotti, Ricciotti, Canzio,
Bertani, Lante, Fabrizi, Buoncompagni, Piombino,
Mario, Guerzoni, Ferri, Missori et Calderi. En attendant que l'Italie se soulevât, il gagnerait du temps au
moyen d'une résistance acharnée à Monte-Rotondo et
à Mentana. Il lança aussitôt sa célèbre proclamation,
qui se terminait ainsi : « Si cependant des pactes
infâmes, continuation de la lâche convention de septembre, poussaient le jésuitisme d'une sale coterie à
nous faire déposer les armes pour obéir aux ordres
du 2 décembre, alors je rappellerai au monde qu'ici,
moi seul, général romain, investi des pleins pouvoirs
de l'unique gouvernement légal de la république
romaine, élu par le suffrage universel, j'ai le droit de
rester en armes sur ce territoire *de ma juridiction*. »

Le proto-ministre de Pie IX apprit avec une grande
joie la décision que Garibaldi avait prise de combattre.
Il avait craint un instant la retraite définitive des
ennemis, qui se seraient targués d'avoir été les vainqueurs de la campagne. Il n'eut plus qu'un désir : les
écraser, afin qu'ils ne pussent rester en armes au delà
des frontières. Alors il courut à Civita-Vecchia, où se
trouvait encore le général de Failly, pour s'entendre
avec lui sur une attaque immédiate.

Le général français avait reçu de l'empereur l'ordre
d'agir avec circonspection et lenteur, de manière à
éviter des conflits sanglants avec les troupes régulières
italiennes. Cependant il jugea qu'il pouvait agir dans
le sens que lui proposait Kanzler. Au fond, il était

probablement désireux de venger les injures du grand reître à l'empereur et à la France.

A Rome, les préparatifs furent aussitôt faits pour marcher sur Monte-Rotondo et Mentana dans la nuit du 2 au 3 novembre. Il y eut alors une émulation, une sorte de jalousie, entre les différents corps, qui voulaient tous partir. Les soldats romains se montrèrent très mécontents de ce qu'on les laissait à la garde de la ville; quelques zouaves engagés depuis le matin même ne cessèrent leurs supplications que lorsqu'on leur eut accordé la faveur de prendre part au feu.

Kanzler demanda qu'on le laissât combattre seul avec ses pontificaux, ne demandant à l'armée française que l'appui moral de sa présence. En conséquence, deux colonnes furent mises en mouvement : la première, exclusivement pontificale, sous les ordres du général de Courten; la seconde, exclusivement française, sous les ordres du général de Polhès.

La colonne pontificale comprenait deux mille neuf cent treize hommes, dont mille cinq cents zouaves du colonel Allet, cinq cent vingt carabiniers du lieutenant-colonel Jeannerat, cinq cent quarante légionnaires du colonel d'Argy, cent soixante-dix-sept artilleurs de la batterie montée du capitaine Polani, cent six dragons du capitaine Cremona, avec quatre-vingts sapeurs et cinquante gendarmes.

La colonne française comprenait : le bataillon de chasseurs à pied du commandant Comte, le bataillon de ligne du colonel Frémont, celui du lieutenant-colonel Saussier, les deux bataillons du colonel Berger, un peloton de chasseurs à cheval du chef d'escadron de Werderspach-Tor, deux sections d'artillerie du lieutenant Ploix ; en tout, deux mille hommes.

En outre, les officiers qui n'appartenaient pas aux effectifs désignés demandèrent et obtinrent l'autorisation de suivre les colonnes pour assister à l'action. La même faveur fut accordée à des ambulanciers volontaires, tels que le célèbre docteur Ozanam, Mme Stone, des sœurs de Saint-Vincent-de-Paul, le duc de Lorges, MM. Benoît-d'Azy, de Luppé, de Saint-Priest, de Saint-Maur, Vignault, etc.

La concentration a lieu sur l'esplanade de Macao, en pleine nuit, le dimanche 3 novembre. Il pleut à torrents. La colonne de Courten sort à 4 heures par la porte Pia. A Ponte-Nomentano, le commandant de Troussures, avec trois compagnies de ses zouaves, est chargé de descendre le Teverone jusqu'à la Via Salaria, puis de suivre cette route, de manière à avancer parallèlement au corps principal qui s'avancera par la Via Nomentana. Il marchera ensuite au bruit du canon, pour menacer le flanc droit de l'ennemi.

Sur la Via Nomentana, Kanzler fait avancer le gros de ses troupes, que précèdent le peloton de dragons du lieutenant de La Rochelle, puis l'avant-garde de trois compagnies de zouaves du commandant de Lambilly, avec une section d'artillerie.

L'obscurité est profonde, la pluie tombe toujours, la marche est pénible sur le sol détrempé. Première halte à Capo-Bianco ; on est alors à moitié route de Mentana. A ce moment le jour paraît, le temps se découvre, le soleil se lève dans un ciel radieux. La

colonne française rejoint les pontificaux. Le Père
Ligier célèbre la messe de campagne. On apprend que
les garibaldiens sont massés autour de Mentana, déci-
dés à combattre.

Garibaldi, en effet, avait subitement pris l'espoir
que la supériorité numérique de son armée et l'avantage de la position lui permettraient de lutter avec
succès. Il avait employé la nuit à parcourir les abords
de ses emplacements, élevant çà et là des retranche-
ments.

Il était midi lorsqu'il vit paraître les éclaireurs pon-
tificaúx. Il dut sans doute entendre le formidable
hourra que poussa l'armée de Pie IX au moment où
elle aperçut la sienne. Il put voir l'ordre parfait dans
lequel avançait l'ennemi : en tête, Kanzler avec son
état-major; derrière lui, les zouaves, puis les carabiniers et la légion d'Antibes, l'artillerie, les dragons, le génie, les ambulances et les gendarmes.
La brigade de Polhès suivait, à un kilomètre de distance.

Entre Capo-Bianco et Mentana, le sol accidenté se
prête aux surprises. Le général de Courten prit en
personne le commandement de son avant-garde. Jusqu'à Torricella, il y eut une montée très dure; puis
on franchit une plaine, qu'une dépression sépare de
Mentana. A gauche de la route, les pontificaux avaient
une série de hauteurs : le Servo Cavaliere, avec son
bois de Cianfrone; à droite, les côtes boisées de
l'Imaginella et le mont de la Vigna Santucci; en avant,
une pente rapide qui mène à la bourgade, par une
chaussée où les habitations rurales étaient crénelées.

L'antique *Nomentanum*, bien déchue, comptait à
19

peine sept cents habitants. Les maisons de ce village,
construites sur la route, la transforment en rue sur
une longueur de quatre cents mètres environ. A son
extrémité méridionale, la rue est dominée à gauche
par une sorte de quartier quadrangulaire, dans lequel
se trouvent un palais des Borghèse et l'église parois-
siale, et, tout à l'extrémité, une forteresse médiévale
de la même famille Borghèse, formidable édifice flanqué de tours. Ce quartier est abrité, sur ses trois
faces extérieures, par un talus inaccessible. La longue
avenue de Mentana est dominée à droite par une hauteur où le bâtiment de la Rocca plonge sur toutes les
habitations, y compris le château.

En débouchant devant l'Imaginella, les pontificaux
purent se rendre compte de tous les avantages de
l'ennemi. Celui-ci, divisé en six brigades (Frigiesi,
Salomone, Paggi, Elia, Cantoni et Volzania), occupait fortement la position. Cette fois, Garibaldi répa-
rait ses fautes précédentes; il avait placé son armée
avec beaucoup d'à-propos.

La bataille commença par le coup de fusil qu'un
dragon, envoyé en éclaireur, déchargea sur une petite
embuscade garibaldienne, à gauche de la route, avant
d'arriver à l'Imaginella.

Les pontificaux eurent d'abord affaire avec l'élite de
l'armée révolutionnaire, sous les ordres du colonel
Missori, qui, avec ses trois bataillons de Génois, occupait les hauteurs des deux côtés de la route. Les
zouaves de la compagnie d'Albiousse se déployèrent à
gauche, dans les bois d'où partaient les coups de feu
de l'embuscade, et les zouaves du capitaine Thomalé
montèrent aux hauteurs de droite, tandis que les com-

pagnies d'Alain de Charette et de Traissan s'avançaient sur la route, suivies par le gros de l'armée.

A droite, Thomalé, parvenu sur le plateau, se
trouva en face des bataillons livournais et génois de
Stallo. Les compagnies de Montcuit et de Veaux vinrent
l'y renforcer. Ce n'était pas encore assez pour attaquer un ennemi très supérieur; le colonel de Charette
arriva avec la compagnie Lefèvre. Il fit déposer les
sacs et donna l'ordre de l'assaut; mais les balles arrivaient en pluie si compacte, que les zouaves montrèrent quelques secondes d'hésitation pour s'avancer à découvert. Alors Charette, désignant le bâtiment
de la pointe de son sabre, jeta cette menace restée
célèbre :

« En avant, zouaves! à la baïonnette! Si vous ne
venez pas, j'irai seul. »

Ces paroles, lancées comme un crépitement de
foudre par un chef que la fougue belliqueuse emportait à l'avant de ses hommes, électrisèrent les quatre
compagnies. Au cri de : « Vive Pie IX! Vive le colonel!
En avant! » elles s'élancèrent. Leur élan fut tel,
qu'elles culbutèrent tout sur leur passage et que les
garibaldiens se replièrent en désordre, marquant de
leurs cadavres et de leurs blessés les points où ils
s'efforçaient de résister. Jamais, affirme Mévius, les
zouaves ne s'étaient montrés plus terribles. Ils n'écou-
taient plus leurs officiers, qui voulaient les empêcher
de s'engager imprudemment. Contre un ennemi plus
discipliné, cet excès d'ardeur aurait amené un
désastre; il n'eut que des conséquences heureuses,
car les assaillants restèrent maîtres de la position con-
quise. Les troupes françaises, qui stationnaient à

l'arrière, entonnèrent des hourras et crièrent des
« bravos » avec enthousiasme.

De l'endroit où il les avait suivis, au-dessus de
l'Imaginella, le général Kanzler voyait Garibaldi, qui
chevauchait dans le couloir resserré entre la Vigna
Santucci et le mont Guarnieri, où le général des chemises-rouges excitait ses troupes au combat. Le proto-
ministre, avec la rapidité qui fait les vrais hommes de
guerre, comprit ce qu'il avait à faire : conquérir Mentana par les hauteurs qui le dominent à l'est. Pour
cela il fallait d'abord s'emparer de la Vigna Santucci,
qui formait la clef de la position. Il envoya Charette
pour l'enlever, tandis que, de la route, un canon
appuyait l'assaut.

La tâche de Charette était rude. La Vigna Santucci,
percée de meurtrières nombreuses, s'abritait derrière
un enclos de murs élevés qui englobaient un espace à
découvert. Tout le bataillon garibaldien de Ciotti et
d'autres volontaires refoulés par la première attaque
y étaient solidement retranchés. Le terrain était aussi
balayé par les défenseurs du mont Guarnieri.

Charette avait réservé à son frère Alain l'honneur
périlleux d'escalader le Guarnieri, afin de soulager
l'attaque de la position principale. Les garibaldiens
furent culbutés sur la colline, à gauche de la route, et
subirent des pertes sanglantes, tandis que Charette
lançait ses zouaves sur la Vigna Santucci. Ceux-ci
escaladèrent la muraille de clôture et s'acharnèrent
sur l'ennemi avec une telle violence, qu'il dut se rejeter en désordre dans la ferme. Il y résista bravement,
mais il ne put tenir longtemps. Cet instant de la
bataille fut un des plus chauds. On vit soudain le che-

val de Charette s'affaisser, et l'on crut le colonel atteint; mais le vaillant officier se releva tranquillement et continua à donner ses ordres avec plus de sang-froid que jamais. Sa monture avait été tuée raide par trois balles. A ce moment, le capitaine de Veaux était foudroyé par une balle au cœur. Enfin, les portes de la ferme furent renversées à coups de hache, et les zouaves entrèrent dans le bâtiment, tuant à coups de baïonnette tout ce qui se présentait sur leur passage. Ciotti capitula; la clef de la position était entre les mains des pontificaux.

Ailleurs, la lutte continuait avec rage. Les compagnies Alain de Charette et d'Albiousse enlevaient les bois du Cianfrone, malgré les garibaldiens qui arrivaient sur leur gauche. Renforcés par la légion d'Antibes, ils criblèrent de leurs feux les chemises-rouges, qui se débandèrent et gagnèrent Mentana en toute hâte.

Il était 2 heures environ. Kanzler porta son quartier général à la Vigna Santucci et se prépara à l'attaque de Mentana. On profita de ce répit pour relever les blessés et les porter à l'ambulance du Romitorio, que Mme Stone avait déjà installée avec ses religieuses et ses infirmiers volontaires.

Quant à Garibaldi, réduit aux positions du village, il s'opiniâtra dans une résistance acharnée. Il jeta la brigade Frigiesi dans le château Borghèse et dans le bourg, qui fut hérissé de barricades; il envoya les brigades Elia, Volzania et Paggi occuper les hauteurs de la Rocca, tandis que la brigade Cantoni, à l'arrière de Mentana, assurait les communications avec Monte-Rotondo. Son artillerie couronna le mont San Lorenzo, qui avait vue sur tout le champ de bataille.

Le combat recommença par la canonnade qu'un obusier pontifical et des pièces françaises entreprirent, du mont Guarnieri et de la Vigna Santucci, sur le château et le bourg. Peu après cette préparation, l'attaque se dessina : les carabiniers avancèrent sur la route, et les zouaves sur les hauteurs de droite. Ces derniers chassèrent l'ennemi embusqué au Conventino et dans un four à chaux ; les carabiniers les rejoignirent par le Vicolo della Fornace, puis marchèrent sur la Rocca.

Alors la ligne d'attaque, déployée du nord au sud, était parallèle à la ligne de défense. Elle avait à gravir des hauteurs où la ligne ennemie était fortement établie. Monter à l'assaut avant que l'artillerie eût ébranlé la défense, c'était exposer l'armée pontificale à de grosses pertes. Kanzler donna donc des ordres pour concentrer le tir de toutes les pièces sur la Rocca ; mais l'ardeur emporta les assaillants, que les colonels Allet et Charette s'efforçaient inutilement de contenir. Ils furent entraînés par la compagnie de Veaux, que le désir de venger son chef affolait. Il en résulta une charge qui balaya effroyablement tout ce qui se trouvait devant elle ; mais elle fut arrêtée par des murailles d'où partaient des milliers de projectiles.

Les zouaves, décimés par la fusillade, revinrent plusieurs fois à la charge, appuyés par le bataillon Lambilly ; mais la nuit vint avant qu'ils parvinssent à gagner la Rocca. Durant ces assauts meurtriers, l'artillerie d'attaque, qui ne pouvait plus agir de ce côté à cause du contact trop étroit entre les zouaves et les garibaldiens, continuait à bombarder le château ; à gauche, les carabiniers y lançaient aussi leurs feux de salve.

Profitant de ce que les pontificaux étaient arrêtés sur toute leur ligne, Garibaldi tenta de les envelopper : il lança deux fortes colonnes, l'une par le nord de Mentana, l'autre par le sud. C'était le moment où deux compagnies de carabiniers s'avançaient vers Gattacicca pour couper aux révolutionnaires la retraite de Monte-Rotondo. Comme la colonne garibaldienne du nord faisait un détour plus large pour gagner le mont Santa Croce, les carabiniers se trouvèrent entre deux feux ; ils durent se retirer, mais ils le firent par une manœuvre si précise et si stoïquement calme, que le général de Polhès, en la regardant de la Vigna Santucci, s'écria :

« C'est magnifique ! »

Les deux compagnies tinrent ainsi pendant longtemps contre un adversaire dix fois plus nombreux ; puis, aidées par le colonel Jeannerat, elles regagnèrent leurs positions, sur le chemin de Sant'Antonio. Là, renforcés par les compagnies de Séré et de Vazeille, les carabiniers reprirent l'offensive et culbutèrent les garibaldiens jusque dans le village et jusqu'aux batteries du mont San Lorenzo, où la section du lieutenant de Cervale parvint à tuer des artilleurs et à couper des traits. L'aile droite pontificale se trouvait ainsi contre le faubourg, dont elle emporta quelques maisons.

A ce moment, l'aile gauche en faisait autant de son côté. Le commandant Cirlot, avec son bataillon de la légion d'Antibes, refoula l'ennemi, qui dut abandonner toutes les pentes occidentales du village. Le capitaine Durostu réussit même à pénétrer dans une des maisons, où il fit soixante prisonniers.

Quelques instants après, une colonne apparut au pied du Salincerca, sur le chemin des Nouvelles-Vignes. Était-ce un renfort garibaldien qui arrivait de Monte-Rotondo? C'était au contraire les trois compagnies de Troussures, qui avaient marché par la Via Salaria et tombaient sur les derrières de l'ennemi. Garibaldi comprit alors que tout était fini, et, abandonnant son armée, il se sauva avant que la retraite fût coupée. En apprenant sa fuite, les troupiers français, jouant sur le mot Monte-Rotondo, s'écrièrent :

« C'est le héros de *Montre-ton-dos !* »

Les chefs garibaldiens dissimulèrent le départ de leur général, afin de ne pas décourager leurs volontaires. Ils voulurent tenter un suprême effort pour cerner les pontificaux et y employèrent tous leurs effectifs.

Il était 3 heures et demie. Les troupes de Kanzler se trouvaient à bout de forces, et leur témérité avait enlevé la cohésion entre les différentes fractions. L'attaque enveloppante des garibaldiens, étroitement massés, devenait un réel danger. D'autre part, les régiments français, qui depuis le début de la bataille se tenaient l'arme au pied, trépignaient d'impatience et demandaient à marcher au feu. Le général de Polhès se décida à faire donner sa brigade.

Le colonel Frémont, avec un bataillon de ligne et trois compagnies de chasseurs à pied, fut envoyé contre l'aile gauche des garibaldiens, et le lieutenant-colonel Saussier, avec un autre bataillon de ligne, contre l'aile droite. Il faut noter ici que les compagnies du corps de Failly étaient parties de France non seulement avec l'effectif du pied de paix, mais très restreintes. Les bataillons qui prirent part à la bataille de Mentana comptaient à peine quatre cents hommes.

Menotti conduisait à ce moment, par Gattacieca, la colonne qui devait investir les pontificaux par le mont Santa Croce. Voyant arriver les soldats du colonel Frémont, il crut que c'était la légion d'Antibes, car elle portait aussi le pantalon rouge, et il marcha sur elle. Une cruelle surprise l'arrêta. Laissons Mévius raconter ce qu'il a vu :

« Avant qu'ils ne fussent à portée d'ouvrir leur feu, les garibaldiens virent les Français déployés s'arrêter ; puis, de cette ligne rouge, partit un feu écrasant, d'une effrayante précision, d'une énorme portée et d'une rapidité inconnue jusqu'alors. C'était le chassepot qui débutait et qui *faisait merveille*, selon l'expression toute naturelle que l'on a si injustement reprochée au général de Failly. Le roulement incessant de cette fusillade fut entendu sur tout le champ de bataille, et partout on cessa instinctivement le combat pour l'écouter mieux. L'effet en fut terrible. Les rangs garibaldiens étaient décimés ; l'arme nouvelle et formidable y semait la terreur avec la mort. La lutte paraissait désormais impossible, et en quelques instants le découragement fut général. Les compagnies, les bataillons, se débandèrent ; mais les implacables balles les poursuivaient dans leur fuite et faisaient de nouvelles victimes. »

Menotti, Frigiesi et Fabrizi se multiplièrent héroïquement pour entraver la déroute. Ce fut peine perdue. Leurs hommes se sauvèrent et tombèrent sur les compagnies de Troussures, qui les firent prisonniers par centaines.

La colonne garibaldienne de droite subissait le même sort. Le colonel Cantoni était écrasé par le lieutenant-colonel Saussier, et Troussures poursuivit les fuyards jusqu'à Monte-Rotondo, où il fit main basse sur eux. Il ne restait plus aux révolutionnaires, acculés dans Mentana, qu'à se rendre ou à mourir. Ils résistèrent encore.

Le château, grâce à ses épaisses murailles, ne pouvait être démoli par l'artillerie qu'après un long travail. La nuit venait, et d'ailleurs il répugnait au général Kanzler d'entreprendre un bombardement si préjudiciable aux inoffensifs habitants. Il ordonna une dernière attaque de vive force.

Le général de Polhès se mit lui-même à la tête de l'assaut, avec le 59e de ligne et un bataillon de chasseurs à pied. Il parvint très près du village ; mais là il fut arrêté par de nombreuses barricades.

Les zouaves ne purent plus être contenus. Un de leurs capitaines, M. de Chappedelaine, tira son sabre et s'écria :

« Eh bien ! soit, encore une folie ! En avant ! à la baïonnette ! »

Un simple zouave, Jean Moeller, se jeta contre une des barricades et lança son képi par-dessus, en disant :

« Allons le prendre ! qui a du cœur me suive ! »

Mais il était inutile de provoquer une boucherie ; la nuit était venue, et la victoire était assurée. Kanzler fit sonner la cessation du feu et prit les positions de bivouac sur le champ de bataille, renvoyant au lendemain l'entrée en possession du village de Mentana.

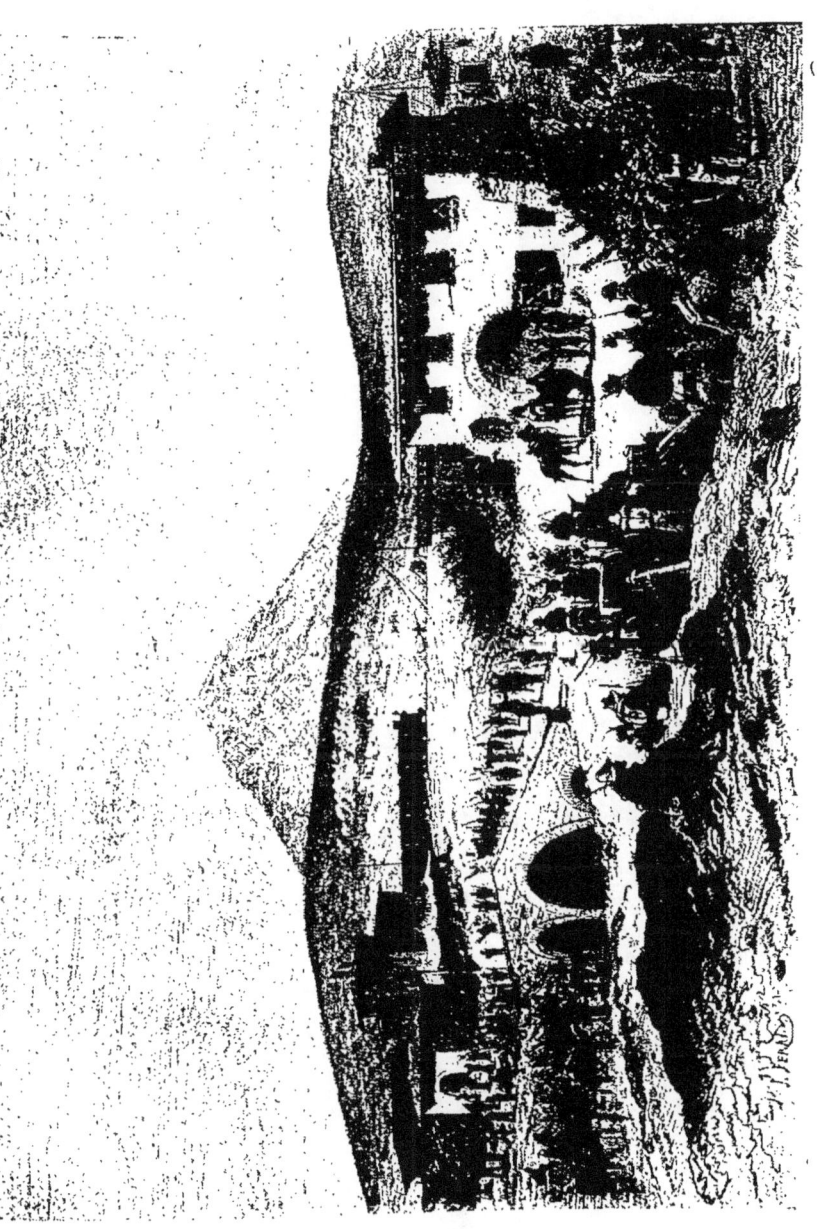

Désarmement des garibaldiens à la tête du pont de Passo-Correse, après Mentana.
(D'après une gravure de l'époque.)

Plus de mille garibaldiens jonchaient le sol. Aux infirmiers se joignirent le Père Ligier, Mgr Bastide, Mgr Daniel, Mgr de Woelmont, le Père de Gerlache, Mgr Bérard.

« Quelle quantité de blessés! s'écrie Mgr Daniel. Ça fait pitié! Ils ont froid, ils ont soif. Il n'y a pas de quoi boire, il n'y a pas d'eau. Je réussis cependant à me procurer un peu d'eau boueuse, dont je fais faire du thé que j'avais eu soin de mettre dans mon sac. »

Beaucoup d'acteurs de ce drame sanglant ont raconté, dans des publications éparses, des épisodes particuliers. Nous prendrons le récit suivant, où le sergent de zouaves Folie montre Charette devant la ferme de la Vigna Santucci :

« Soudain le lieutenant-colonel de Charette passe, à cheval, entouré d'une douzaine de zouaves qui chargent à la baïonnette. Je mets promptement baïonnette au canon et, placé près du lieutenant-colonel, je m'élance en avant pour le couvrir. Mais le cheval blanc bondit, et je suis devancé... Charette ne veut pas être dépassé... D'un nouvel élan je rattrape la distance; j'ai compris que les camarades ont déjà fait le même geste, mais en vain; et, toujours courant à sa droite, je regarde mon brave lieutenant-colonel.

« Charette, bien en selle, le poing droit sur la hanche, nous regarde, lui aussi, à droite et à gauche, riant de nous voir animés par la charge... Mais je fais face en tête, et je vois les garibaldiens disparaître, à l'exception d'un seul.

« Il se tient au milieu du chemin, dans la position du tireur debout, l'arme prête. Son attitude ferme, correcte, révèle le vieux soldat courageux, sans forfanterie. Il a bien un paletot civil, mais il a aussi le pantalon gris d'uniforme de l'armée italienne.

« Nous voici à dix pas... Il va tirer notre chef à bout portant... Cette pensée me fait de nouveau regarder Charette.

« Toujours dans son attitude de fier cavalier, Charette, cette fois, regarde bien en face le garibaldien, avec un sourire si franchement gai, que j'en suis profondément frappé.

« Mais je suis pris d'une angoisse intense,... il va tuer le lieutenant-colonel !... Et je m'élance, baïonnette en avant, pour traverser l'Italien avant le coup fatal.

« A ce moment précis, le garibaldien tire à trois pas, et manque Charette.

« Le zouave de gauche, plus près que moi, a déjà porté un coup de pointe à l'Italien, et sa baïonnette touche la poitrine de l'homme, quand Charette s'écrie :

« — Ne le tuez pas ! »

« Mon camarade retient son coup, et le garibaldien est sauvé... Il était temps.

« Et c'est bien là un des miracles de la discipline, car la détonation du fusil, le coup de pointe du zouave et le mot clément de Charette ne firent qu'un en cet instant suprême. »

Durant cette nuit du 3 au 4 novembre, Garibaldi tint conseil à Monte-Rotondo, dans le palais Piombino. Guerzoni et Fabrizi lui révélèrent la situation. Il restait un millier à peine de défenseurs dans Mentana. La partie était perdue sans retour. on se décida à la retraite ; les volontaires qui se trouvaient avec leur général vaincu quittèrent Monte-Rotondo en pleine nuit, sous l'orage, pour gagner la frontière près de Correse. Quant à ceux qui restaient dans Mentana, ils ne purent fuir hors la place, investie de toutes parts. A la pointe du jour, quand le commandant Fauchon entra dans le village avec un bataillon du 59e de ligne, les défenseurs se rendirent. Comme leur nombre était trop considérable pour les garder, Kanzler en renvoya sept cents, qui furent conduits sous escorte à la frontière.

La journée précédente avait coûté aux armées de Pie IX et de la France 32 morts et 150 blessés. Pour leur seul compte, les zouaves avaient 24 morts et 68 blessés.

Le gouvernement italien, comprenant qu'il n'aurait jamais Rome du consentement de la France, tant qu'elle serait capable de s'y opposer, retira enfin ses troupes le 5, après avoir désarmé quatre mille révolutionnaires sur ses frontières et interné Garibaldi, avec ses fils, dans le fort de Varignano.

XVI

A partir de la bataille de Mentana jusqu'à l'année 1870, Pie IX et ses défenseurs vécurent trois années de tranquillité complète. La présence de deux régiments français, restés à Civita-Vecchia, enlevait toute crainte du côté des garibaldiens et de l'Italie. A l'intérieur de l'État pontifical, la disparition du brigandage avait rendu la sécurité à la population du Latium. Dans Rome, les étrangers affluaient, comme à la capitale du monde.

Le régiment des zouaves pontificaux fut porté, le 28 décembre 1868, à quatre bataillons, sous les ordres des commandants de Lambilly, de Troussures, d'Albiousse et de Saisy.

A dater de cette année, les zouaves, ainsi que la majorité des autres troupes, passèrent l'été au camp d'Annibal, à l'abri des chaleurs et des fièvres romaines. Le nom de ce camp lui venait de ce qu'il se trouvait sur l'emplacement de celui où s'arrêta le grand chef carthaginois dans sa marche sur Rome.

Pie IX ne manquait pas de visiter ses troupes, chaque

année, dans leur installation champêtre. Sa visite, en 1868, est racontée de la manière la plus pittoresque par le capitaine Dérély, du bataillon Troussures :

« La brigade de Courten, réunie au camp d'Anni-bal pour les grandes manœuvres, sous le commandement du colonel Allet, attend la visite du pape-roi. Zouaves, *cacciatori*, dragons, artilleurs, achèvent, d'une main hâtive, la décoration des arcs de triomphe dressés sur le front de bandière : l'aube les surprend à la tâche.

« D'un bout à l'autre du vaste plateau qui domine Rocca di Papa et que limite, en l'abritant du *siroco*, la rampe rapide et boisée du Monte-Cavo, les tentes des différents corps s'alignent en deçà des faisceaux : celles de la troupe basses, à pans inclinés ; celles des officiers, carrées ou de coupe orientale et pourvues d'un gourbi. Rien n'est gracieux comme le pittoresque désordre de ces installations rustiques, où se trahissent l'origine, la fantaisie, le caractère de l'occupant : ici, c'est la hutte d'un Canadien, faite d'écorces entrelacées ; là, le beffroi d'un Belge ; ailleurs, le rudimentaire appentis d'un simpliste, ou la cabane lacustre d'un délicat qui craint les averses, la tarentule et le scorpion. Sur une butte formée de blocs volcaniques, derniers vestiges d'un cratère éteint, s'élèvent les grands pavillons du quartier général, en avant desquels l'artillerie avec ses canons et ses chariots, la cavalerie avec ses chevaux au piquet, sont établies perpendiculairement à l'infanterie. Contre la forêt : l'ambulance, le grand hall du mess militaire, les magasins.

« Face aux tentes, un autel s'élève sous une arcade de style dorien, qu'abrite un large *velum* maintenu par

20

des mâts garnis de feuillage. Des tentures pourpres,
frangées d'or, l'isolent et prolongent des deux côtés
leurs panneaux enguirlandés de fleurs, sur lesquels se
nouent de blanches croix de Saint-André. La rosée,
qui s'évapore aux rayons déjà brûlants du matin, jette
sur les arêtes de ce cadre sévère et charmant l'écharpe
diaphane de sa buée flottante. A l'arrière-plan se pro-
filent, sur la droite, les déclivités du massif des monts
albains; vers la gauche, l'horizon se perd dans les loin-
tains d'une mer aux reflets d'argent, et, tout là-bas,
l'œil devine la silhouette imprécise des coupoles de la
Ville sainte. C'est ici que s'arrêta la marche victo-
rieuse des Carthaginois : ils voulaient anéantir Rome.
Dieu, qui lui réservait l'empire du monde, afin qu'elle
devînt plus tard la tête et le cœur de l'Église universelle, ne permit pas à Annibal d'arriver jusqu'à elle.

« Huit heures. L'escadron de service pour l'escorte
est allé recevoir le Pape au bas de la côte. Les zouaves
et les chasseurs prennent les armes et se rangent en
bataille le long de la piste sablée que suivra le cortège.
Les batteries sont attelées. Bientôt le canon gronde, et
les échos se renvoient le joyeux avertissement : Pie IX
approche.

« Dans un tourbillon de poussière, les dragons
débouchent du chemin qu'ont taillé dans la montagne
quatre cents terrassiers fournis par la brigade. De
brefs commandements courent de peloton en peloton ;
les alignements sont rectifiés, les carabines s'incrustent
au défaut de l'épaule... Voici le *battistrada*,... puis les
gendarmes en culottes de peau de daim et bottes à
l'écuyère, superbes sur leurs robustes destriers... Une
longue minute encore, et c'est le haut carrosse

qu'enlèvent six puissants chevaux noirs, écumants
sous le harnais rouge. Aux portières galopent des
exempts de la garde-noble... Les clairons sonnent aux
champs, les genoux touchent la terre... En arrivant sur
la ligne de bataille, les postillons ont ralenti l'allure,
et nous voyons la blanche apparition souriante, dont
la main qui bénit semble envoyer une caresse à nos
fronts, en même temps qu'elle donne la joie à nos
cœurs.

« Pendant que le Pape revêt les ornements sacrés,
les troupes rompent en colonne et viennent se masser
par divisions à droite et à gauche de l'autel : le piquet
d'honneur, fourni par les zouaves, prend position au
pied des marches ; l'état-major se place au centre ; la
foule, paysans et patriciens dont les groupes se con-
fondent, comme leurs voix se confondaient tout à
l'heure dans une même acclamation, garnit les abords
et s'insinue dans les intervalles de déploiement. »

Avec l'année 1870, la Papauté reçoit le coup dont
elle était depuis longtemps menacée. Dès le prin-
temps, le parti radical italien commençait à se remuer.
Les garibaldiens reparaissaient aux frontières du côté
de Viterbe, et le brigandage aussi, du côté de Velletri.

Le 19 juin, la déclaration de guerre était notifiée
par la France au gouvernement prussien, la veille
même du jour où Pie IX proclamait l'*Infaillibilité*.
L'empereur rappelait les régiments laissés auprès du
Saint-Siège. Cependant il faisait dire à Victor-Emmanuel par M. de Gramont : « Nous nous reposons avec
une pleine confiance dans la vigilante fermeté avec

laquelle l'Italie exécutera toutes les conditions qui la concernent. »

Le 7 septembre, immédiatement après nos revers de Sedan, le conseil des ministres italiens décidait, à l'unanimité, l'invasion des États romains.

La France étant de plus en plus écrasée, Victor-Emmanuel forma un corps d'armée d'opération contre Rome, sous les ordres du lieutenant-général Cadorna. Ce corps se composait de trois divisions et d'une réserve, au total soixante-quinze mille cent quatre-vingt-quinze hommes, qui allaient en attaquer six mille. En outre, la flotte piémontaise eut la mission de s'assurer du littoral, le seul côté par où les limites de l'État pontifical ne touchaient pas les frontières italiennes.

Cadorna reçut des instructions pour marcher par la rive droite du Tibre. Il les exécutait dès le 11, à 5 heures du soir, en envoyant le général Bixio à Bagnorea.

Aussitôt Pie IX, réduit à ses faibles forces, se prépara à une résistance qui était, à ses yeux, une protestation à la face du monde. Des détachements furent envoyés comme éclaireurs dans la campagne romaine.

La marche de l'armée italienne sur Rome ne fut pas celle d'une campagne, mais une simple promenade militaire, sans le moindre intérêt pour l'histoire.

Le 19, Cadorna avait investi la ville. Depuis son apparition à la frontière, les grands chefs de l'armée pontificale suppliaient Pie IX de résister à outrance. Kanzler, Courten et Zappi étaient allés l'y inciter, un

La messe du 12 août 1868 au camp.

soir, vers 9 heures au Vatican, au moment où il achevait un frugal repas de pommes de terre ; mais il y avait lutte entre le cœur du Saint-Père et son devoir de roi : l'idée de laisser répandre du sang sans profit combattait la nécessité de défendre ses droits.

Le 20, à 5 heures du matin, l'armée piémontaise commença à canonner les remparts qui, depuis mille ans, abritaient la souveraineté des Papes. De la part des assaillants, dont les forces étaient écrasantes, ce ne fut qu'un jeu de prendre la Ville éternelle ; mais les pontificaux firent vaillamment leur devoir jusqu'à l'heure où Pie IX ordonna la capitulation. Derrière les faibles murailles, les soldats du Saint-Siège s'efforcèrent de riposter contre les fusillades des bersagliers.

Vers 9 heures, le Saint-Père fit arborer le pavillon blanc et lança une énergique protestation à l'Europe. Les troupes piémontaises envahirent la ville.

« Un officier italien, dit le comte de Beaufort, se jette, le revolver au poing, sur le brave capitaine de Couessin et lui arrache de la poitrine sa croix et ses médailles militaires. Puis les Italiens couchent en joue nos soldats à dix pas, et les somment de mettre bas les armes. On avait défense de tirer, il fallait donc se soumettre : on le fit. Mais alors reparurent les outrages. Dès que les zouaves ont donné leurs armes, un capitaine piémontais vient, en proférant de grossières injures. »

Tout le reste de cette journée et de celles qui suivirent ne fut qu'une série d'outrages, mêlée d'assassinats, dus à la populace qui était entrée dans Rome à la suite de l'armée italienne. Dans une rue, les zouaves canadiens furent bafoués et frappés. Un des leurs,

Drolet, raconte comment on traita son chef Taillefer :

« On vit alors ces lâches, qui ne craignaient plus rien d'un prisonnier désarmé, lui cracher à la figure, lui jeter des cailloux, l'appeler *ours du Canada*, lui arracher la barbe, le couvrir d'ordures. Vingt fois, Taillefer, au risque de se faire massacrer, voulut s'élancer sur cette populace et en écharper quelques-uns ; mais un regard de l'aumônier lui fit tout endurer. »

Écoutons Mgr Daniel :

« La situation de la ville est telle, qu'à mon arrivée au Vatican, tout le côté du pont Saint-Ange vers la ville est occupé par la foule et quelques bersagliers ; de l'autre côté du pont, les zouaves ; au milieu, le colonel, qui reçoit avec calme les huées dont la multitude nous accable quand je m'arrête pour lui parler. Le désordre est partout. Je trouve au Corso les bandes qui le parcouraient bannière en tête, en hurlant ; une bande s'arrête à ma voiture, brandissant des cannes. Quelle triste soirée !

« Dans la ville, on cherche des zouaves cachés, on les massacre. M. Franquinet, sans M. Deshorties, était mis en pièces. J'ai prié Mme Blot de venir me trouver pour faire passer de l'argent à Maujouan. M. de Couessin a été indignement traité, ainsi que M. de Mirabal. De Guy est mort à Porta-Pia ; son corps, grâce à Mme Stone, a été rapporté ce matin aux Capucins. On n'a point de nouvelles de La Hoyde ; on craint qu'il n'ait été assassiné. On dit qu'ils ont pris, cet après-midi, un jeune homme pour un zouave, vers la fontaine Trévi, et qu'ils l'ont massacré. Ce sont des scènes horribles par la ville, de vraies bacchanales,

des scènes hideuses. Ça fait mal. La populace s'est
ruée sur une maison où elle prétendait qu'il y avait
un cadavre de zouave; elle le voulait. Mme Stone continue à nous rendre les plus grands services. Mme Blot
se prête à tout, va à la poste chercher nos lettres, etc.
Des dames anglaises sont aussi pleines de courage et
de dévouement. On colporte des gravures obscènes,
des caricatures immondes. »

« L'arrivée des troupes italiennes, dit Beauffort,
avait obligé les gendarmes à déposer leurs armes. La
gendarmerie italienne, qui aurait dû la remplacer aussitôt, ne le fit pas; son absence favorisa tous les excès.
Nul ne les contraignant, les hordes de patriotes, à
peine entrées dans Rome, s'y répandirent de tous
côtés, courant dans les rues, armées de bâtons, de
revolvers et parfois d'armes arrachées aux pontificaux, tapageant, excitant à les joindre tous ceux
qu'elles rencontraient, désarmant, conspuant, outra-
geant, maltraitant, blessant plusieurs, tuant quelques-
uns, et se partageant leurs dépouilles. Insulter, c'était
trop peu : il fallait du sang, et on en répandit. On
compta, paraît-il, près de quatre-vingts assassinats. »

On dit qu'une sœur de Charité fut jetée au Tibre,
avec les deux blessés qu'elle accompagnait. On tue
des soldats isolés, place de la Rotonda et rue de
l'Umilta. Ailleurs, un prisonnier est arraché aux bersagliers et massacré. Un bersaglier lui-même tue un
papalin. L'employé des prisons, Alessandri, est lapidé
jusqu'à la mort. Deux squadrilieri sont noyés dans le
Tibre. On va jusqu'à profaner les cadavres. « Des
morts ont été insultés, lacérés; à l'un on coupe les
deux bras; dans le sang d'autres, on trempe des mou-

choirs qu'on attache à des bâtons, et l'on promène triomphalement ces hideux drapeaux rouges. Mais de telles horreurs devaient être dépassées, et il nous fut donné de rencontrer dans une rue une troupe endiablée, qui portait en triomphe un bâton recouvert d'une veste de zouave, et où était plantée la tête d'un de nos camarades, détachée de son corps et coiffée d'un képi. »

Dans la matinée du 21, M. Lefebvre de Béhaine, chargé d'affaires de France, rejoignit les zouaves emprisonnés sur la place Saint-Pierre, et annonça à ses compatriotes qu'ils seraient tous rapatriés par les soins du gouvernement français. Il avait en outre obtenu que l'armée romaine ne serait pas promenée dans Rome, comme on l'avait d'abord décidé, sans doute pour la livrer plus longtemps aux outrages. Les zouaves français quittèrent Rome, avec des larmes de rage dans les yeux.

Ainsi finit l'épopée de l'héroïque cohorte des zouaves pontificaux, commencée en mai 1860. On conviendra qu'il y en a peu d'aussi touchante et d'aussi noble.

TABLE

36689. — TOURS, IMPRIMERIE MAME

www.ingramcontent.com/pod-product-compliance
Lightning Source LLC
Chambersburg PA
CBHW070210030726
47505CB00006B/1630